BIBLIOTHÈQUE DE LA JEUNESSE
JEAN
L'INNOCENT
PAR P. COLOMB
LIBRAIRIE HACHETTE
2f50

Bibliothèque
des Ecoles et des Familles

1re SÉRIE

Format grand in-8 (28 × 18)

Chaque volume :

broché 9.50

relié tranches jaunes, tête
dorée 14.50

About (E.) : **L'homme à
l'oreille cassée.
Le roman d'un brave
homme.**

Avezan (D') : **Enfant d'a-
doption.**

Beecher Stowe : **La case
de l'oncle Tom.**

Cervantes Saavedra : **Don
Quichotte de la Man-
che.**

Gourdault : **La Suisse pittoresque.**

Jacquin : **M. de la Palisse.**

Maël (P.) : **Robinson et Robinsonne.
Le trésor de Madeleine.
Terre de fauves.
Le Talisman.**

Monnier : **Notre belle Patrie. Sites pittoresques de la France.**

Scott (Walter) : **Ivanhoë.
Quentin Durward.**

Toudouze (G.) : **Le Secret de la Trahi-
son.**

Vernon (P.) : **Pirate de l'air.**

Wyss (J.) : **Le Robinson suisse.**

2e SÉRIE

Format in-8 (25 × 17)

Chaque volume :

broché . . . . 8 fr.

relié percaline, tranches jaunes, tête dorée . . 12.25

About (E.) : **Nouvelles et
souvenirs.
Le Roi des Montagnes.**

Boland (H.) : **Excursions
en France.**

Cahun (L.) : **Les Pilotes
d'Ango.**

Colomb (Mme J.) : **Mon
oncle d'Amérique.
Les étapes de Made-
leine.**

Cooper (Fenimoore) : **Le
dernier des Mohicans.**

Corneille : **Œuvres choisies.**

Daudet (A.) : **Histoire d'un enfant, le
petit Cho e.**

Dickens (C.) : **David Copperfield.
Nicolas Nickleby.
Aventures de M. Pickwick.**

Dourliac (A.) : **Fleur des ruines.**

Gaffarel (P.) : **Les campagnes de la première République.**

Girardin (J.) : **Le locataire des demoi-
selles Rochon.
Le commis de M. Bouvat.
Les braves gens.**

Guy : **Gérard le Résolu.**

Lacombe (P.) : **Petite histoire du peuple français.**

Margueritte (P. et V.) : **La guerre de
1870-71.**

Molière : **Œuvres choisies.**

Sandeau : **La Roche aux Mouettes.**

Schultz (Mlle) : **Tout droit.**

Stany (le commandant) : **Mabel.**

Vincent et Mlle Bat : **Chez Catherine
ménagère.**

Vincent et Eckert : **Causeries de l'oncle
Jean.**

**Pour
la collection complète,
demander le Catalogue
de Distribution de Prix.**

JEAN L'INNOCENT

LE VIEILLARD OUVRIT SA PORTE

JEAN L'INNOCENT

par Madame J. COLOMB

ILLUSTRATIONS DE ED. ZIER

LIBRAIRIE HACHETTE

79, BOULEVARD SAINT-GERMAIN, PARIS

JEAN L'INNOCENT

I

CROQUIS D'ENSEMBLE DE LA FAMILLE LAROUSAY

IL faisait un temps sombre, brumeux, humide, glacial, un vrai temps de décembre, enfin : midi sonnait à la cathédrale de Nantes, et à cette heure, la plus claire de la journée, Mme Larousay était obligée de se tenir tout près de la fenêtre de la salle à manger, pour y voir à enfiler son aiguille, tant le brouillard était épais au dehors. Elle jouissait en ce moment d'un repos relatif, l'active Mme Larousay. Après une nuit souvent troublée par les réclamations de sa dernière petite fille, une enfant maladive qu'elle nourrissait encore, quoiqu'elle eût atteint son seizième mois, elle s'était levée à cinq heures, avait réveillé sa servante, une paysanne de quinze ans, qui n'eût été bonne à rien toute seule ; à elles deux, elles avaient balayé, frotté, épousseté, été au marché, fait tout le ménage, servi de bon lait chaud à toute la famille, habillé les enfants, conduit les aînés à leur pension, mis à tremper le linge pour le savonnage et préparé le repas de midi. A présent, tout était prêt : Mariette restait à la cuisine pour surveiller les fourneaux, et sa maîtresse raccommodait du linge, en jetant de temps à autre un regard souriant sur la petite Louise, dite *Loulou*, le baby de la famille, qui jouait à ses pieds avec des bobines vides.

Etait-elle jolie, Mme Larousay ? C'est une question qu'on avait pu se poser autrefois, quand elle était jeune et fraîche, que ses yeux bleus brillaient dans une figure rose, et qu'elle chantait toute la journée en prenant soin de son petit ménage et en jouant à la poupée avec son premier enfant. Mais il y avait longtemps qu'on ne se la posait plus ; et cette question-là ne la préoccupait guère. Jolie ! mon Dieu ! est-ce qu'on s'inquiète d'être jolie quand on a cinq enfants, un vieux beau-père, et très peu d'argent à dépenser ? On s'habille de la façon la plus simple et la moins coûteuse ; on supprime les rubans et les fanfreluches qui prendraient du temps et de l'argent ; on adopte la coiffure la plus vite faite, et, quand on a réussi à nourrir toute sa maisonnée et à l'habiller sans trous ni taches, on ne songe guère qu'on a autrefois aimé comme une autre les toilettes élégantes, les bijoux, les dentelles, les parfums — et qu'on n'était pas fâchée d'être trouvée jolie.

Telle qu'elle est pourtant, avec sa robe de quakeresse bien brossée et préservée des accidents par un grand tablier, avec ses mains dont elle n'a jamais craint de se servir, sa figure fatiguée et ses cheveux simplement relevés sous un peigne, elle est agréable à voir, et son mari et ses enfants la trouvent charmante. Quant aux étrangers, ils aiment à rencontrer le regard de ses yeux bleus, ce regard doux, confiant, sincère, qui n'a jamais eu à exprimer une pensée basse ou malveillante.

Midi à la préfecture! M. Larousay, qui est employé dans les bureaux, va rentrer; il prendra en passant Suzanne et Cécile à l'externat de Mlle Durangin, et en même temps Roger reviendra de la gymnastique. Il aura grand'faim; la mère sourit en pensant à la part qu'il faudra lui servir, à ce gaillard-là! Ce n'est pas de la nourriture perdue : à dix ans, il a l'air d'en avoir douze. Et robuste, et vif, et gai! Il est vrai qu'il a des mouvements un peu brusques, qu'il est assez étourdi, et que les vestes et les pantalons que sa mère lui taille dans les vieux vêtements de son père ne durent que peu de semaines, mais on a les défauts de ses qualités, et Mme Larousay n'aimerait pas un garçon qui aurait l'air d'une fille. Avec Roger, elle est servie à souhait; c'est bien un vrai garçon : il n'y a pour s'en convaincre qu'à l'entendre monter l'escalier.

Mme Larousay l'a entendu dès les premières marches; elle pose son ouvrage sur ses genoux et tourne la tête vers la porte, en souriant d'avance à son favori. Un vigoureux coup de sonnette résonne et se prolonge: Mariette court ouvrir, et l'écolier entre, joyeux et ébouriffé, éclairant la chambre de l'éclat de sa figure rose.

« Maman! bonjour, maman! j'ai grand'-faim. Sais-tu? j'ai fait en courant toute la longueur du portique de gymnastique; en haut, sur la poutre, tu comprends?

— Malheureux enfant! Comment le maître t'a-t-il laissé faire une pareille imprudence?

— Laissé faire! il aurait été bien en peine de m'en empêcher, à moins de monter à l'échelle pour m'arrêter en route; et c'est alors qu'il aurait pu me faire tomber! il criait après moi, il fallait l'entendre! mais les camarades riaient et battaient des mains. On le fait bien faire aux soldats! Gourbit l'a entendu dire à son cousin, qui est volontaire... C'était un pari : j'avais parié contre Gourbit, Tachenoir et Flipot, que je le ferais, et ils ont perdu. Trois suçons! Un pour Suzanne, un pour Cécile et un pour moi; mais je le donnrai à Loulou; moi, je me contente de la gloire.

— Et si tu étais tombé?

— Bah! ce n'est pas si haut; et puis il y a par terre un mètre de sable.

— C'est égal, je ne suis pas contente, et je trouve que tu aurais dû être puni.

— Mais je le suis! maman, je le suis! Trois cents vers à copier.

— C'est-à-dire du temps pris sur celui de tes devoirs, qui seront encore moins soignés qu'à l'ordinaire... Non, va-t'en faire ton pensum: je ne t'embrasserai pas ce matin.

— Mais si, ma petite mère; tu vas voir comme mes devoirs seront soignés. Ce n'est pas moi qui ferai le pensum, c'est Gourbit et les deux autres : cela ne leur fait que cent vers à chacun. C'est juste, puisqu'ils ont perdu: ils l'ont offert d'eux-mêmes. »

Roger embrassa sa mère qui ne fit qu'une molle résistance; il enleva dans ses bras Louise qui l'appelait, et la fit sauter au-dessus de sa tête, à la grande terreur de Mme Larousay, puis il se sauva en criant :

« Je vais me laver les mains pour déjeuner: on n'a pas idée comme c'est salissant, la gymnastique. Et puis l'appétit que cela vous donne! »

Pendant ce temps-là, M. Larousay avait gravi lentement les quatre étages, en causant avec Suzanne et Cécile, qui lui racontaient les petits événements de la pension; et tous trois entrèrent dans la salle à manger au moment où Roger en sortait.

« Quel fou! dit le père en haussant les épaules.

— Il n'est pas poltron, du moins, répondit Mme Larousay, cédant à cette impulsion naturelle qui fait que les mères prennent toujours la défense de l'enfant qu'on accuse, lui donnassent-elles dix fois tort.

— Oh! pour cela, non, il faut lui rendre justice; et il n'est pas maladroit non plus. S'il voulait travailler, ce serait un futur candidat pour Saint-Cyr; mais il est trop paresseux.

— Léger, mon ami, léger; il est si jeune! la raison lui viendra avec le temps... Et vous, mes chéries, avez-vous été sages? Voyons les notes... Très bien, Suzanne, place, première; application, bien; conduite, bonne. De vraies notes de sœur aînée, capable de servir au besoin de mère de famille. Et toi, Cécile? Oh! que vois-je? Une petite fille désordonnée, qui perd ses crayons, qui fait des taches d'encre sur la table, qui oublie les leçons qu'on lui a données! Tu as pourtant sept ans, depuis un mois, et on dit que c'est l'âge de raison! »

Au ton doucement grondeur de sa mère, Cécile baissa la tête et rougit; ses yeux se remplirent de larmes, et elle balbutia:

« Maman..., les crayons..., je les ai prêtés, et on ne me les a pas rendus... J'ai voulu approcher mon encrier d'une *petite* qui n'en avait pas, et il s'est renversé... J'avais écrit la leçon sur un petit papier, et je l'ai passé à *une* qui avait mal au doigt et qui ne pouvait pas écrire : elle l'a perdu et je n'y ai plus pensé, ni elle non plus...

— Toujours la même! interrompit la sœur aînée d'un ton un peu sec. Apprends ma chère, que charité bien ordonnée commence par soi-même, et qu'il faut avoir toutes tes petites affaires en ordre avant de faire des générosités qui ne servent à rien qu'à te faire punir. Les autres t'emprunteront tout, et tu n'auras jamais rien à toi; et encore elles se moqueront de toi. On voulait bien s'y prendre de cette façon là avec moi, quand je suis arrivée chez Mlle Durangin; mais je ne me suis pas laissé faire. Je ne prête jamais rien; aussi j'ai tous les ans le prix d'ordre.

— Elle sera plus soigneuse à l'avenir, dit la mère en attirant dans ses bras la confuse Cécile. D'ailleurs, les notes de travail et d'application sont bonnes. Vois-tu, mon amour, quand tu prêtes quelque chose, il faut penser à le redemander dès qu'on a fini de s'en servir. Comme cela, tu auras de l'ordre, et en même temps tu rendras service à tes petites amies, plus que tu ne peux le faire à présent ; car, si celle à qui tu prêtes ton crayon ne te le rend pas, tu ne pourras pas le prêter à une autre qui en aurait besoin... Tu comprends, n'est-ce pas ?

— Oui ! » dit bien bas Cécile en embrassant sa mère. Cette manière d'avoir de l'ordre lui plaisait plus que celle de Suzanne.

Mme Larousay se leva.

« Allez vite ôter vos chapeaux et vous laver les mains, dit-elle, et vous viendrez à table ; Cécile, tu iras chercher ton grand-père. »

Les petites filles sortirent de la chambre ; Mme Larousay se leva, secoua dans un coin les brins de coton attachés à son tablier et attisa le feu du poêle, qui se mit à ronfler.

« Il fait bon ici », dit M. Larousay en s'asseyant. Il présenta à l'ouverture du poêle ses semelles, qui se mirent à fumer.

« Et tu t'es mouillé les pieds dans la neige fondue, mon pauvre ami ! chauffe-toi et sèche-toi bien, pendant que je vais donner un dernier coup d'œil au déjeuner. Je n'aime pas à laisser faire les omelettes par Mariette, elle les brûle presque toujours. »

Mme Larousay sortit, et revint quelques minutes après, suivie de Mariette qui portait l'omelette fumante. En même temps Roger arrivait par une autre porte, et derrière lui Suzanne dans une tenue très correcte, avec un col blanc et uni comme si elle venait de le mettre, et une robe sans un seul faux pli. Cécile et le grand-père parurent les derniers ; Mme Larousay s'empressa d'écarter de la table le fauteuil destiné au vieillard, pour qu'il n'eût pas la peine de le faire.

« Merci ! » dit-il sans regarder sa bru. Et il s'assit.

« Où vas-tu donc, Cécile ? demanda Mme Larousay à sa fille cadette.

— Je vais chercher une petite bûche à la cuisine pour arranger le feu de grand-père, répondit l'enfant.

— Tu te brûlerais : Suzanne va y aller.

— Oui, elle fera bien de se dépêcher, car mon feu est terriblement bas, et il commence à ne plus faire chaud dans la chambre, dit le grand-père d'un ton morose.

— Vous n'aviez plus de bûches ? est-ce que vous avez sonné pour en demander ? J'avais mis la clochette sous votre main ! dit Mme Larousay.

— Je n'ai pas sonné ; je n'aime pas à déranger les gens », répondit le vieillard.

Suzanne revint, disant qu'elle ne pouvait réussir à ranimer le feu presque éteint ; Mme Larousay se leva pour aller le rallumer. Tout en mettant des copeaux, en rejetant la cendre au fond de la cheminée et en ajustant des bûches de grosseurs convenables, elle se

disait que tout cela la dérangeait beaucoup plus que de répondre à un coup de sonnette et d'envoyer Mariette porter une bûche sur un feu en bon état ; qu'elle avait elle-même rempli le matin le panier à bois de son beau-père, et que ce n'était pas sa faute s'il avait brûlé toutes les petites bûches au lieu de les mélanger avec les grosses ; et que c'était bien ennuyeux de quitter sans cesse ce qu'on faisait pour aller s'informer des besoins ou des désirs d'un homme qui ne voulait rien demander « de peur de déranger les gens ». Mais, si elle pensait tout cela, elle n'aurait point osé le dire : Mme Larousay, timide par caractère, perdait le peu de hardiesse qu'elle possédait, dès qu'il s'agissait de répondre en face de son beau-père.

Ce n'était pas un méchant homme, pourtant, que M. Maxime Larousay. Mais il était de ces gens qui tiennent à inspirer un grand respect, et qui pensent en même temps que le respect ne va pas sans un peu de crainte. Quand son fils, nouveau marié, lui avait amené sa jeune femme, il s'était plu à la terrifier par ses brusqueries, par ses paroles ironiques et par sa voix retentissante. La pauvre Juliette n'était jamais revenue sur l'impression de malaise qu'il lui avait causée ; et quand, bien plus tard, sa belle-mère étant morte, elle avait dû prendre chez elle ce terrible beau-père, âgé et presque impotent, qui ne pouvait se passer des soins d'une femme, elle ne l'avait pas fait sans un serrement de cœur. Depuis quatre ans maintenant il vivait chez elle, et ils ne s'étaient jamais rapprochés. Elle ne pouvait s'empêcher d'avoir peur de lui, et cette crainte la rendait gauche, empruntée et maladroite quand elle s'occupait de lui : elle le soignait bien, elle s'évertuait à deviner de quoi il pouvait avoir envie, elle élevait ses enfants dans un respect profond pour leur grand-père ; mais elle ne pouvait pas trouver une parole aimable à lui dire, tant elle avait peur d'être mal accueillie. Quant à lui, blasé désormais sur les jouissances de ce rôle de Croquemitaine, il se mit à trouver Juliette agaçante avec sa timidité et sa soumission perpétuelles. Il rendait justice à ses qualités, pourtant : pas l'ombre d'égoïsme, un dévouement sans bornes à son mari et à ses enfants, un courage, une patience, une assiduité au travail, une égalité d'humeur qui ne se démentaient jamais. Il ne pouvait s'empêcher de l'admirer ainsi ; il l'eût adorée, si elle s'était avisée de lui résister. Mais elle n'y songeait guère ; et il continuait à la taquiner sans merci.

Mme Larousay ralluma le feu, ne le quitta que quand elle n'eut plus d'inquiétude sur son avenir, et s'en revint ensuite à table manger son omelette froide, et servir à sa famille le reste du déjeuner.

II

LE PETIT JEAN

ENCORE à table? Tant mieux : j'arrive à propos pour le dessert. »

Sur ces paroles, prononcées d'une voix bien timbrée, qui n'était plus jeune, mais qui était encore gaie, une petite femme rondelette entra dans la salle à manger.

« Bonjour, mes chers voisins! Non, ne vous levez pas; si je dérange quelqu'un, je m'en vais, d'abord.... Comment avez-vous passé la nuit, monsieur Larousay?... Pas beaucoup de sommeil? Ah! ces maudits rhumatismes! un vrai baromètre. On s'en passerait bien, n'est-ce pas? qu'a-t-on besoin de savoir d'avance les changements de temps, puisqu'on n'y peut rien? Le beau soleil vous remettra : les jours allongeront dans huit jours, savez-vous! voilà que nous marchons vers le printemps! »

Le vieillard ne put s'empêcher de rire.

« Oui, nous marchons, mais nous n'avançons guère. Vous êtes toujours d'humeur plaisante, madame Morain!

— Surtout quand j'apporte à des enfants quelque chose de bon. Voyez, petits, ce que j'ai là. »

Elle posa au milieu de la table une corbeille, couverte de mousse, sur laquelle s'attachèrent quatre paires d'yeux curieux; la petite Louise était déjà capable de comprendre ce que signifiait : « quelque chose de bon ».

« Otez la mousse brin par brin, et que chacun travaille à son tour, Suzanne la première... Là! commencez-vous à voir maintenant?

— Du raisin! dit Roger avec admiration.

— Oui, du raisin; j'en ai reçu une jolie provision aujourd'hui, et j'en ai choisi du mieux conservé pour vous l'apporter. Il est un peu ridé, mais il est bon tout de même : un vrai sucre!

— Vous êtes toujours la bonté même, dit Mme Larousay attendrie, en serrant la main de sa voisine; mais vous gâtez mes enfants.

— C'est bien exprès! puisqu'ils n'ont pas de tante ni de grand'mère, il faut bien que quelqu'un se charge de les remplacer. Distribuez le raisin, ma voisine; cela m'amuse de le voir disparaître. »

Mme Larousay distribua le raisin en commençant par servir le grand-père, à qui elle donna la plus grosse grappe. Il se plaignit un peu de ce qu'elle le traitait comme un enfant gourmand, mais il prit la grappe et la garda. Le déjeuner fut bientôt achevé, le couvert enlevé, les miettes balayées, et les enfants prirent leurs livres pour étudier leurs leçons avant de retourner en classe. Mme Morain déclara qu'elle avait une demi-heure à rester, et tira son tricot de sa poche; le grand-père qui aimait la société de la voisine, rapprocha son fauteuil du poêle au lieu de s'en retourner dans sa chambre.

Bientôt Mme Larousay s'en alla coucher Louise, qui faisait toujours un petit somme au milieu du jour; M. Larousay emmena ses filles à leur pension, et Roger, chargé de son sac, se dirigea vers le lycée. Au moment où il allait sortir, sa mère le rappela.

« Si tu rencontrais le facteur en bas, lui dit-elle, demande-lui s'il a une lettre pour moi, et dans ce cas monte-la-moi tout de suite : tu courras un peu plus vite après. On tarderait peut-être à me l'apporter, et je suis si pressée de l'avoir! »

Roger partit en courant, et Mme Larousay vint se rasseoir près de sa fenêtre et reprit ses raccommodages.

« Vous attendez une lettre? lui demanda Mme Morain.

— Oui, une lettre qui a trois jours de retard..., cela n'est jamais arrivé... Pourvu qu'il ne soit pas malade, mon pauvre petit Jean!

— Ah! le petit qui est en nourrice? Mais il est très fort, à ce qu'on dit?

— Ce n'est pas une raison pour que je sois tranquille : les enfants robustes ont le croup, des convulsions, que sais-je? Enfin je suis bien tourmentée.

— Quand on envoie ses enfants loin de soi, il faut se faire une raison, grommela le grand-père du fond de son fauteuil.

— Ah! ce n'est pas ma faute s'il est là-bas! répondit Juliette en soupirant. Si j'avais pu le nourrir comme les autres, il ne m'aurait jamais quittée.

— Mais il a une bonne nourrice, reprit Mme Morain d'un ton consolant.

— Oh! oui, et une brave femme! Elle m'avait servie pendant six ans, et ne m'avait quittée que pour se marier, jusque dans le Finistère. Au bout de deux ans, elle est revenue à Nantes pour la succession de son père, qui venait de mourir. Elle est arrivée chez moi, au moment où le médecin disait qu'il fallait tout de suite donner une bonne nourrice à Jean, qui avait huit jours, sans quoi nous mourrions tous les deux. J'étais désolée, pensez donc! Prendre une nourrice à la maison, nous n'étions pas assez riches pour faire cette dépense-là; et confier mon pauvre petit à une étrangère! Agathe m'a vite tirée de peine : je l'entends encore : « Madame, vous me le confierez bien, à moi! J'ai un beau nourrisson, je vais aller le chercher chez ma sœur pour vous le montrer; je rendrai le vôtre aussi frais et aussi fort.

« Je le prends et je l'emporte à Landévennec : je le soignerai comme si c'était mon fils. »

Il a bien fallu dire oui.

— Et elle l'a bien soigné ?

— Oh ! comme une mère, et mieux que les mères paysannes ; elle avait appris chez moi à élever les enfants. Je suis allée une fois le voir : le voyage coûte cher, et je ne peux guère laisser ma maison à mon mari, qui est au bureau toute la journée. Jean avait huit mois, et il était beau comme un ange ; il ne pleurait jamais et se portait très bien. Aussi je l'ai laissé à Agathe, et depuis je n'ai pas encore pu le reprendre ; Louise est née, elle m'a donné beaucoup de mal, elle est si délicate ! j'avais assez à faire de m'occuper d'elle. Mais la voilà un peu fortifiée, elle commence

Nous n'avons pas encore expliqué qui était Mme Morain. C'était une veuve d'une cinquantaine d'années, qui n'avait jamais eu d'enfants, à son grand regret ; elle avait amassé une honnête aisance dans le commerce de la lingerie, et elle s'était retirée de bonne heure, tant parce qu'elle manquait d'ambition, que parce qu'elle voulait céder son magasin à sa première demoiselle pour lui faciliter un mariage qu'elle désirait. Elle avait loué un petit appartement sur le même palier que M. Larousay, et elle y vivait de ses rentes, entre sa domestique Perrine, son chat Pouf et ses quatre serins. Elle était gaie et serviable et faisait facilement connais-

UNE PETITE FEMME RONDELETTE ENTRA

à marcher, et j'espère reprendre Jean au printemps.

— Ce sera une nouvelle connaissance à faire pour toute la famille, puisqu'il n'avait pas huit jours quand il est parti.

— Oui, pour le grand-père et les enfants ; mais mon mari va le voir une fois par an. Moi, voilà deux ans que je ne l'ai vu... Roger n'est pas remonté ; je n'aurai pas encore de lettre aujourd'hui.

— A moins que le facteur ne soit en retard : ce serait tout simple, si près du jour de l'an.

— C'est vrai... Trois jours de retard ! Agathe n'a jamais manqué de m'écrire tous les dimanches ; la lettre m'arrive le mardi... et nous sommes à vendredi !

— Peut-être qu'elle est seule à savoir écrire, dans sa maison, et qu'elle a été malade dimanche ou trop occupée.

— Malade, oui, c'est possible ; mais il y a quelque chose, bien sûr ! »

Le vieux M. Larousay, que cette conversation n'amusait pas, se leva et prit sa canne pour retourner dans sa chambre. Juliette se leva vivement pour lui donner le bras, et ne revint que lorsqu'elle l'eut bien installé au coin de son feu. Mme Morain, pendant ce temps-là, prit l'ouvrage de sa voisine et continua la reprise qu'elle faisait.

sance ; elle était bientôt devenue l'amie de ses voisins. M. et Mme Larousay faisaient grand cas d'elle, lui reconnaissant une qualité que n'ont pas toujours les personnes serviables : la discrétion. Elle pouvait, en effet, vivre des années avec les gens sans les questionner sur leurs affaires, se contentant de ce qu'ils voulaient bien lui en dire d'eux-mêmes. C'est ainsi que, tout en sachant que ses voisins avaient un enfant en nourrice, elle ignorait encore avant ce jour pourquoi et comment il y avait été mis.

« Une lettre, madame ! » cria la petite Mariette, qui savait l'inquiétude de sa maîtresse et annonçait la bonne nouvelle même avant d'avoir refermé la porte sur la concierge.

Mme Larousay accourut de la chambre de son beau-père, prit la lettre et vint s'asseoir pour la lire près de sa fenêtre de salle à manger.

« Enfin ! la voilà donc cette lettre ! lui dit Mme Morain en souriant. Pauvre femme ! vous êtes toute tremblante !

— Oui, la voilà..., mais ce n'est pas l'écriture d'Agathe... Oh ! mon Dieu ! pauvre Agathe !

— Eh bien ?

— Elle est morte samedi dernier ! Son mari me fait écrire de venir reprendre mon petit garçon, parce qu'ils n'ont plus de femme dans la maison que la grand'mère, qui aura trop à faire pour pouvoir s'occuper de lui. On l'a donné en attendant à une voisine, mais on me prévient que cette femme ne pourra pas le garder longtemps... Il faut que je parte ce soir... Et ma petite Louise qui n'est pas encore sevrée! et Mariette qui n'est qu'une enfant! qu'est-ce que la maison va devenir pendant que je serai absente?

— Est-ce que M. Larousay ne pourrait pas aller chercher le petit?

— Oh! non. On ne lui donnerait pas de congé en ce moment-ci, à la fin de l'année : il y a trop de travail dans les bureaux. Et puis il serait peut-être embarrassé de voyager avec un enfant qui n'a pas trois ans... Je chargerai Suzanne de me remplacer; elle s'en tire assez bien, seulement elle n'est pas assez douce, et les autres n'aiment guère à lui obéir... Mariette non plus... Pauvre Agathe! c'est un grand malheur que cette mort! »

Mme Morain réfléchissait.

« Voyons, dit-elle au bout de quelques instants, ne vous désolez pas : il y a moyen d'arranger les choses. Je n'ai pas eu d'enfants, moi, mais j'ai toujours aimé à m'occuper des enfants des autres; je sais les amuser, les endormir, les faire manger; je soignerai très bien votre petit Jean. Voulez-vous que j'aille le chercher à votre place?

— Oh! un pareil voyage, en hiver, à votre âge! je ne peux pas accepter..., vous n'auriez qu'à tomber malade!...

— Il n'y a pas de risque! Je ne suis pas frileuse, et j'ai des manteaux, des couvertures, tout ce qu'il faut pour moi et l'enfant. Et puis je ne suis pas si vieille : cinquante ans, c'est la fleur de l'âge, quand on se porte bien. J'ai toujours eu envie de voir la Basse-Bretagne. C'est dit : je pars. A quelle heure le train? Ah! à propos vous allez m'écrire une lettre pour le père nourricier; il ne me remettrait pas l'enfant sur ma bonne mine, sans doute! »

Mme Larousay fit encore quelques objections; mais la voisine avait réponse à tout, et elle sut lui prouver qu'elle allait à Landévennec pour son plaisir. Après tout, il y avait du vrai là dedans, et si, comme l'a dit un ingénieux moraliste, « le plaisir le plus délicat est de faire celui d'autrui », Mme Morain devait être parfaitement contente, car elle

était femme à goûter pleinement ce plaisir-là.

Quand M. Larousay revint de son bureau, il trouva sa femme, qui venait d'écrire la lettre au père nourricier, occupée à chercher dans une malle où l'on serrait d'anciens vêtements hors d'usage, un manteau qui pût convenir à Jean et le préserver du froid pendant le voyage. Le soir, toute la famille, moins Loulou qu'on laissa à la garde de Mariette, conduisit Mme Morain à la gare, en lui promettant de venir l'y attendre à son retour.

La journée du lendemain fut employée aux changements nécessités par l'accroissement de la famille. Cécile céda à Jean son petit lit, qui commençait à être un peu court pour elle, et qui fut placé dans la chambre de la maman, à côté du berceau de Louise. Elle eut un lit neuf, qui lui fit très grand plaisir, mais qui amena un nuage sur la figure de Suzanne, parce qu'il tenait beaucoup plus de place que l'ancien dans la chambre des deux sœurs. La jeune fille n'osa pourtant pas se plaindre tout haut : elle comprenait que le lit de Jean serait encore bien plus gênant pour sa mère, sans compter la peine que l'enfant allait donner à Mme Larousay. Elle prit donc son parti, et s'en alla aider sa mère et Mariette à savonner, repasser et raccommoder les vêtements devenus trop petits pour les aînés, et conservés dans le camphre afin de former un jour la base d'un trousseau pour Jean. Ce n'était pas que Suzanne aimât beaucoup la couture, ni qu'elle se sentît transportée de tendresse pour le petit frère inconnu; mais on savait que la bonne Agathe faisait habiller l'enfant par la tailleuse de Landévennec; et Suzanne se sentit rougir à l'idée de produire sur le cours et au Jardin des Plantes un petit frère mis comme un enfant de paysan. Les sentiments humains sont mêlés de bon et de mauvais : quand c'est du bien qui en résulte, il ne faut pas se montrer trop difficile sur les motifs.

Roger parut assez indifférent au retour du petit frère : un enfant de trois ans, qu'est-ce que l'on pourrait faire de cela? pas même jouer au soldat! Quant à la tendre Cécile, son cœur débordait de joie : un enfant de plus dans la famille, c'était un être de plus à aimer; et elle faisait un choix parmi ses joujoux, ses bonbons, ses images, mettant à part tout ce qui pourrait plaire à Jean et l'habituer à la maison.

III

ARRIVÉE DU TRAIN DE BRETAGNE

LES fiacres, les voitures de maître, les omnibus des hôtels roulent bruyamment sur le quai et viennent s'aligner dans la cour de la gare; le train est signalé, la vapeur siffle, la locomotive fait son entrée avec sa queue majestueuse de wagons. C'est ce train-là qui doit ramener Mme Morain; M. Larousay, par la protection du chef de gare, s'avance jusque

sur le quai de débarquement pour la débarrasser de son fardeau. Sa femme l'accompagne, joyeuse, le cœur palpitant, inquiète de la façon dont le voyage se sera passé et de la peine que le petit Jean aura pu donner à la bonne voisine; Cécile a voulu venir quand même avec eux pour avoir le premier baiser du petit frère,

« Par ici ! par ici ! » leur crie une voix de femme ; et Mme Larousay se précipite vers un wagon d'où les voyageurs sont déjà descendus, à l'exception de Mme Morain, encombrée d'un énorme paquet qu'elle tient sur ses bras. Mme Larousay s'empare du paquet, doucement, avec mille précautions ; car il dort, le chérubin : il ne faut pas l'éveiller ! Elle le penche seulement vers Cécile qui se dressait sur la pointe des pieds pour l'apercevoir, et elle écarte un peu la grande mante à capuchon qui l'enveloppait.

« Oh ! maman, qu'il est drôle, le petit frère, dit Cécile ; il a l'air d'une fille ! »

Le fait est que Jean cache sa toison blonde sous un bonnet à trois pièces, en taffetas vertchou, orné de paillettes, et que l'espèce de corsage ou de veste qu'il porte conviendrait aussi bien à une fille qu'à un garçon ; mais il a un pantalon de drap épais qui tombe jusque sur ses gros souliers. Si Suzanne le voyait elle en frémirait de honte.

« Voilà votre rejeton, mes chers voisins, dit Mme Morain en étirant ses bras engourdis. Il a été parfaitement sage, et, quand nous l'aurons attifé d'une façon plus honnête, il sera joli comme un cœur. Je n'ai rien apporté de son trousseau, que ce qu'il a sur le corps ; vous m'aviez donné carte blanche, ma chère, et j'en ai profité pour donner toutes ses nippes à son frère de lait, qui n'est pas aussi grand que lui, quoiqu'il ait six mois de plus. Donc, nous n'avons pas de bagages et nous pouvons nous en aller tout de suite. »

Un quart d'heure après, le petit Jean était déposé tout habillé sur son lit, où chacun allait le regarder dormir, et Mme Morain s'asseyait à la table de ses voisins. On avait laissé ouverte la porte de la chambre à coucher.

« Non, non, pas de remerciements, disait la veuve d'une voix enjouée ; j'ai fait un charmant voyage, je n'ai pas eu froid, je ne suis pas fatiguée, et votre petit Jean ne m'a pas ennuyée un instant. D'abord, il a dormi toute la nuit ; au jour il s'est réveillé, et, comme nous arrivions à un buffet, je l'ai fait déjeuner : il a bon appétit. Il a regardé tout le temps par la portière sans pleurer, sans rien demander, sans gêner les autres voyageurs ; il a mangé sans difficulté ce que je lui donnais, et il s'est rendormi après la station de Sainte-Luce. Vous voyez que ce n'est pas un compagnon désagréable.

— Parle-t-il bien, madame ? Aime-t-il à jouer ? demanda Cécile.

— Ma mignonne, je ne l'ai pas excité à jouer de peur qu'il ne devînt trop remuant : il s'en passait très bien. Il n'a pas parlé ; mais ce n'est pas étonnant, les enfants de la campagne sont très timides avec les étrangers, et son frère de lait n'a pas dit un mot devant moi ni les autres enfants de la ferme. Il doit être un peu ahuri, ce pauvre petit, d'avoir vu tant de choses nouvelles. Il est très caressant, toujours : dès que je lui parlais et que je lui souriais, il me tendait les bras et me tendait les lèvres avec un bruit de

baiser. Tu n'auras pas de peine à l'apprivoiser, ma chérie. »

Une faible plainte se fit entendre dans la chambre à coucher. « Mâ ! mâ ! » disait une voix d'enfant, qui retentit jusque dans le cœur de Mme Larousay et la fit devenir toute pâle. Elle se leva vivement, et Mme Morain l'imita.

« Je vais avec vous, ma chère ; il me connaît déjà un peu... »

Mais le petit Jean ne parut pas se soucier d'elle ; il leva vers sa mère de grands yeux bleus au regard sérieux et profond, sans se troubler, sans s'effrayer, paisible et indifférent. Juliette l'enleva dans ses bras et le couvrit de baisers en l'appelant son chéri, son trésor, son amour, son petit exilé ; et l'enfant, à cette voix, à ces caresses, sourit doucement, passa ses petits bras autour du cou de sa mère et pressa sa joue contre la sienne.

« Ah ! voyez donc, madame Morain, le cher petit, il m'aime ! s'écria la mère transportée de joie.

— Est-ce qu'on ne dîne pas ? dit d'une voix grondeuse M. Maxime Larousay.

— C'est vrai, je perds la tête, murmura Juliette. Et j'interromps tout le dîner ! vous qui arrivez de voyage et qui devez avoir faim... Je vous demande bien pardon...

— Il n'y a pas de quoi, ma petite ; ça vaut de la soupe, de voir votre joie. Mais le petit en mangerait peut-être bien, de la soupe ! Emportons-le ! »

Avant d'installer Jean dans le haut fauteuil qui avait déjà élevé Suzanne, Roger et Cécile, Mme Larousay dut lui faire faire le tour de la table et le présenter solennellement à chaque membre de la famille. Il se laissa faire en bon prince et subit toutes les accolades sans témoigner d'ennui. Mme Morain, qui l'avait déjà observé depuis deux jours, crut remarquer un peu d'inquiétude dans son doux regard confiant, quand il se trouva en face du grand-père et de Suzanne : ces deux figures-là devaient plaire moins que les autres. Mais quand il fut devant Louise, il sourit, fit entendre un « oh » joyeux et étonné, et il étendit les mains pour la toucher, la caressant légèrement comme un objet fragile qu'il aurait eu peur de casser ; puis il baisa son front, ses joues, ses yeux, en répétant toujours : « Oh ! oh ! » comme pour exprimer son admiration.

On le mit à table, et sa mère remarqua qu'Agathe l'avait élevé comme un fils bourgeois, et lui avait appris à manger proprement. Il se tint tranquille dans sa grande chaise, se laissa mettre par terre après le dîner sans rien dire, et suivit docilement Cécile, qui vint le prendre par la main pour l'emmener jouer. Mais il ne joua pas, et Cécile ni Roger n'en purent tirer un mot.

« Maman, dit Roger, peut-être qu'il ne parle que le bas-breton !

— C'est fort possible, mes enfants ; mais il apprendra le français avec vous, soyez tranquilles. Pour le moment, ne le tourmentez pas ; il est étourdi par toutes ces figures nouvelles, et c'est déjà beaucoup qu'il ne pleure pas. Gardez-le un instant, je vais coucher Loulou et je reviendrai ensuite le chercher. »

Mme Larousay fit le tour de la société avec Louise, qu'on exerçait à la politesse des petits enfants, c'est-à-dire qu'elle tendit ses joues à la ronde en disant : « Bonsoir, papa ! bonsoir grand-père ! bonsoir, *Damorin* » (c'était sa manière de prononcer *Mme Morain*). Quand elle souhaita le bonsoir à son petit frère, Jean parut se réveiller de son engourdissement ; il lui tendit les bras et la baisa d'un air ravi. Il la suivit des yeux pendant que Mme Larousay l'emportait, et fit entendre un petit gémissement au moment où elle disparut ; puis il retomba dans son apathie. Un quart d'heure après, Mme Larousay vint le chercher à son tour. Il se laissa embrasser sans résistance, mais détourna ses grands yeux bleus devant le regard perçant de l'aïeul.

« Il paraît que les vieilles figures ne plaisent pas à ce monsieur ! dit le vieillard d'un ton fâché.

— Il n'est pas habitué à nous et il a besoin de dormir, le pauvre petit ! dit la mère, empressée à excuser l'enfant. Jean, mon chéri, dis bonsoir à grand-père ; c'est grand-père, vois-tu ! Bon... soir..., grand...-père... »

Mais Jean ne répéta aucune des syllabes que sa mère lui dictait ; il n'eut même pas l'air de comprendre qu'elle s'adressait à lui ; et le grand-père haussa les épaules en disant : « Voilà une éducation à refaire... Il paraît qu'en Bretagne on n'apprend pas la politesse aux enfants. »

D'ordinaire, quand le vieillard laissait échapper quelque injuste boutade, Mme Morain lui tenait tête, tournait les choses en plaisanterie et finissait toujours par le remettre en belle humeur. Mais, cette fois (et Juliette le remarqua), elle se tut et regarda le petit Jean avec attention, presque avec tristesse.

Mme Larousay emporta son enfant. Tout en le déshabillant, elle le comblait de caresses, comme si elle eût voulu le dédommager du mauvais accueil que lui avait fait le chef de la famille ; mais elle se sentait le cœur serré par une inquiétude qu'elle ne pouvait s'expliquer. Inquiète, de quoi ? Elle aurait pu s'attendre à des larmes, à des cris, à des réclamations violentes du petit campagnard révolté contre le brusque changement de vie qu'on lui imposait : et Jean était calme, doux, docile, caressant ; on ne pouvait lui reprocher que de ne pas parler. Ce n'était rien, cela ! un peu de timidité sans doute ; il s'apprivoiserait peu à peu. Et puis peut-être que, en effet, il connaissait mieux le bas-breton que le français... Mais qu'il était beau ! La mère admirait ses bras potelés, son petit

corps ferme et satiné, sa chevelure blonde qui frisait, légère et lumineuse comme un nimbe, son cou délicat, un peu doré par le soleil, ses joues rondes creusées çà et là de petites fossettes, son front bien arrondi, le réseau de veines bleues qui se dessinait sous la peau blanche et fine de ses tempes, sa bouche rose et ses grands yeux bleus aux longs cils bruns. C'était le plus beau de ses enfants, certainement ; et il semblait si aimant et si doux !

Tout cela, Juliette se le dit et se le répéta, en regardant perler la sueur du sommeil sur le front du chérubin ; mais elle ne réussit pas à soulever le poids qu'elle avait sur le cœur.

Dans la salle à manger, les enfants avaient apporté leurs cahiers sur la table débarrassée de la nappe, et ils écrivaient leurs devoirs pour le lendemain. Quand la mère rentra, Suzanne griffonna vivement sa dernière ligne et jeta sa plume sur l'écritoire en criant : « J'ai fini ! » Puis, confuse d'avoir manqué à ses habitudes d'ordre, elle reprit la plume et l'essuya soigneusement, pour la serrer dans son buvard.

« Déjà fini, Suzanne ? Tu as été bien vite, ce soir ! dit M. Larousay.

— Oui, papa ; je me suis dépêchée pour aider un peu maman à coudre pour le petit frère.

— Très bien ! voilà une bonne fille ! Je suis content de toi, mon enfant. »

Suzanne se leva pour chercher son dé, et Roger la regarda en se demandant pourquoi elle avait le triomphe si modeste ce jour-là. C'était le témoignage de sa conscience qui empêchait Suzanne de redresser la tête sous les éloges de son père : elle songeait moins à épargner un peu de peine à Mme Larousay, qu'à hâter le moment où Jean serait habillé comme les autres enfants. Si quelqu'une de « ces demoiselles » de la pension Durangin le voyait avec ce pantalon de drap et ce bonnet à trois pièces ! Suzanne aurait là un sujet de honte pour tout sa vie. Elle se mit donc à coudre avec ardeur dans la petite robe anglaise en cachemire gros bleu, dont sa mère pouvait maintenant déterminer la longueur et la largeur ; et, tout en cousant, elle se disait que Jean, après tout, ne serait pas laid, quand il n'aurait plus l'air d'un paysan, et qu'il pourrait faire honneur à la famille.

Jean reçut bien des visites ce soir-là, sans s'en apercevoir du reste, car il dormait profondément dans l'ancien lit de Cécile : personne ne voulut aller se coucher sans être venu d'abord regarder cette tête blonde abandonnée sur l'oreiller blanc. Et, pendant que les enfants rêvaient du petit frère, la mère s'éveilla souvent pour écouter sa respiration paisible et se réjouir de ce qu'enfin il était là.

IV

QU'A DONC LE PETIT JEAN ?

LA nuit était encore noire lorsque Mme Larousay fut éveillée par la plainte que Jean avait déjà fait entendre la veille. « Mâ ! » disait l'enfant ; et sa mère, à la lueur de la veilleuse, l'aperçut assis sur son lit, regardant autour de lui toutes ces choses inconnues. Elle courut à lui, l'embrassa, lui sourit, lui dit mille tendres paroles ; l'enfant perdit par degrés son expression inquiète, quoiqu'il appelât encore : « Mâ ! » de temps en temps ; mais, en rendant les caresses que lui faisait sa mère, il ne disait pas un mot, et cela commençait à étonner Mme Larousay, car ce n'était pas la peur qui causait son silence : il ne paraissait pas effrayé, il ne pleurait pas ; et quand Louise s'éveilla et appela sa mère, il tendit les bras vers le berceau en disant : « Oh ! oh ! » comme s'il eût désiré qu'on lui donnât ce joujou vivant. Mme Larousay prit la petite, toute frêle et menue dans sa longue chemise de nuit, et l'apporta sur le lit de Jean. Alors l'enfant parut tout joyeux, et il se mit, comme la veille, à promener ses mains sur le visage de Louise en répétant :

« Oh ! oh !

— Moi, pas oh ! oh ! moi, Loulou ! dit la petite qui crut que c'était un nom qu'il lui donnait. Dodo à maman ! Loulou veut jouer. »

C'était trop juste : Loulou avait droit à sa partie de jeu du matin sur le grand lit de sa mère, et naturellement elle voulut que Jean vînt l'y retrouver. Alors elle commença à se rouler, à rire aux éclats, à se lever debout, à grand'peine, embarrassée dans sa longue chemise qui lui dépassait les pieds, à sauter, à tomber, à se relever toujours riant, excitant Jean à faire comme elle. Il se laissa entraîner peu à peu ; mais il jouait sans animation et souriait doucement au lieu de répondre aux éclats de rire de la petite, quand ils avaient roulé tous les deux ensemble jusqu'au bord du lit, où leur mère les arrêtait. Loulou gazouillait comme un oiseau joyeux : « Maman... Jean... hop ! sur le grand dodo à maman !... Mariette, bouillie à Loulou, bouillie à Jean !... Maman, *pépée* à Loulou ! »

La « pépée à Loulou » était un grand poupard qui n'avait plus qu'un bras et la moitié d'une jambe, mais qui possédait une figure rubiconde, avec un nez rendu camard par les chocs ; on en voyait le carton, ce qui lui faisait comme une tache grise au beau milieu du visage. Mais Loulou, en tendre mère, ne voyait point ses défauts ; et elle se mit à bercer *pépée* dans ses bras en lui donnant tous les doux noms qu'elle recevait de Mme Larousay. Jean parut très étonné à la vue de cette créature encore plus petite que l'autre, et il étendit la main pour la palper, comme il avait fait à Louise. Mais cette figure de carton lui produisit sans doute un effet désagréable, car il retira vivement sa main et se recula un peu.

« Jolie pépée ! mignonne, pépée ! Embrasse pépée, petit frère ! dit Louise en le poursuivant avec sa fille. Maman, Jean n'aime pas pépée ! vilain Jean ! »

L'enfant comprit-il les mots : « Vilain Jean ! » ou seulement le geste et la physionomie de Louise ? Sa figure prit une expression chagrine, et il se mit tout à coup à pleurer en se fourrant les poings dans les yeux. Mme Larousay accourut.

« Laisse-le, Loulou, tu le fais pleurer. Il ne connaît pas les poupées, ce petit, il en a peur. Console-le, puisque tu lui as fait du chagrin. »

Louise avait sa manière de consoler les gens : elle leur entourait le cou de ses petits bras, en serrant bien fort, et elle leur appliquait sa bouche rose sur le visage ; et puis elle disait : « Pleure pas, Loulou t'aime bien ! » Cela réussissait presque toujours avec Roger et Cécile, coupables de quelque étourderie, et même avec Mariette qui pleurait comme vigne coupée quand elle avait cassé une assiette. Cette fois, comme le regret d'être la cause du chagrin de Jean ajoutait une pointe de remords à son désir de le consoler, elle fondit en larmes elle-même en l'embrassant et en répétant : « Pleure pas...., petit frère... Loulou t'aime bien... Loulou ne le fera plus... jamais... » Et Mme Larousay, voulant faire finir l'attendrissement, prit son mouchoir et leur essuya les yeux à tous deux ; puis elle enleva Jean, se mit à l'habiller et appela Mariette pour qu'elle s'occupât de Louise.

Si je dis que le premier déjeuner de la famille Larousay se composait de panade, j'éveillerai, je le crains fort, un sentiment de dédain chez la plupart de mes lecteurs. De la panade ! fi donc ! J'en suis bien fâchée, mais chez Mme Larousay on ne perdait rien, et cette nourriture primitive permettait d'utiliser le pain trop rassis qu'on n'aurait pu manger autrement. C'est très sain et très nourrissant, la panade ; et, quand Mme Larousay formait une domestique, c'était la première science qu'elle lui inculquait : faire de bonne panade sans grumeaux, point trop épaisse, ni trop claire non plus, et y mettre juste la quantité de sel, de beurre et de lait convenable. Mariette la réussissait parfaitement : une vraie crème ! Toute la famille en mangeait et s'en trouvait fort bien. Louise l'appelait bouillie, parce qu'elle avait mangé de la bouillie autrefois. A présent qu'elle était grande (elle allait avoir dix-sept mois !), elle mangeait avec les autres personnes et n'en était pas peu fière.

Quand Juliette entra dans la salle à manger, tenant les deux petits par la main, la soupière fumait sur la table, et M. Larousay arrivait d'un autre côté avec ses aînés à qui il avait fait réciter leurs leçons : ils travaillaient le matin avec leur père, pendant que la mère s'occupait du ménage et de Louise. Ce fut un cri d'admiration à la vue de Jean débarrassé de son attifement breton. Il portait des bas bleu foncé, qui se tendaient bien sur ses mollets arrondis ; il avait hérité d'une robe anglaise du même bleu, orné de galons blancs, portée par Cécile à cinq ou six ans, que sa mère avait mise à sa taille ; et le bonnet vert à paillettes était remplacé par

décida qu'il fallait tout de suite, aller le faire voir au grand-père. Elle le prit par la main et l'entraîna ; le grand-père, qui déjeunait seul dans son lit, les vit entrer chez lui comme un obus, suivis de toute la famille, qui voulait voir l'effet produit.

« Vois, grand-père, comme il est beau ! Dis bonjour à grand-père, Jean ! envoie un baiser à grand-père ! »

Et elle lui donnait l'exemple. Mais le petit ne parut pas l'entendre et n'ouvrit pas la bouche. Il se laissa mener par Cécile jusqu'au lit du grand-père, qui remit son assiette vide à Suzanne et se pencha vers Jean pour le mieux regarder.

IL PROMENA SES MAINS SUR LE VISAGE DE LOUISE

un béret de laine à grosse houppe, qui faisait merveille sur ses cheveux blonds. Agathe les avait laissés pousser, selon la mode de Bretagne ; mais, n'oubliant pas que son nourrisson était un « petit monsieur », elle les avait soigneusement peignés et brossés ; ce n'était que depuis sa mort qu'on ne les enfermait plus chaque soir dans des papillotes. Ces longues boucles dorées encadraient la figure d'ange du petit Jean, à la fois délicate de contours et éclatante de santé et de fraîcheur ; et le béret jetait sur son front une ombre qui adoucissait encore ses grands yeux profonds. Il était droit comme un jonc, et si bien fait, si bien découplé, qu'il paraissait mince, quoiqu'il fût d'une force peu commune à son âge. Louise, toute maigre et chétive, avait l'air, à côté de lui, d'une petite fourmi. Sa mère avait eu bien de la peine à l'élever ; maintenant sa santé s'était raffermie, mais elle était restée petite, mince et sans couleurs. Avec cela, elle était vive comme un furet, trottinant toute la journée, se fourrant partout et parlant déjà très bien à sa manière. Elle faisait un contraste frappant avec son frère, grand, rose, calme, paraissant quatre ou cinq ans au lieu de trois, qu'il n'avait même pas encore.

On entoura Jean, on caressa Jean, on questionna Jean, qui ne répondit point ; et Cécile

« Vois comme il est beau ! répéta Cécile. Embrasse-le, grand-père ! »

Elle souleva l'enfant dans ses bras. Derrière elle, Mme Larousay tremblait, s'attendant à une nouvelle rebuffade. Mais le vieillard posa ses lèvres sur le beau front de l'enfant, toujours indifférent et paisible, le regarda encore et dit d'une voix adoucie qu'on ne lui connaissait guère :

« Vous n'avez pas encore déjeuné, mes enfants ? Allez-y, ce petit doit avoir faim ; les campagnards mangent de bonne heure. »

En effet, Jean mangea de bon appétit, s'il ne connaissait pas la panade, cette nouvelle connaissance n'avait rien de déplaisant pour lui. Après le déjeuner, M. Larousay emmena ses trois écoliers, et sa femme alla faire sa tournée chez les fournisseurs, laissant les enfants à la garde de Mariette, qui faisait le ménage. Il fallait qu'elle se hâtât pour se retrouver à la maison au moment où son beau-père aurait envie de se lever : c'était elle qui l'aidait à s'habiller, et elle redoutait cette heure-là, car il ne trouvait jamais qu'elle s'y prît bien ; il n'acceptait pourtant pas d'autres services que les siens, mais il aimait à se plaindre.

Ce jour-là il ne se plaignit de rien et entra ses bras du premier coup dans ses manches ; il passa dans la salle à manger pour qu'on

LE GRAND-PÈRE SE PENCHA VERS JEAN

pût faire sa chambre, et ne remarqua point avec aigreur que Mariette était bien longue à cette besogne ; il parla même à Jean et ne se fâcha pas de ce que l'enfant ne lui répondait point ; enfin il se montra d'une douceur inaccoutumée, que Juliette attribua à l'influence de Jean. « Il plaît sans doute à son grand-père, se dit-elle ; ce n'est pas étonnant, il est si beau ! » Et elle bénit dans son cœur l'enfant qui amenait la paix et la concorde avec lui.

Quand le grand-père fut retourné au coin de son feu, le ménage fait et Mariette installée à ses fourneaux, Mme Larousay reprit sa place près de la fenêtre et sa corbeille à raccommodages, en attendant le repas de midi. Il faisait beau, le soleil brillait et fondait le givre des toits, qui coulait le long des gouttières et s'y glaçait de nouveau en pendeloques semblables à des stalactites de cristal. Mme Larousay tirait son aiguille vivement pour avancer son ouvrage et avoir un peu de loisir dans la journée : elle désirait promener Jean et Louise sur le cours Saint-Pierre, où les soldats venaient faire l'exercice. Les deux petits jouaient sur un tapis au milieu de la chambre, Louise jasant sans interruption, faisant les honneurs de ses joujoux ; Jean, toujours calme, disant de temps en temps : « Oh ! oh ! » en levant ses deux mains en l'air, quand un objet lui semblait particulièrement joli, mais n'essayant pas de répondre à sa sœur. N'importe, ils s'entendaient parfaitement et Juliette pouvait travailler à son aise ; Louise, qui d'ordinaire la dérangeait dix fois dans une heure, la laissait aujourd'hui parfaitement tranquille. Avec un enfant de plus dans la maison, la mère de famille avait moins de peine que par le passé.

Dans l'après-midi, Mme Larousay mena les deux enfants sur le cours, et Mme Morain vint les y rejoindre.

« Je suis allée chez vous, ma voisine, dit-elle à Juliette, mais vous étiez déjà partie. Je ne m'en suis pas étonnée, d'ailleurs je m'étais attardée à finir des tabliers rouges pour vos petits : cela ira à merveille à mon compagnon de voyage. Je les ai ornés de piqûres blanches, c'est très joli : j'aime à revenir à mon ancien métier. Eh bien, s'amuse-t-il, maître Jean ? Il n'a jamais vu une grande place comme celle-ci, avec des bancs, des statues et de beaux soldats en pantalons rouges !

— Il les regarde beaucoup, mais il ne dit rien ; il est d'un caractère tranquille. Ce n'est pas comme Louise : voyez-la ! »

Loulou avait grimpé sur un banc, après d'immenses efforts ; et elle s'y tenait fièrement debout, dressant sa petite tête, faisant résonner l'un après l'autre, sur le banc, ses pieds de Cendrillon chaussés de bottines de drap, et répétant de sa voix claire : « Une deusse ! une ! deusse ! » Et puis, s'emparant du parapluie bien roulé que Mme Morain prenait toujours avec elle par précaution, elle s'en servit en guise de fusil pour faire l'exercice, à la grande joie d'un vieux sergent qui instruisait les recrues à quelques pas de là.

Au bout d'un instant, elle trouva trop incomplet son plaisir solitaire, et, montrant Jean avec un geste de commandement :

« Jean soldat, dit-elle. Maman, Jean sur le banc... Là... Portez... arme ! »

Elle avait mis le parapluie entre les mains de Jean et commandait l'exercice à son tour. Mais apparemment Jean n'avait pas les goûts militaires : il regarda le parapluie, le tourna, le retourna et finit par le laisser tomber au grand scandale de Louise, qui trépigna de colère. Mme Larousay l'emmena, pour la calmer, faire une visite à la marchande de plaisirs qui venait d'apparaître sur le cours avec son grand panier couvert d'une serviette blanche. Mme Morain secoua la tête et prit congé de sa voisine ; elle avait, dit-elle, quelques courses à faire. Mais elle revint directement à la maison, et, au lieu de rentrer chez elle, elle sonna chez ses voisins et demanda M. Larousay père. Elle lui faisait quelquefois des visites pour l'égayer et le mettre de bonne humeur.

Elle le trouva au coin de sa cheminée, tisonnant son feu d'un air soucieux. Elle lui parla du soleil, qui était rare en cette saison, de sa santé, de ses rhumatismes, de la dernière partie de dames qu'ils avaient faite ensemble, d'un gros bateau hollandais qui était amarré au quai de la Fosse, d'un accident qui avait failli avoir lieu à la gare, du feu qui avait pris à l'hôpital Saint-Jacques ; puis elle arriva aux enfants et dit qu'elle venait de les laisser avec leur mère sur le cours, où Loulou faisait l'exercice comme un vieux soldat.

« Et Jean ! interrompit le vieillard en relevant la tête pour la regarder dans les yeux ; fait-il aussi l'exercice ?

— Non, il regarde seulement. Tout ce qu'il voit est si nouveau pour lui !

— Pauvre petit ! murmura le grand-père en soupirant.

— Vous le plaignez, monsieur Larousay ? »

Le vieillard hocha la tête.

« Madame Morain, vous êtes restée un jour à Landévennec, n'est-ce pas ?

— Oui ; je suis arrivée dans la soirée et repartie le lendemain à peu près à la même heure. Il y avait bien un train le matin, mais il m'aurait fait arriver ici la nuit, et puis, je ne voulais pas encombrer longtemps ces pauvres gens.

— Et, pendant cette journée, avez-vous vu le petit jouer avec les autres enfants ?

— Je ne l'ai pas beaucoup vu ; le premier soir, il était couché : on l'avait envoyé avec son frère de lait chez une parente, à qui on a fait dire le lendemain de me l'amener. Je l'ai trouvé beau, l'air doux, calme, peut-être un peu triste et comme dérouté. Il appelait de temps en temps : « Mâ ! » comme il l'a fait ici, et regardait autour de lui. On m'a dit que c'était sa nourrice qu'il appelait ainsi, et qu'on l'avait renvoyé de la maison parce qu'il ne faisait que la demander quand elle a été morte.

— Mais il n'a pas dit autre chose ?

— Pas autre chose ! Je l'ai embrassé en

lui parlant doucement ; il s'est laissé faire. On l'a emmené, et je me suis occupée à examiner son trousseau et à trier les pièces qui pourraient lui servir ici ; il n'y en avait pas beaucoup. Je ne l'ai revu que quand il s'est agi de partir. Il n'a rien dit non plus ; je pense que tout ce qui se passait l'étonnait beaucoup. En wagon, il a dormi toute la nuit ; le matin il s'est réveillé et a appelé : « Mâ ! » mais il n'a pas pleuré et s'est vite accoutumé à moi. Pendant le reste du voyage, il a regardé par la portière ou grignoté des gâteaux que je lui donnais ; et il s'est rendormi quand la nuit est venue.

— Et vous ne lui trouvez rien d'extraordinaire ?

— Moi ?... quoi donc ?

— Madame Morain, dit le vieillard en posant sa main sur celle de sa voisine, je suis sûr que vous ne le trouvez pas pareil à tous les autres enfants... Vous n'osez pas dire non ?... Eh bien, moi, j'ai grand'peur que le pauvre petit ne soit sourd-muet !

— Sourd-muet ! mais il n'y en a jamais eu dans votre famille, ni dans celle de Mme Larousay !

— Cela ne fait rien... Un enfant de trois ans qui ne parle pas...

— Mais... il parle, après tout ; il dit : « Mâ ! » C'est une syllabe ; puisqu'il prononce celle-là, il peut bien en prononcer d'autres... Chez son père nourricier les gens parlaient breton entre eux ; il sait peut-être des mots bretons.

— Cela m'étonnerait. Sa nourrice, qui lui a appris à manger comme un enfant de la ville, a dû lui parler français ; elle le savait, le français, puisqu'elle a servi plusieurs années chez ma belle-fille.

— Mais il ne parait pas sourd !

— Je ne sais pas ; je ne suis pas encore fixé là-dessus. Mais quelle triste chose de penser au chagrin de mes enfants, qui admirent de si bon cœur la beauté de leur fils, quand ils le sauront infirme et incapable de se tirer d'affaire dans la vie. Vous dites qu'il prononce une syllabe c'est tout ce qu'on veut, *mâ* ou autre chose ; les sourds-muets ont de ces cris inarticulés... Je suis bien inquiet ; pensez donc à ce que c'est qu'une pareille charge dans une famille sans fortune ! »

Mme Morain soupira. Elle aussi, de plus en plus, elle se sentait envahie par une vague inquiétude au sujet de cet enfant qui ne parlait pas, et ne paraissait rien remarquer de ce qui se passait autour de lui. L'aïeul avait donné une forme précise à ses craintes. Sourd-muet ! était-il bien possible qu'un tel malheur fût tombé sur ses pauvres amis ! Elle n'eut pas le courage d'attendre le retour de Juliette, et laissa le vieillard seul avec ses tristes réflexions.

Tristes, oui ; salutaires peut-être aussi. A tout âge on a besoin de devenir meilleur. Le malheur de l'enfant avait ravivé au fond de l'âme du vieillard des germes de pitié et de tendresse depuis longtemps flétris ; et cette pitié pour l'enfant s'étendait aussi sur la mère, la pauvre mère qui souffrirait tant de la fatale découverte. Il n'en était pas encore au remords de ses duretés envers elle : mais au moins il la plaignait, et il se sentait disposé à aimer le pauvre déshérité plus qu'il n'avait jamais aimé personne.

V

UN CONQUÉRANT QUI NE SE DOUTE PAS DE SES CONQUÊTES

IL se passa des jours et des semaines, et l'impassibilité du petit Jean ne se démentit point. Il était docile et doux ; il suivait l'impulsion qu'on lui donnait sans jamais résister ni se plaindre ; il se prêtait aux jeux de Louise, qu'il paraissait aimer particulièrement ; mais il continuait à ne pas parler, et sa mère constatait avec une certaine inquiétude qu'il était bien en retard de ce côté-là. Cependant, y avait-il de quoi s'inquiéter sérieusement ? Mme Larousay avait toujours entendu dire que les enfants de la campagne parlent beaucoup plus tard que ceux de la ville ; et puis, certainement, Jean ne devait avoir entendu que du breton autour de lui à Landévennec, et il se trouvait tout dérouté. Il fallait prendre patience ; il devait se faire un travail dans sa tête, et il se mettrait à parler tout d'un coup.

Juliette se rassurait donc un peu et ne parlait point à son mari de ses craintes ; ce n'était pas la peine de le tourmenter s'il n'y avait rien, et, s'il y avait quelque chose, il l'apprendrait toujours assez tôt.

M. Larousay remarquait, lui aussi, que Jean ne se décidait pas vite à parler ; mais absent toute la journée, il ne le voyait guère qu'aux repas, et là son silence n'avait rien de choquant, car dans la famille on avait habitué les autres enfants à ne parler que le moins possible à table, à cause du grand-père qui détestait le bruit.

On n'entendait donc guère, pendant les repas, que des bruits de cuillers, de fourchettes et d'assiettes ; de temps en temps une phrase des parents, et très rarement une voix d'enfant qui redemandait de la viande ou du pain. Les deux aînés se rappelaient pourtant un temps où ils pouvaient parler à table, et où c'était si gai ! Ils racontaient ce qu'ils avaient fait en classe, à quels jeux ils avaient joué à la récréation ; M. Larousay rapportait quelque histoire amusante, chacun faisait ses réflexions, la mère plaisantait, on riait... Oui, mais un jour Mme Larousay avait acheté des étoffes noires et s'était mise à les coudre du matin au soir ; elle avait habillé de deuil toute la famille, même Cécile, qui parlait à peine dans ce temps-là ; elle avait dit aux enfants que leur grand'mère était morte, et que leur père était allé chercher le grand-père, qui allait demeurer avec eux. Suzanne se rappelait très bien qu'à ce moment-là la famille avait quitté son appartement du quai de Richebourg pour venir dans cette grande vieille maison, sur la place du Marché-aux-Oies, où l'herbe poussait entre les pavés, tant il venait peu de monde ; l'appartement du quai de Richebourg était trop petit pour y loger le grand-père. Le jour où il était arrivé, on avait recommandé aux enfants de ne pas faire de bruit ; et à dîner, comme Suzanne commençait à raconter l'histoire d'un grand chien jaune qui avait volé une tartine dans le panier d'une petite fille, le grand-père l'avait interrompue en disant d'une voix sévère : « Qu'est-ce que c'est que cette petite fille qui se permet de parler sans qu'on l'interroge ? » Suzanne, toute confuse et les larmes aux yeux, avait baissé la tête sans achever son histoire, et depuis ce temps-là les enfants ne parlaient plus à table.

Pourtant, on aurait dit que le grand-père faisait une exception en faveur du petit Jean. Pendant les repas, il l'interpellait souvent, lui souriait, lui tendait quelque friandise, l'excitait à parler. Mais le petit ne répondait pas ; il n'avait même pas l'air d'entendre, et ne comprenait que les gestes qu'il voyait : alors il souriait, tendait la main vers le fruit ou le bonbon qu'on lui présentait, et le mangeait avidement. Louise alors lui montrait qu'il fallait dire merci, en agitant sa petite main ; il l'agitait, mais il ne disait rien ; et le grand-père se persuadait de plus en plus que cet enfant était sourd-muet.

Il y pensait nuit et jour, il en était malheureux, il en était humilié. Son petit-fils sourd-muet ! Tous les Larousay avaient toujours été sains de corps et d'esprit, vigoureux et en possession de toutes leurs facultés. A soixante-quinze ans, lui, Maxime Larousay, lisait sans lunettes et mangeait comme un jeune homme ; la goutte, à la vérité, le rendait souvent perclus ; mais chacun sait que la goutte s'attaque de préférence aux gens robustes. Son fils aîné, mort d'une insolation en Afrique, était un des plus beaux hommes de son régiment ; jusqu'à Jean, on n'avait jamais vu un Larousay infirme. Le grand-père en concevait une sourde irritation ; mais il n'était pas méchant, il avait seulement un mauvais caractère qui le rendait maussade et taquin dans toutes les petites circonstances de la vie ; en face d'un malheur sérieux, les bons sentiments reprenaient le dessus, et sa profonde pitié pour ce petit être si gracieux et si beau, qui se trouvait désarmé contre la vie déjà si difficile à quiconque est obligé de gagner son pain, le rendait patient et doux envers lui.

On a souvent comparé le mal à une tache d'huile, qui s'étend peu à peu et qui finit par tout envahir ; mais le bien n'est-il pas aussi communicatif que le mal, et ne fait-il pas aussi tache d'huile ? Cette pitié, née dans le cœur sec et fermé du vieillard, adoucit bientôt son humeur ; il aima le petit Jean parce qu'il le plaignait dans le présent et dans l'avenir, et l'attira souvent dans sa chambre. Juliette ne l'y laissait jamais longtemps, de peur qu'il ne fatiguât son grand-père ; elle l'envoyait chercher par Cécile et Roger, et le grand-père ouvrait pour eux sa boîte à réglisse et leur souriait en les engageant à y puiser largement. Les enfants hésitaient ; mais ils commençaient à avoir moins peur de lui, et lui, il commençait à s'habituer à leur société et même à y trouver du plaisir.

Juliette voyait avec joie son beau-père devenir plus tendre envers ses enfants. Pour elle, il n'avait pas encore changé, peut-être parce qu'il était trop sûr de ses soins, de son dévouement et de sa douceur passive ; mais c'était quelque chose de ne plus l'entendre se plaindre de Roger et de Cécile et les réprimander avec aigreur. Il n'était pas encore revenu sur le compte de Suzanne, qu'il accusait de « faire la princesse », et à qui il ne voulait reconnaître aucune qualité. Elle en avait pourtant ; mais sur quelques points son caractère rappelait celui du vieillard, et c'étaient justement ces points-là qui le choquaient. Pareille chose arrive en ce monde.

Tant que durèrent les grands froids, Jean n'eut pas occasion de se trouver avec d'autres enfants de son âge. Mais, quand les premiers beaux jours vinrent rendre au cours Saint-Pierre et au Jardin des Plantes leur population enfantine, Mme Larousay l'y conduisit avec Louise au milieu de la journée. Le jeudi et le dimanche, Suzanne, Roger et Cécile étaient aussi de la partie : on retrouvait là les camarades du lycée et les compagnes de la pension Durangin, et il s'organisait d'énormes parties de cache-cache, de barres ou de corde à sauter. Les petits apportaient leur pelle et leur seau pour jouer au sable et s'essayaient à faire rouler un cerceau ou à courir après une balle qui allaient toujours plus vite qu'eux : ceux-là étaient une compagnie toute naturelle pour Jean et Loulou. La petite fille fut bientôt très populaire parmi ce petit monde ; elle était vive, adroite, parlait très bien et comprenait les jeux mieux que des enfants beaucoup plus âgés qu'elle. Mais Jean, qui creusait le sable avec sa pelle sans même en faire des pâtés, qui jetait sa balle sans regarder où elle allait, et qui ne disait jamais un mot, ne se fit point d'amis, et on le laissa bientôt jouer tout seul. Il ne cherchait pas la société, du reste ; il suivait Louise quand elle venait le prendre par la main, mais au bout d'un instant il se trouvait debout, tout ahuri, au milieu des autres qui couraient, qui criaient, qui le poussaient, qui le faisaient tomber quelquefois. Il se relevait tout seul, sans attendre que sa mère, qui le surveillait de loin, vînt à son secours, il ne pleurait pas, il ne se fâchait pas, et s'en revenait tranquillement à son sable.

Ordinairement, les groupes ne se mêlaient pas ; pendant que les petits jouaient sous l'œil des mères et des bonnes, les garçons s'en allaient, marchant au pas, faire l'exercice ou exécuter des patrouilles dans les allées du jardin, et les petites filles sautaient à la corde ou dansaient des rondes. Il y avait pourtant quelquefois des jeux d'ensemble : on organisait une grande chasse à courre, où il y avait des chasseurs, des chiens, des bêtes poursuivies, ou bien c'était une grande partie qui demandait beaucoup de joueurs ; les écoliers venaient trouver leurs sœurs et négocier avec elles la réunion générale. Alors, c'étaient des rires, des cris, des poursuites folles, une joie éclatante dont on gardait l'impression toute la journée, de façon à troubler le calme du logis où l'on rentrait après de telles fêtes.

Bien entendu, les petits n'étaient point admis là, où il fallait courir vite, et où leur présence eût été dangereuse pour eux. Cependant, un jour qu'on voulut représenter

C'était une idée qui n'était jamais venue à Suzanne.

Elle fut indignée, blessée, humiliée par la question de sa compagne, et, saisissant son frère par la main :

« Sourd-muet, mon petit Jean ! Vous n'y pensez pas, mademoiselle, et c'est bien mal de votre part de dire des choses pareilles. Viens avec moi, mon chéri, ne restons pas avec des personnes qui nous insultent... Vous pouvez chercher une autre reine, mesdemoiselles ; je ne joue plus ! »

Suzanne avait des airs de tête dignes d'une véritable reine à qui un manant aurait manqué de respect, s'éloigna, emmenant Jean, qui se laissa faire. Il n'avait sûrement

CEUX-LÀ ÉTAIENT UNE COMPAGNIE POUR JEAN ET LOULOU

l'entrée d'une reine dans sa capitale, on eut besoin d'enfants pour figurer dans le cortège, et deux grandes filles vinrent emprunter aux mères ceux qui faisaient des pâtés auprès d'elles, en promettant d'avoir bien soin d'eux.

Louise lâcha tout de suite sa pelle et son seau, et se leva en secouant ses petites mains pour en faire tomber le sable ; elle était enchantée d'aller jouer avec les *grandes*. Mais il fallut prendre Jean par la main ; et, quand on lui eut donné une petite corbeille pleine de sable, représentant les fleurs qu'il devait jeter sur le passage de la reine, il la laissa tomber.

« Maladroit ! cria la fillette qui rangeait le cortège ; il a laissé tomber ses fleurs ! Je vais te les ramasser, mais tâche de bien les tenir. »

Elle remplit de nouveau la corbeille et la remit aux mains de Jean, qui la garda cette fois ; mais il ne sut pas s'en servir et ne suivit point le mouvement quand les autres petits, Louise la première, lancèrent des poignées de sable devant Suzanne, représentant la reine.

« En voilà un dont on ne peut rien faire, dit l'ordonnatrice dépitée. Retourne à ta maman, petit ; tu n'es bon à rien ici !

— Laisse-le tranquille, lui dit à demi-voix une autre fillette, tu n'as donc pas remarqué qu'il ne parle jamais ? Il n'a pas entendu ce que tu lui as dit, puisqu'il est sourd-muet !

— Sourd-muet ? reprit l'autre tout haut. Pas possible ! Est-ce que c'est vrai, Suzanne, que votre petit frère est sourd-muet ? »

rien compris à ce qui venait de se passer, car il garda dans sa main la corbeille pleine de sable, dont il n'avait pu se servir.

Il y avait bien une centaine de pas entre l'endroit où jouaient les enfants et le banc où Mme Larousay était assise. Suzanne, qui avait quitté le jeu dans la ferme intention d'aller se plaindre à sa mère de l'insulte faite à Jean, n'eut pas fait dix pas qu'elle réfléchit ; et, au bout de dix autres pas, ses réflexions lui firent prendre une allée de traverse : elle n'était plus aussi pressée d'arriver.

Suzanne, petite personne très ordonnée, ménagère dans l'âme malgré sa jeunesse, n'aimait pas ce qui, dans une maison, cause du dérangement, met du trouble, salit, remue, met les choses hors de leur place. Les enfants font tout cela : aussi Suzanne n'aimait pas les enfants. Elle exerçait une certaine autorité sur Roger et sur Cécile, qui pensaient tout d'abord au courroux de la sœur aînée quand ils avaient mis du désordre quelque part, taché ou déchiré leurs livres ou leurs vêtements ; la crainte des réprimandes maternelles ne venait qu'ensuite. Son autorité, d'ailleurs, ne s'exerçait que pour leur bien : quand elle les avait morigénés d'importance, elle s'évertuait à réparer le dommage. Elle était utile et bonne ; mais Roger l'appelait en plaisantant sœur Châtaigne, à cause des piquants de son enveloppe. Quant aux deux petits, à qui elle ne pouvait pas encore faire de morale, elle ne s'occupait pas du tout d'eux.. Elle n'avait donc guère remarqué ce que Jean avait d'étrange : elle le trouvait beau et cela la flattait; elle entendait dire qu'il était bien en retard pour parler, mais elle pensait qu'il finirait par s'y mettre; elle n'avait vu de sourds-muets que dans la biographie de l'abbé de l'Epée, et l'idée ne lui était jamais venue qu'on pouvait en avoir un dans sa famille. Et voilà que sa compagne avait jeté ce nom à la face de son petit frère! elle paraissait trouver cela tout simple, encore! et les autres, Suzanne s'en souvenait à présent, n'en avaient pas paru étonnées. Est-ce qu'elles auraient entendu dire cela à leurs mères? Est-ce que ce serait vrai?

Suzanne chercha rapidement dans sa mémoire : n'avait-elle jamais entendu Jean parler? Plus elle y songeait, plus elle se convainquait que l'enfant, depuis qu'il était revenu à Nantes, n'avait pas prononcé un seul mot. Cependant il avait trois ans bien passés, et Louise, qui n'avait que deux ans, parlait si bien!... Non, Suzanne ne se plaindrait pas à sa mère; elle ne lui dirait rien... Pauvre mère; elle avait l'air bien plus sérieux qu'autrefois n'était-elle pas inquiète de Jean?

Suzanne regarda son petit frère; il marchait à côté d'elle, pendu à sa main, tenant encore la corbeille de sable. Elle fut frappée de son air rêveur et l'appela doucement : « Jean! mon petit Jean! » L'enfant ne releva pas la tête et ne lui répondit pas. Alors, le cœur serré, elle s'agenouilla devant lui et répéta : « Jean! mon petit Jean! mon chéri! » quoiqu'elle eût envie de pleurer. Il s'émut, cette fois : l'avait-il entendue, ou répondait-il seulement à son sourire et à son tendre regard? Mais il lâcha sa corbeille, jeta ses bras autour du cou de Suzanne et appuya ses lèvres roses sur sa joue. Et Suzanne, qui croyait ne pas aimer les enfants, sentit à ce moment qu'elle aimait celui-là de tout son cœur.

VI

UNE PENSÉE DOULOUREUSE EST PARFOIS SALUTAIRE

Suzanne reconduisit le petit Jean à sa mère, à qui elle dit que les autres enfants jouaient à des jeux trop agités pour lui; puis elle s'assit sur le banc, toute songeuse. Sa mère s'en étonna.

« Pourquoi ne retournes-tu pas au jeu? lui dit-elle. Es-tu fatiguée? serais-tu malade? ·

— J'ai beaucoup couru, je me repose un peu, répondit Suzanne avec empressement; mais je vais m'en retourner. »

En effet, elle partit au bout d'un instant; mais elle ne rentra pas dans le jeu et s'en alla promener ses réflexions autour du grand bassin. Il faisait un joli temps d'avril, clair et déjà chaud; le soleil brillait sur les bourgeons à demi ouverts et sur les premières grappes de lilas; une brise caressante balançait doucement la longue chevelure des saules pleureurs qui trempaient dans l'eau du bassin le bout de leurs rameaux, et y jetaient l'ombre transparente de leur jeune verdure. Il y avait dans l'air quelque chose de doux et d'attendri, cette détente physique et morale qui fait qu'on s'épanouit après les rudesses de l'hiver. Suzanne, amollie par cette influence, bouleversée par ce qu'elle venait d'entendre, éprouvait le besoin d'être seule pour débrouiller ses pensées. Elle s'assit sur une des marches moussues qui descendent au bassin, mit ses coudes sur ses genoux, sa tête dans ses mains et songea.

Si c'était vrai! Suzanne avait beaucoup d'imagination; elle se représenta tout de suite, et sous les plus noires couleurs, cela va sans dire, la vie d'un sourd-muet. Quel isolement! quel martyre! et ce serait la vie de ce pauvre petit Jean, si beau, si aimant, si doux! Suzanne se mit à pleurer de pitié; puis, pensant à bien des choses auxquelles, dans son insouciance d'enfant, elle n'avait jamais fait attention, elle se rappela les soins, la fatigue que prenait sa mère, du matin au soir, pour dépenser le moins possible. Ils ne manquaient de rien de nécessaire, c'était vrai; mais Mme Larousay faisait tous leurs vêtements, tandis qu'elle entendait les autres petites filles parler de leur modiste et de leur couturière; jamais ils n'avaient voyagé, et d'autres enfants allaient tous les ans aux bains de mer ou à la campagne; il y avait même, à la pension Durangin, jusqu'à quatre élèves qui avaient vu Paris! M. et Mme Larousay n'allaient jamais au spectacle; il n'était jamais question, dans la maison, d'un divertissement coûteux; la préoccupation de l'épargne était constante et se trahissait à chaque instant. « Nous ne sommes pas riches, pensa Suzanne; papa a bien de la peine à gagner de quoi nous faire vivre tous... Quand nous serons grands, cela changera : Roger sera officier, et les officiers doivent être riches : ils ont tant d'or sur leurs uniformes! Cécile et moi, nous nous marierons, et, quand nous serons mariées, nous donnerons de l'argent à maman... »

Suzanne, qui voyait les dames toujours la bourse à la main pour payer ce qui se consommait dans leur maison, ne s'était jamais demandé si la source de leur dépense était oui ou non intarissable; cette question se posa tout à coup devant son esprit. Elle n'eut pas besoin d'y songer longtemps : elle conclut bien vite que sa mère, par exemple, serait fort en peine de donner beaucoup d'argent à ses parents s'ils étaient encore de ce monde. Et Jean? il ne pourrait pas être officier, lui! ni entrer dans un bureau comme M. Lerousay... Elle avait beau chercher, elle ne trouvait rien qu'un sourd-muet pût faire. Il resterait incapable de gagner sa vie! Le père deviendrait vieux; il ne pourrait pas travailler toujours; ce serait à elle, la sœur aînée, de se charger du pauvre enfant... Suzanne eut un instant de révolte : pourquoi elle plutôt qu'un autre? pourquoi avait-elle eu cette chance de naître la première?

Mais cette révolte de son cœur ne dura pas; Suzanne, un peu sèche, un peu raide dans la vie de chaque jour, par amour inné de l'ordre et de la discipline, avait à un haut degré le sentiment du devoir; c'était pour elle une discipline d'ordre supérieur contre laquelle il n'y avait rien à dire. Oui, elle serait la seconde mère, la protectrice de son petit frère; elle ne se marierait pas, elle n'aurait pas d'autre famille que lui; elle travaillerait, elle passerait des examens, elle deviendrait maîtresse de pension comme Mlle Durangin, et elle gagnerait la vie de Jean. Ils vivraient ensemble tous deux, quand leurs parents ne seraient plus; Jean l'aimerait, bien sûr, et ce serait sa récompense : il l'avait embrassée si tendrement tout à l'heure, rien que parce qu'elle lui avait souri en le regardant! On les connaîtrait dans la ville; on dirait : « Voilà Mlle Suzanne Larousay, qui s'est sacrifiée pour son frère infirme »; on la comparerait à Antigone et à toutes les héroïnes du dévouement, et on la saluerait avec respect quand elle passerait avec son frère.

Cette pensée lui mit un peu de baume dans le cœur, quoiqu'elle trouvât bien amère l'idée de ressembler un jour à Mlle Durangin, avec ses lunettes d'or, son *tour* de faux cheveux sous un bonnet de dentelle à rubans verts et sa robe de soie puce. Elle se pencha sur l'eau, y vit la belle tête blonde d'aujourd'hui, et se mit à pleurer sur son propre avenir.

« Suzanne! Suzanne! on s'en va! Où es-tu, Suzanne? » criaient Roger et Cécile dans la grande allée où le jeu venait de finir; et la petite Louise répétait de sa voix aiguë : « Suzanne! Suzanne! » Ces appels arrivèrent aux oreilles de Suzanne, qui se leva bien vite, trempa son mouchoir dans l'eau du bassin pour se baigner les yeux, et courut retrouver son frère et ses sœurs.

« Maman nous a appelés, lui dit Cécile; tu n'entendais donc pas?

— Non..., mais attendez un peu: vous allez me promettre tous les deux de ne pas répéter à maman ce qu'on a dit de Jean.

— Quoi?... Ah!... oui!... Tu as l'air tout drôle, Suzanne! Est-ce que tu crois que c'est vrai?

— Vrai? Oh! non, bien sûr! Mais cela ne fait rien, il ne faut pas le dire à maman, cela lui ferait de la peine; tu entends, Roger?

— Je ne dirai rien; mais qu'as-tu? Tu as les yeux rouges : tu as pleuré?

— Je ne pleure plus..., ce sont ces méchantes filles...

— Ah! si j'avais su, je leur aurais bien fait rentrer leur vilaine langue... Elles sont plus grandes que moi, mais c'est égal. Gourbit m'a appris un nouveau croc-en-jambe : le temps de dire : « Ouf! » et les voilà par terre.

— Oh! Roger, s'écria Cécile scandalisée, des demoiselles!

— Tiens! pourquoi s'avisent-elles de faire pleurer ma sœur? Je la défends, c'est mon métier. Tu verras, toi aussi, comme je te défendrai si l'on t'attaque! »

Les quatre enfants rejoignirent leur mère, à qui Loulou raconta, dans son langage, avec des gestes animés, comment elle avait joué avec les grandes filles. Mme Larousay ne comprit pas grand'chose à son récit, malgré les explications des autres; mais elle remarqua que Suzanne avait les yeux rouges, et, croyant que le jeu avait encore été troublé, comme cela arrivait souvent, par quelque altercation due au caractère dominateur de sa fille aînée, elle lui adressa une légère réprimande sur son humeur difficile. Suzanne fut sur le point de s'emporter : pour la première fois sa mère la grondait injustement! Mais elle eut la force de se contenir : elle n'aurait pu se justifier qu'en racontant à Mme Larousay d'où venait la rougeur de ses yeux; et cela, elle ne le voulait pas. Elle baissa la tête en silence, et à la douce gronderie de sa mère, terminée par « Tâche d'être douce et complaisante à l'avenir, ma chérie », elle répondit d'une voix tremblante : « Oui, maman! » et elle prit la main de Jean pour le ramener à la maison.

« Tu es une bonne fille! » lui dit Mme Larousay. Les mots disent souvent tout autre chose que ce qu'ils veulent dire. « Tu es une bonne fille », signifiait : « Je te sais gré de la soumission avec laquelle tu as accueilli ma réprimande ; je suis heureuse de l'effort que tu as dû faire pour rester calme; je suis plus heureuse encore de te voir te charger de ton petit frère, toi qui n'aimes pas à t'occuper d'un enfant je vois là le désir de m'être agréable et de me faire comprendre que tu as pris de bonnes résolutions. »

Tout cela, Suzanne l'avait compris rien qu'à l'accent avec lequel sa mère avait dit ces cinq mots : « Tu es une bonne fille ». Elle lui aurait sauté au cou s'il n'avait pas fallu lui expliquer pourquoi; et aussi — Suzanne était aussi ferrée sur le *cant* qu'une vieille fille anglaise — parce qu'il n'est pas distingué de s'embrasser dans la rue.

Mais tout en guidant son petit frère le long du cours Saint-Pierre et à travers la place Louis-XVI, elle pensait à la bonté de sa mère, à son dévouement, à sa tendresse pour ses enfants. Elle était si inquiète, si tourmentée dès qu'elle leur voyait quelque mal! que serait-ce quand elle s'apercevrait du malheur de Jean? Oh! ce ne serait pas Suzanne qui le lui dirait! Elle garderait le douloureux secret, et, le jour où sa mère l'apprendrait, Suzanne serait là pour la consoler, pour l'encourager, pour lui promettre de se vouer tout entière au pauvre enfant. Elle lui dirait alors : « Tu as remarqué que depuis quelque temps j'étais devenue meilleure? Eh bien, c'était pour toi, pour te donner un peu de joie dans ton chagrin! Et je veux devenir tout à fait bonne pour te res sembler et pour t'empêcher d'être trop malheureuse ! »

Comme la mère et les enfants rentraient chez eux, la porte de M. Maxime Larousay s'ouvrit et le vieillard y apparut, appuyé sur sa canne ; il demandait le petit Jean, qu'il n'avait pas vu depuis le matin.

« Je vais te l'amener, grand-père ; laisse-moi seulement le temps de lui ôter son manteau », dit Suzanne avec empressement.

Un secret est lourd à garder pour une fille de douze ans ; et Suzanne, à force de tourner le sien dans sa tête, en était venue à désirer le confier à quelqu'un. Et puis une grande personne âgée, ayant de l'expérience, serait plus capable qu'elle de décider si Jean était réellement sourd-muet ; et enfin, s'il l'était, peut-être y avait-il un remède à cela. Suzanne se rappela qu'elle avait entendu parler de maisons où l'on soignait les sourds-muets ; y en avait-il une à Nantes ? et qu'y faisait-on ? Le grand-père saurait peut-être bien tout cela ; il fallait parler au grand-père. Suzanne n'était pas arrêtée par la crainte de lui causer de la peine ; il paraissait avoir le cœur si peu tendre ! Et puis il était si vieux ! est-ce qu'on peut avoir du chagrin, quand on est aussi vieux que cela ?

Suzanne entra donc chez son grand-père, tenant le petit Jean par la main ; elle avait bien peigné ses boucles blondes et lui avait mis un tablier rouge, qui lui allait à merveille. Le grand-père prit l'enfant, qui lui tendit les bras en souriant, et il l'assit sur ses genoux.

« Hue, dada ! beau cavalier ! tiens ta bride, mon garçon, ne lâche pas. Au pas, au pas, au trot, au galop, au galop, grand galop ! »

Il avait mis sa longue barbe blanche entre les petites mains de Jean, qui s'y tenait cramponné, et il le faisait sauter doucement d'abord, puis de plus en plus fort et vite. Jean souriait ; il trouvait ce jeu amusant, mais ne sortait pas de son calme habituel.

Après le galop, le grand-père entonna de sa voix cassée un refrain du vieux temps et, tout en chantant, il faisait danser Jean sur son genou. Il ne s'était pas aperçu de la présence de Suzanne.

« Qu'est-ce que tu fais là, toi ? lui dit-il. Tu peux t'en aller ; je garde bien le petit à moi tout seul. Quand j'en aurai assez, je sonnerai pour qu'on vienne le chercher. »

Au lieu de sortir de la chambre, Suzanne se rapprocha de deux pas.

« Grand-père, je voudrais bien te parler.

— Comment, à moi ? C'est étonnant ; d'ordinaire tu ne me prodigues pas tes visites, ni les trésors de ta conversation. Qu'est-ce qu'il y a donc aujourd'hui pour le service de mademoiselle ? »

Suzanne devint rouge comme une cerise et retint avec peine une réponse peu polie. Mais Jean ! Elle s'était promis de tout supporter pour lui.

« Grand-père, dit-elle d'une voix émue, en s'appuyant contre le fauteuil du vieillard, comment connaît-on qu'un enfant est sourd-muet ? »

Le grand-père se retourna tout d'une pièce pour la regarder en face.

« Sourd-muet ! Pourquoi me fais-tu une pareille question ? Est-ce que tu as cette idée-là, toi aussi ? »

Il disait : « Toi aussi ! » Il l'avait donc, lui ? Suzanne se sentit le cœur serré.

« Aujourd'hui, grand-père, au Jardin des Plantes, comme Jean n'avait pas l'air de comprendre un jeu, une petite fille a dit : « Laissons-le, il est sourd-muet ! » Grand-père, est-ce que c'est possible ? Comment faire pour le savoir, sans le dire à maman ? »

Elle avait les larmes aux yeux et sa bouche tremblait. Le grand-père soupira profondément.

« Oui, voilà ce que je craignais... Il est bien en retard pour parler, et il n'a pas l'air d'entendre ce qu'on dit... D'autres que moi s'en seront aperçus ; cela devait arriver... Allons, ne pleure pas, ma bonne fille... Voyez-vous cette princesse qui s'avise d'avoir un cœur ! Tu l'aimes donc, ton petit frère ?

— Oh ! oui... et maman... pauvre maman !

— Le fait est que ce sera un coup pour elle ; mais qui sait si elle ne s'y attend pas ? Elle doit bien voir que Jean n'est pas comme les autres enfants... Attends un peu, je vais essayer quelque chose. Emmène-le jusqu'à la porte. »

Suzanne obéit ; au moment où elle atteignait la porte avec l'enfant, qui ne pouvait voir ce que faisait le grand-père, celui-ci fit tomber brusquement la pelle et la pincette sur le garde-feu. A ce fracas de ferraille, Jean tressaillit et se retourna vivement.

« Il a entendu ! il n'est pas sourd ! s'écria le grand-père ; Suzanne, as-tu vu ? il s'est retourné du côté du bruit ! Il n'est pas sourd, il finira bien par parler : les sourds-muets ne sont muets que parce qu'ils n'entendent pas. Ouvre la porte, il faut le dire à ta mère. Juliette ! Juliette ! »

Mme Larousay accourut, tremblante, ne sachant à quoi s'attendre.

« Il n'est pas sourd, ma fille ! lui cria le vieillard dès qu'il la vit ; il entend le bruit, nous en sommes sûrs ; n'est-ce pas, Suzanne ? Il ne sera pas muet, puisqu'il n'est pas sourd !

— O mon Dieu ! père, vous aviez donc cette crainte-là, vous aussi ?

— Et moi aussi, maman, murmura Suzanne. Aujourd'hui, au Jardin des Plantes, on a appelé Jean sourd-muet... c'est pour cela que j'avais pleuré...

— Et moi qui t'ai grondée, pauvre chérie ! Ah ! quel bonheur ! Je vivais dans un cauchemar. Mon cher petit Jean !

— Il n'est pas sourd-muet ! » dit Suzanne à Roger et à Cécile, qui avaient suivi leur mère et restaient à la porte. M. Larousay, qui rentrait, apprit en même temps qu'eux la bonne nouvelle. Son visage s'épanouit ; lui aussi, sans oser en parler, il avait nourri dans son esprit la terrible inquiétude.

La paix et la joie régnèrent ce soir-là dans la famille ; si chacun avait gardé son chagrin pour soi, on trouva bien doux de mettre son bonheur en commun.

VII

PROGRÈS LENTS, MAIS CONTINUS

ON répéta plusieurs fois l'expérience : certainement, Jean entendait, puisqu'un bruit fort et inattendu attirait son attention ; mais que se passait-il donc dans sa tête, pour qu'il n'écoutât jamais ce qui se disait autour de lui ? Il paraissait ne se soucier de rien : si cela continuait, il n'y avait pas de raison pour qu'il parlât jamais, puisqu'il n'éprouvait pas le besoin de se mêler au monde extérieur. Aussi l'inquiétude revint bientôt troubler le cœur des parents. Quant à Roger et à Cécile, ils répétèrent à qui voulut l'entendre, parmi le petit peuple du Jardin des Plantes et du cours que leur petit frère n'était pas du tout sourd-muet, car il entendait très bien tomber des pincettes.

On vit bientôt qu'il était capable d'entendre autre chose encore. Le mois de mai ramena les concerts de musique militaire sur le cours Saint-Pierre, et Mme Larousay y conduisit ses enfants, qui y donnaient rendez-vous à leurs compagnons ordinaires de jeu : les grands écoutaient, les petits dansaient en rond, sur les airs de galop, de marche ou de polka. La première fois que Jean entendit partir tout à coup une éclatante fanfare, il poussa un cri, ce qui ne lui arrivait jamais ; et, manifestant une volonté pour la première fois de sa vie, il arracha sa main de la main de Suzanne qui le conduisait, et courut du côté où jouaient les cuivres retentissants. Il se faufila dans la foule, jusqu'à ce qu'il touchât le cercle des musiciens ; et là, il demeura comme en extase, laissant errer ses regards de la petite flûte à l'ophicléide, et levant de temps en temps ses deux mains en répétant : « Oh ! oh ! » ce qui était chez lui le signe de l'admiration la plus vive.

Sa mère l'avait rejoint à grand'peine ; elle voulut lui prendre la main, il résista, et il ne fut possible de l'emmener que quand le morceau fut fini. Alors il suivit sa mère, mais en retournant à chaque instant la tête vers les musiciens. Au morceau suivant, il accourut encore ; Mme Larousay ne le contraria pas ; elle était trop heureuse de le voir sortir de son apathie ; et elle ne manqua pas, en rentrant chez elle, d'aller tout de suite raconter l'événement au grand-père.

Suzanne y alla aussi ; elle avait vu les choses de très près, puisque c'était à elle que Jean avait échappé pour courir à la musique ; cela lui donnait une certaine importance qui ne lui déplaisait pas. Et puis elle était maintenant très bien avec le grand-père ; il ne la traitait plus ironiquement de « princesse » et il lui faisait sa mine la plus engageante lorsqu'elle paraissait à la porte de sa chambre. Le petit Jean avait été le trait d'union entre eux ; c'étaient leurs inquiétudes à son sujet qui avaient rompu la glace, et maintenant ils causaient librement, sans crainte d'un côté, sans malveillance de l'autre.

De quoi parlaient-ils ? De Jean, toujours ; de leur chagrin passé, de leurs espérances présentes, de la beauté du petit, de sa douceur, des progrès qu'ils croyaient voir en lui.

« Grand-père, disait Suzanne, hier, j'ai crié son nom, il était près de la fenêtre et moi à la porte, et il s'est retourné : il avait très bien entendu.

— Quant à moi, répondait le vieillard, je lui ai fait ce matin sonner ma sonnette, et il riait ; Mariette, la maladroite ! a fait tomber ma cuiller en emportant ma tasse vide, et il a regardé de son côté ! Il entend tous les jours mieux ; mais c'est singulier qu'il ne parle pas ! »

Ce jour-là, quand on eut bien raconté au grand-père tous les détails de l'événement, Mme Larousay sortit de la chambre et y laissa Jean et Suzanne.

« Grand-père, dit la fillette, j'ai lu dans un recueil d'anecdotes qui m'a été prêté à la pension, qu'on pouvait apprendre à parler même aux sourds-muets : comment s'y prend-on ?

— Je ne suis pas bien au courant de ces méthodes-là ; ce sont des nouveautés. De mon temps, on n'avait encore que l'alphabet des doigts, avec lesquels les sourds-muets faisaient des signes et arrivaient à se faire comprendre. Mais je pense qu'on répète bien des fois devant eux la même syllabe, en marquant bien le mouvement de la bouche ; ils finissent par l'imiter, et le son sort tout naturellement. Tu devrais essayer : moi, je n'ai plus de dents, je ne peux pas bien prononcer, je ferais un mauvais professeur.

— Oh ! quelle bonne idée ! dit Suzanne les yeux brillants de joie. Jean, mon trésor, viens ici ! » Elle l'enleva et le mit à cheval sur ses genoux. « Ecoute bien, fais comme moi : Ma !

— Ma ! » répéta l'enfant en regardant tout autour de la chambre, et en prenant un air triste. Cette syllabe, qu'il ne disait plus que rarement, lui servait autrefois à appeler sa nourrice ; en l'entendant il lui venait comme un vague ressouvenir de quelque chose qui lui manquait.

« Encore, mon chéri : Ma ! ma ! ma ! »

Le petit répéta la syllabe autant de fois qu'elle voulut ; mais quand elle essaya d'en faire *maman*, il parut ne pas comprendre, ou ne pas vouloir lui obéir, et il prit un air de fatigue qui inquiéta le vieillard.

« Laisse-le, mon enfant, dit-il à Suzanne ; c'est assez pour aujourd'hui. Il a dit *ma* plusieurs fois de suite, et il n'en avait jamais fait autant. Avec de la patience, tu réussiras ! »

De la patience ! c'était ce qui manquait le plus à Suzanne. Elle aurait voulu faire en quelques heures l'éducation de son petit frère, sans que personne en sût rien, et tout à coup, triomphalement, produire son élève devant la famille ravie. Pourtant elle se rendit aux raisons de son grand-père, qui lui disait qu'en fatiguant le petit on n'obtiendrait rien de lui, et elle l'emporta dans sa chambre où elle le déposa sur son lit, car il s'était endormi dans ses bras.

A partir de ce jour, Suzanne n'eut plus qu'une idée : apprendre à parler à Jean. A chaque instant elle le prenait à part, dans sa chambre, quand elle savait Cécile bien occupée à jouer avec Roger dans la salle à manger, sous les yeux de leur mère ; ou dans la chambre de M. Larousay père, moins exposée que les autres à une brusque irruption d'intrus. Là, elle commençait à le faire jouer, pour le tirer de ce demi-sommeil où il paraissait toujours plongé ; ce n'était pas facile, car il ne se souciait de rien. On éveillait son intérêt avec des caresses bien plutôt qu'avec des jeux ; si Suzanne lui donnait un baiser, en lui souriant et en l'appelant de doux noms qu'il ne comprenait pas, mais qui lui faisaient l'effet d'un autre baiser, il se jetait sur elle, grimpait sur ses genoux, l'entourait de ses bras et se serrant contre elle, lui souriait en répétant son « oh ! » admiratif. Alors la fillette, tout en le caressant, essayait de lui faire répéter des syllabes ; il y arrivait quelquefois, et, alors c'étaient de la part de Suzanne des explosions de joie. Seulement, il fallait qu'il arrivât à lier les syllabes ensemble et à les dire à propos, et il ne paraissait pas près d'y réussir.

En attendant, l'influence du pauvre être disgracié se faisait sentir dans la famille, plus grande et plus salutaire de jour en jour. Rien n'est bon pour la santé physique et morale, comme d'être tiré hors de soi par une pensée de tendresse et de dévouement. M. Maxime Larousay, maintenant sans cesse préoccupé de son petit-fils en oubliait presque ses douleurs ; il oubliait de se plaindre du temps qu'il faisait, de la nourriture qu'il mangeait, des gens qui l'entouraient ; et en réalité, n'y pensant plus, il en souffrait moins. S'il entendait un peu trop de tapage à l'heure du jeu, au lieu d'ouvrir tout à coup sa porte et de menacer les délinquants de sa grosse canne — qui ne les avait jamais touchés, du reste — il soupirait et se disait : « Je voudrais que Jean en fît dix fois davantage ! » et il prenait le bruit en patience. Suzanne avait complètement fait sa conquête : il lui trouvait une raison, un jugement, un esprit que bien des femmes auraient pu lui envier ; et, comme elle était soigneuse, ordonnée, adroite de ses mains ! il en était venu à ne plus pouvoir garder son admiration pour lui, et, quand Juliette venait dans sa chambre, il la retenait pour lui faire l'éloge de sa fille. Juliette l'écoutait, les yeux brillants de joie, elle le remerciait et lui disait : « Comme vous êtes bon ! » et elle le pensait réellement. Cela la mettait un peu plus en confiance avec son beau-père, elle avait moins peur de lui, trouvait plus facilement ses mots pour lui parler,

et perdait moins la tête devant ses gronderies.

Elle s'en réjouissait, et elle en reportait tout l'honneur à Suzanne. Comme cette enfant s'était transformée en quelques mois ! La mère s'y était toujours attendue : elle savait bien que cela passerait, cette sécheresse, ce besoin de diriger, de commander, si ridicule chez une petite fille, ces airs dédaigneux, cet acharnement à prendre les autres en faute, qui la rendaient si désagréable malgré ses qualités. A présent ses qualités lui restaient et ses défauts s'affaiblissaient de jour en jour. La mère, ravie, n'était pas éloignée de trouver sa Suzanne parfaite.

Elle ne l'était pas encore, et il lui arrivait de morigéner aigrement Cécile pour ses oublis et son désordre, Roger pour sa brusquerie, et même Loulou pour ses mille et un petits méfaits ; car, si Jean restait trop tranquille, on ne pouvait pas faire ce reproche-là à Loulou. Cette miniature de petite fille furetait partout, grimpait partout, entendait tout, faisait des remarques sur tout, et rien n'était plus difficile que de la faire taire. La bonne Cécile l'admirait et disait qu'elle avait de l'esprit comme un ange. « Comme un singe, veux-tu dire ! » reprenait Roger, qu'elle avait fait gronder plusieurs fois ; et il se tenait en garde contre elle. Suzanne ne prenait pas sa défense ; elle pensait qu'il était bien capable de se défendre lui-même. Mais il ne fallait pas que Louise s'attaquât à Jean, comme elle le faisait quelquefois, aimant à se jeter sur lui, à le bousculer, à le renverser même, quoiqu'il fût deux fois grand comme elle ; mais il rêvassait toujours, et se trouvait par terre avant de s'être rendu compte qu'elle le poussait. Alors Suzanne intervenait, grondait la petite, qui pleurait ; mais ici elle avait affaire à Jean, qui ne pouvait pas la voir pleurer, et qui s'empressait de la consoler par toutes sortes de caresses. Il aimait particulièrement Louise. Pourquoi ? On n'en savait rien : peut-être la prenait-il pour une poupée remuante et parlante : elle était si petite ! Il préférait les poupées à tous les autres joujoux, et on le trouvait souvent en contemplation devant les poupées de ses sœurs, passant légèrement ses doigts sur son visage et répétant « oh ! oh ! » avec un sourire content.

Suzanne était un peu jalouse de Loulou. Depuis qu'elle s'était mise à aimer son petit frère, elle aurait voulu qu'il fût tout à elle. Peu à peu, elle s'était emparée de lui ; elle se réveillait maintenant seule, de bonne heure, et se levait tout de suite, pour aller habiller Jean, qu'elle soignait pendant que sa mère s'occupait de Louise ; puis elle l'emmenait, le faisait manger, le gardait avec elle, lui parlait sans cesse, et lui donnant de temps en temps « une leçon de parole » comme elle disait au grand-père, son confident désormais pour tout ce qui concernait le petit Jean.

En s'occupant ainsi sans cesse de lui, elle s'était prise pour l'enfant d'une affection passionnée, presque maternelle ; il lui manquait quelque chose quand elle était loin de lui ; elle songeait continuellement à lui, elle cherchait dans son esprit les meilleurs moyens pcur l'instruire, elle constatait ses moindres progrès avec une joie qui l'eût bien étonnée si elle eût encore ressemblé à la Suzanne de l'année précédente ; et elle devint pâle comme un linge et faillit se trouver mal, un jour que le petit, qui était tombé la tête sur l'angle d'un banc de pierre, accourut à elle en pleurant avec du sang sur ses cheveux blonds.

Un grand amour qui s'est emparé d'une âme, même d'une âme de treize ans, âge que Suzanne venait d'atteindre, l'échauffe et l'éclaire tout entière. La jeune fille avait mûri en quelques mois ; elle ne se drapait plus dans un faux héroïsme, en considérant les amertumes de son rôle de sœur aînée ; ce rôle, elle l'acceptait à présent de tout son cœur, et

de Mariette : M. et Mme Larousay fermaient les yeux et les oreilles, de façon à être tout étonnés au moment où l'artillerie démasquerait ses batteries.

Cette année-là, le programme de la fête était des plus attrayant. Suzanne, qui dépensait ordinairement son argent à s'acheter des rubans (elle avait la passion des jolies cravates, et aimait à les assortir à ses robes et à les avoir toujours fraîches), avait fait des économies depuis quelque temps et nettoyé tous ses vieux rubans pour n'en pas acheter de neufs.

L'exemple de son économie avait gagné Roger, qui s'était privé de billes d'agate et avait fait, pendant huit jours, un détour en

LES PETITS DANSAIENT EN ROND

en remplissait tous les devoirs simplement, sans se faire valoir et sans élever dans son imagination un piédestal à ses propres vertus. Elle introduisait ainsi dans la maison un nouvel élément de paix : plus d'orages suscités par les prétentions, les réprimandes ou les paroles méprisantes de Suzanne ! Sa mère l'observait en silence ; elle savait que l'éducation la plus profitable est celle qu'on se donne à soi-même, et ne voulait pas troubler ce travail intérieur qui s'accomplissait sous ses yeux, et qui rendait sa fille de jour en jour meilleure et plus douce. Elle ne lui disait donc rien ; mais Suzanne comprenait bien ce que voulait dire l'étreinte plus tendre de sa mère, l'accent plus pénétrant de sa voix quand elle l'appelait : « Ma chère fille aînée ! » et les regards confiants qui disaient si clairement : « Je suis contente et je compte sur toi ! » Mme Larousay lui livrait complètement Jean, heureuse d'avoir en elle une aide si capable de la remplacer... Toutes les mères songent parfois avec angoisse au sort des enfants qu'elles laisseraient derrière elles, si elles devaient quitter ce monde avant d'avoir vu toute leur couvée déployer ses ailes...

On atteignit ainsi le mois d'octobre. Ce mois-là, il y avait grande fête, le 18, dans la famille Larousay, pour l'anniversaire du mariage des parents. Les enfants, dans le plus grand mystère, préparaient une foule de surprises, avec la complicité du grand-père et

revenant du lycée, pour ne pas passer devant les tentations de la foire ; et Cécile, au Jardin des Plantes, s'était sauvée dans les allées écartées, toutes les fois qu'elle avait aperçu le grand panier et la serviette blanche de la marchande de plaisirs.

Avec tous les sous épargnés de la sorte, on avait pu se procurer des cadeaux superbes. Jugez-en : il y avait deux verres en cristal gravé, portant l'un un J, et l'autre un P, qui voulaient dire Juliette et Pierre ; les parents y boiraient tous les jours à table ; et on avait bien recommandé à Mariette de ne jamais les casser.

Il y avait un dessous de lampe, pour la table paternelle, brodé par Cécile, sous la direction de Mlle Durangin, et un coussin au crochet, fait par Suzanne, pour le pendre au dossier de la chaise de sa mère, qui avait souvent mal au dos à force de coudre ; il y avait une lampe neuve, cadeau du grand-père, pour remplacer la vieille qui n'éclairait plus bien. Il avait gardé Jean, pendant que les autres enfants étaient allés l'acheter avec Mariette. Il y avait encore un chrysanthème blanc, tout fleuri, et un pot de basilic, don de Mariette. Et puis, merveille dont Cécile et Roger parlaient tout bas, il y avait une immense tarte aux prunes, pétrie le matin par Mariette avant que sa maîtresse fût levée, et portée par elle chez le boulanger, avec force recommandations pour qu'il ne la laissât pas brûler dans son four. Tout cela, c'étaient des cadeaux d'ordre matériel; mais il y avait bien d'autres surprises préparées, et un observateur attentif eût pu s'apercevoir qu'on se récitait dans les coins, tout bas, des tirades qui n'étaient sûrement pas destinées à être dites en classe.

Mais Mme Larousay n'entendait rien; elle ne voyait pas les mines mystérieuses des enfants, ni la physionomie à la fois émue et triomphante de Suzanne; elle jouait très bien son rôle, et M. Larousay aussi, puisqu'il n'entra pas dans le salon et ne fit que traverser la salle à manger, quand il revint de son bureau. Il s'en alla droit dans sa chambre, sous prétexte d'une lettre à écrire, et il ne demanda pas pourquoi Mariette avait mis un couvert de plus qu'à l'ordinaire.

VIII

ANNIVERSAIRE DE MARIAGE !

SIX heures sonnent au loin, à la grave et majestueuse horloge de la cathédrale; l'horloge de la préfecture les répète d'une voix plus claire, qui a quelque chose de plus moderne; une bouffée de vent apporte la chanson grêle et vieillotte de l'ancien carillon du Bouffay, transporté dans le clocher de l'église Sainte-Croix; et un coup de sonnette tinte en même temps à la porte de M. Larousay. Suzanne court ouvrir: Mariette est justement sortie pour aller chercher la tarte !

C'est Mme Morain, chargée d'un florissant aralia : Mme Larousay aime tant les plantes vertes ! Elle lui apporte aussi un bel ouvrage de sa façon, une nappe et des serviettes à thé ornées d'une jolie broderie rouge et bleue. Suzanne les admire et demande une leçon : ce point serait charmant pour orner les robes de Jean. Mme Morain sourit.

« Vous pensez donc toujours à parer le Benjamin, petite maman? C'est bon, brodez pour lui, moi, je ferai la robe pareille pour Loulou... Où faut-il mettre mon aralia? Tenez, il fera très bien ici, au milieu de la table du salon; et les serviettes à thé à ses pieds. Voyons vos cadeaux! Très joli! La lampe est de très bon goût.

— C'est moi qui l'ai choisie... avec les enfants, mais ils ont pris ce que j'ai voulu, vous comprenez! Voyez mon coussin : j'ai fini de le monter hier soir; et le dessous de lampe de Cécile; et les verres de Roger! Voilà nos fleurs : ce n'est pas si beau que votre aralia, mais nous n'avions presque plus d'argent... Mariette fait son cadeau, elle aussi : un pot de basilic. J'ai eu toutes les peines du monde à empêcher Roger de lui dire que c'était une fleur de savetier : c'est vrai, mais cela lui aurait fait du chagrin, à cette pauvre fille !

— Bien, Suzanne ! c'est une pensée délicate et bonne que vous avez eue là. Dites cela ce soir à votre mère, quand vous serez seule avec elle : ce sera encore son meilleur bouquet.

— Oh! son meilleur... J'en ai un qui vaut mieux : vous verrez !

— On a donné les places ce soir, à la pension ?

— Oui, et au lycée aussi : cela va très bien. Mais c'est autre chose que je veux dire.

Oh! j'entends Mariette qui rentre, elle va servir. Voulez-vous m'aider à allumer, madame! La belle lampe neuve, d'abord, et puis les bougies de la cheminée... Là! Asseyez-vous, s'il vous plaît, dans ce fauteuil, l'autre sera pour grand-père. Je vais chercher les enfants. »

Elle s'envola comme un oiseau; et un instant après la canne du grand-père retentit dans le corridor, et la porte du salon s'ouvrit.

« Hé ! ma chère voisine, nous voilà donc encore réunis cette année ! dit le vieillard en venant s'asseoir près de Mme Morain. Dépêchons-nous de fêter les anniversaires : il ne nous en reste plus beaucoup à voir... Je parle pour moi avec mes soixante-quinze ans... Mettez-vous là, petits, pour faire un beau coup d'œil... Très bien : Suzanne, tu peux dire à Mariette d'aller les appeler.

— Elle y est, grand-père ! Je les entends qui viennent. »

En effet, Mariette était allée, d'un air mystérieux, en contenant une forte envie de rire, prévenir Monsieur et Madame qu'on les attendait au salon. Monsieur et Madame n'avaient point demandé qui était ce on; ils s'étaient levés avec empressement, et Madame avait remarqué que Monsieur venait de se raser et de mettre une chemise blanche. Monsieur, de son côté, en riant sous cape, avait fort bien vu le jabot de dentelles et les ruches neuves dont Madame avait orné son corsage: elle avait même mis sa plus belle broche et ses plus jolies boucles d'oreilles, et elle s'était recoiffée. Décidément ils ne pensaient pas du tout à l'anniversaire ni aux surprises, non, pas du tout !

Les voilà dans le salon bien éclairé; la surprise est complète, et la joie des enfants éclate en rires, en battements de mains, en baisers retentissants, en bonds désordonnés autour du groupe des grandes personnes. Les cadeaux sont offerts et admirés, rien n'aurait pu faire plus de plaisir, et ce sont précisément ces objets-là qu'on désirait. Et puis Roger apporte une carte de France très bien faite, et Cécile une grande page d'écriture avec une addition où il n'y avait pas de faute; Suzanne présente une rédaction d'histoire qui a les honneurs de la lecture publique; tous les trois ont eu de bonnes places, et

Loulou récite, sans se tromper, un petit compliment en quatre vers que Cécile lui a appris.

« A nous, à présent, dit Suzanne, quand on eut bien ri et bien embrassé Loulou, et que le calme se fut un peu rétabli. Jean, viens ici, mon chéri ; tu vas souhaiter la fête à papa et à maman. Dis comme moi : Papa !... maman !... »

Le petit regarda Suzanne, regarda son père, sa mère ; il y eut un instant de silence où l'on eût entendu une fourmi marcher, puis, d'une voix claire et douce, il répéta distinctement : « Papa !... maman ! »

Oh ! cette parole, si longtemps attendue ! Cette voix retentit au cœur du père et de la mère, comme autrefois le premier cri de Suzanne naissante. Mme Larousay tendit ses bras à sa fille en balbutiant : « C'est toi qui as fait cela ? c'est toi ? » Tout le reste était oublié : Suzanne était la reine de la fête.

« Depuis quand ? demanda la mère quand elle fut un peu revenue de sa joie délirante.

— Il y a bien quinze jours qu'il le dit, mais par hasard, et rarement. Ce n'est que d'hier qu'il parle quand je le lui demande : j'ai été si contente quand j'en ai été sûre ! Je désirais tant vous offrir ce bouquet-là pour aujourd'hui !... Jean, mon trésor, donne la fleur à maman... entends-tu ? Maman !

— Maman ! » répéta l'enfant en donnant à Mme Larousay la rose que Suzanne venait de lui mettre dans la main.

« L'autre à papa ! dis : Papa ! »

L'enfant obéit encore. Ce n'était pas une illusion ; il parlait et il comprenait ce que lui disait Suzanne, puisqu'il lui obéissait. Deux mots, ce n'est rien ; mais qui dit deux mots peut en dire mille : ce n'était qu'une affaire de temps !

Mariette vint annoncer que Madame était servie, et offrir ses vœux et son pot de basilic. Roger riait derrière Mme Morain ; mais Cécile, qui avait compris le petit sermon de Suzanne, lui donna un coup sur les doigts pour le faire taire ; et le rire s'effaça de son visage quand il vit Mme Larousay cueillir une petite branche de l'arbuste méprisé, et la mettre à son corsage en disant qu'elle aimait cette odeur-là.

Le dîner fut gai, il n'est pas besoin de le dire. Notons un incident : M. Larousay, avant de se mettre à table, disparut un instant du côté de la cuisine, où il eut avec Mariette un colloque mystérieux dont il ne donna pas l'explication en revenant s'asseoir entre Mme Morain et Suzanne. Un quart d'heure après, on entendit du bruit dans le corridor, et Mariette ne répondit point à l'appel de la sonnette qui réclamait le rôti. Mme Larousay se leva pour aller s'informer de ce qui se passait.

« Non, reste à ta place, lui dit son mari ; je sais ce que c'est. »

Il souriait, comme quelqu'un qui a préparé un bon tour et qui le voit réussir. Au bout d'un instant, Mariette entra apporta le rôti, et échangea un signe avec son maître.

« Vous voudriez bien que le dîner fût fini ? dit M. Larousay à Roger et à Cécile qui s'agitaient sur leurs chaises. Un peu de patience ; je vous expliquerai au dessert ce qui vient de se passer, si vous êtes bien sages. »

Au dessert, les enfants furent distraits par l'apparition de la superbe tarte, dont le boulanger n'avait pas manqué la cuisson. Roger, la bouche pleine, déclara avec enthousiasme qu'il aimait bien mieux les tartes de Mariette que celles du pâtissier, parce qu'on en avait de bien plus gros morceaux. Et cette opinion trouva de l'écho, même parmi les grandes personnes : jugez si Mariette était habile !

« A présent, dit M. Larousay en remplissant les verres d'un bon petit vin sucré, je vais vous dire ce qu'on a apporté tout à l'heure. On a apporté un des meubles de la tante Rosalie.

— Un des meubles ! » répéta Mme Larousay, qui ne comprenait rien.

Pendant que les convives réfléchissent sur ces paroles étonnantes : « un des meubles de la tante Rosalie », expliquons un peu ce que c'est que la tante Rosalie.

La tante Rosalie est, ou plutôt était une bonne vieille fille, grand'tante de Mme Larousay, qui vivait toute seule à Poitiers et qu'on n'avait pas vue depuis bien des années. Elle était morte dernièrement, et M. Larousay était allé à Poitiers pour recueillir son petit héritage, composé de très peu d'argent (elle vivait d'une rente viagère sur laquelle elle ne faisait guère d'économies), de quelques meubles et d'un peu de linge et d'argenterie. Le tout avait été mis au chemin-de-fer et devait arriver d'un jour à l'autre : mais pourquoi M. Larousay annonçait-il *un* seul des meubles de la tante Rosalie ? N'étaient-ils pas tous ensemble ?

« Les meubles sont tous arrivés, reprit M. Larousay, et on les apportera demain matin. Mais il y en a un dont je n'avais pas parlé, parce que je voulais faire une surprise à ma femme, moi aussi ! Je suis allé le chercher, je me le suis fait livrer : c'était facile, il avait sa caisse à lui tout seul. Et vous allez le trouver installé dans le salon : j'avais dit à Mariette où il fallait le faire mettre. »

Pour le coup, l'impatience n'eut plus de bornes : on se hâta de vider les verres, et l'on suivit M. Larousay, qui, la lampe à la main, se dirigea vers le salon.

« Un piano ! s'écria Suzanne transportée de joie.

— Un piano ! répéta Mme Larousay en prenant la main de son mari qu'elle serra dans les siennes, et en levant vers lui un regard reconnaissant.

— Il y a longtemps que j'aurais voulu te causer cette joie-là, ma pauvre chère femme, lui dit-il d'une voix émue, et elle ne te vient pas par moi ! Mais tu ne saurais croire combien j'ai été heureux quand j'ai vu cet instrument, et combien j'ai béni la tante Rosalie d'avoir aimé la musique. »

Lentement Juliette alla vers le piano,

l'ouvrit, posa une main sur le clavier... Ce n'était pas un Erard ni un Pleyel, le vieux petit piano de la tante Rosalie; il avait quelques notes de moins dans le haut que les pianos modernes, et les angles de ses touches étaient un peu émoussés par le frottement des doigts qui s'y étaient posés depuis vingt et tant d'années; mais il était d'accord, et le son n'était pas désagréable. Mme Larousay s'assit et chercha dans sa mémoire ses airs d'autrefois : ils revenaient fidèles, comme de vieux amis qu'on a délaissés, et qui accourent au premier appel. Les enfants l'entouraient, pleins d'admiration, se disant : « Comme maman joue bien! » et M. Larousay souriait aux souvenirs qu'évoquaient ces lointaines mélodies. Quand ils ont dû venir à Nantes, le vieux piano qu'elle avait emporté de chez son père ne valait pas le prix du transport; on l'a laissé là-bas... A Nantes, on en a loué un; puis, les enfants venant, les ressources ont diminué; le piano coûtait cher, elle n'avait pas le temps d'en jouer : on y a renoncé, après une série de rougeoles et de scarlatines où il était resté fermé pendant quatre mois... Depuis, on a toujours cherché à mettre de côté de quoi en racheter un; mais il y a tant de dépenses imprévues! il ne serait peut-être jamais rentré de piano dans la maison, sans l'héritage de la tante Rosine....

« Ah! papa! entends-tu? » dit tout à coup Suzanne d'une voix étouffée, en saisissant le bras de son père. Et elle lui montre Jean qui, debout contre le piano, ses grands yeux bleus levés vers sa mère, répète à demi-voix : « Papa! maman! papa! maman! » en essayant de chanter ces deux mots sur l'air que joue Mme Larousay.

« J'ai une idée, papa! reprend la jeune fille; je lui apprendrai à parler en musique. J'étais déjà si contente d'avoir un piano chez nous! je pourrai étudier, à présent; c'était si peu de chose, une demi-heure à la pension! Mais je suis encore bien plus contente, à cause de Jean! »

Elle devait avoir une bien autre joie ce soir-là, la chère enfant. Après les jeux et la danse, car Mme Larousay retrouva sous ses doigts les airs de danse de sa jeunesse, Suzanne alla coucher Jean, qui, tout excité, répétait maintenant sans cesse les deux mots qu'elle lui avait appris. Elle venait de le border dans son petit lit et s'inclinait pour lui donner le baiser du soir, lorsque l'enfant se souleva comme pour faire la moitié du chemin; et répétant encore : « Papa! maman! » il ajouta de lui-même le nom que les enfants donnaient entre eux à leur grande sœur : il l'appela « Za! »

Suzanne se trouva bien payée de toutes ses peines.

IX

SUZANNE TRAVAILLE A SON ÉDUCATION ET A CELLE DE JEAN

« PAPA, maman, Za! » c'était tout le vocabulaire du petit Jean. Mais il n'y a, dit-on, que le premier pas qui coûte; M. et Mme Larousay avaient repris confiance, et on ne les eût pas étonnés en prédisant à leur fils un brillant avenir d'avocat. Pour le moment, ces trois mots, ou plutôt ces deux mots et demi, constituaient un progrès immense, d'autant plus qu'il les appliquait à propos, appelant sa mère vingt fois dans une heure, et gardant les autres noms pour M. Larousay ou pour Suzanne, qui passaient la journée hors de la maison. Il paraissait s'éveiller d'un long et lourd sommeil; il devenait plus vif dans ses mouvements et gazouillait toute la journée des syllabes sans suite, qui prouvaient qu'il pouvait prononcer toutes les lettres; avec le temps il en ferait des mots. Il reconnaissait le pas de son père sur l'escalier, et courait au-devant de lui en criant : « Papa! » Mais toutes ses préférences, bien marquées maintenant, étaient pour Suzanne. Il s'attachait à ses pas comme un chien fidèle, la suivant partout dans la maison, s'asseyant à ses pieds quand elle travaillait, et guettant son regard pour y trouver un encouragement. Si Suzanne l'accordait, ce regard, la joie de l'enfant ne connaissait plus de bornes; il se jetait sur elle, grimpait sur ses genoux, l'embrassait passionnément en répétant toujours : « Za! Za! » avec une expression pleine de tendresse qui allait au cœur de la sœur aînée. Elle lui rendait ses caresses, et puis le remettait sur son petit tabouret, en lui disant : « Joue tout seul, mon chéri; il faut que Za travaille ». Il restait où elle l'avait mis; mais il était clair qu'il ne comprenait pas la nécessité de travailler; il ne paraissait pas non plus comprendre celle de jouer, car il ne touchait pas aux joujoux qu'il avait devant lui, et restait immobile, regardant Suzanne qui remuait les lèvres pour réciter à elle-même une leçon difficile, ou qui faisait courir rapidement sa plume sur le papier, s'interrompant de temps en temps pour lui sourire, ou lui faisant signe de rester tranquille.

C'est qu'elle avait pris le travail au sérieux, depuis que sa pitié pour son petit frère avait éveillé son attention sur une foule de choses auxquelles elle n'avait jamais pensé auparavant. Les petites filles, réunies en pension, se font ordinairement de la vie une idée très fausse. Parce qu'elles entendent dire qu'une telle, qui est sortie l'an dernier de la grande classe, a fait cet hiver son entrée dans le monde avec une robe de tulle blanc et une parure de fleurs de pommier, et que sa cousine, plus âgée qu'elle de deux ans, vient de se marier en robe de satin couverte de dentelles, avec une messe en musique, une corbeille superbe et une soirée de contrat resplendissante de bougies et de fleurs, elles se font pour elles-mêmes un programme fort attrayant, mais rarement réel. Toutes voient devant elles le même avenir : aller à beaucoup de bals, dans de très jolies toilettes, et y danser depuis le commencement jusqu'à la fin, avec des danseurs qui vous invitent à l'avance et qu'on inscrit sur son carnet pour ne pas les embrouiller ; car, si l'on se trompait, si l'on accordait à l'un la polka promise à l'autre, quelle catastrophe, grand Dieu ! On connaît toujours quelques histoires de duels qui n'ont pas eu d'autre cause. Après un ou deux hivers passés ainsi, nos jeunes linottes comptent se marier ; et, alors, c'est la liberté, c'est le droit de faire tout ce qu'on veut, c'est la félicité suprême. Illusions décevantes et dont il faut bientôt revenir ! De toutes ces fillettes qui ont mis en commun leurs rêveries, combien peu réaliseront ce programme ! Beaucoup ne danseront jamais de leur vie ; beaucoup ne se marieront pas ; et, quand à celles qui se marieront, demandez-leur, au bout de dix ans, ce qu'elles pensent de leur liberté et du droit de faire tout ce qu'elles veulent ! Les enfants à soigner, à élever, mille intérêts divers à ménager et à concilier, la responsabilité du bonheur et du bien-être de la famille sont autant de maîtres exigeants, et elles passent la vie à leur obéir, car tout cela, c'est le devoir, et le devoir s'impose à quiconque possède une conscience sincère.

Cette grande loi du devoir, la plupart des jeunes filles ne la comprennent qu'en avançant dans la vie, à mesure que les éléments se chargent de la leur expliquer, sévèrement quelquefois. Un peu d'égoïsme, un peu de frivolité (je parle des meilleures), un peu de cette bienheureuse disposition qu'a la jeunesse à voir tout en rose, les empêchent de remarquer ce qui se passe autour d'elles, à moins que quelque circonstance inattendue ne leur ouvre les yeux. Suzanne n'avait jamais réfléchi à la vie que menait sa mère, à ce travail incessant, à ces soins, à ces préoccupations qui mettaient souvent un pli entre ses sourcils, à ces veilles qui avaient pâli et vieilli son visage ; c'était sa mère, et elle l'avait toujours vu agir ainsi : il n'y avait pas de raison pour qu'elle y fît attention un jour plutôt que l'autre. Maintenant elle remarquait tout, et la tendresse et l'admiration pour sa mère, si douce, si patiente et si courageuse, grandissaient de plus en plus dans son cœur. Elle se sentait possédée du désir de lui venir en aide, de porter une partie de son fardeau ; elle était presque humiliée des éloges qu'on lui donnait pour ce qu'elle faisait de bien : c'était si peu en comparaison de la tâche de Mme Larousay ! Elle réfléchit profondément, autant qu'on peut le faire à treize ans ; et elle se combina un plan de conduite, auquel elle prit la résolution de se conformer sans y manquer jamais : on tient ces résolutions-là bien mieux que les lois qui vous ont été imposées.

Voici le cahier des résolutions de Suzanne, tel qu'elle l'écrivit de sa plus belle écriture, pour l'enfermer dans le coffret de palissandre où elle mettait ses rares bijoux, ses deux mouchoirs garnis de dentelle, ses gants de peau, les images qu'elle avait reçues en souvenir de ses amies de la pension, et différents autres objets précieux à divers titres :

« 1° Je ne perdrai jamais de temps, et je tâcherai toujours de placer quelque chose d'utile dans les quarts d'heure que j'aurai de libres ;

« 2° Je travaillerai toujours de mon mieux, et je m'appliquerai surtout à l'arithmétique et à la géographie, que j'ai de la peine à apprendre, parce qu'elles m'ennuient ;

« 3° Je serai prête à passer mes examens à seize ans ; et, quand je serai reçue institutrice, je donnerai des leçons pour gagner de l'argent et payer une ouvrière qui raccommodera le linge, pour que maman puisse se reposer ;

« 4° Je ne ferai plus gronder Cécile quand elle aura oublié ou perdu quelque chose, mais je lui rangerai ses affaires pour lui apprendre à avoir de l'ordre ; et je brosserai les vêtements de Roger et lui recoudrai ses boutons pour que maman n'ait pas la peine de s'en occuper ;

« 5° Je ne quitterai jamais maman ; je la remplacerai dans tout ce qu'elle fait, à mesure que j'en serai capable, de sorte que, quand elle sera vieille, elle se reposera et c'est moi qui ferai tout. »

Comme Suzanne était une fille prévoyante, elle avait laissé, au bas de ses résolutions, du papier blanc pour les idées qui pourraient lui venir par la suite ; et elle se mit aussitôt à appliquer la partie de son programme qui concernait le temps présent ; c'est le meilleur moyen de préparer l'avenir.

Il y avait pourtant deux choses dont elle n'avait pas parlé ; peut-être parce qu'elle s'y donnait trop volontiers pour avoir besoin de se les commander par écrit : c'était Jean et la musique. Depuis deux ans, Suzanne prenait à sa pension un quart d'heure de leçon de piano par jour et suivait le cours de solfège deux fois par semaine ; de plus, elle avait droit à une demi-heure par jour d'étude dans un dortoir, où se trouvaient quatre pianos qui jouaient à la fois des airs différents. Il y aurait bien eu de quoi lui faire prendre la musique en grippe ; heureusement ce n'était point arrivé, et elle avait fait des progrès étonnants. Maintenant qu'elle avait un piano chez elle, elle en ferait bien d'autres ! et elle employait à étudier ce qu'on appelle « des moments perdus », au grand profit de son jeune talent et à la grande joie du petit Jean.

Car Jean retrouvait auprès du piano l'extase qui l'avait saisi devant la musique militaire. Dès que Suzanne faisait entendre une note, il accourait et restait là, immobile, les mains jointes, tout le temps qu'elle jouait. La musique lui avait même appris un mot nouveau : à force d'entendre les autres dire : « C'est beau ! » quand leur mère jouait ses vieux airs après le dîner, il avait retenu le mot « Beau ! » qu'il répétait avec un accent convaincu et qu'il appliquait à tout ce qui lui plaisait. *Beau* revenait sans cesse parmi les syllabes qu'il chantait en imitant les airs qu'il entendait. Suzanne vit dans ce chant un encouragement à l'idée qu'elle avait déjà eue, de lui apprendre à parler en musique.

Un jour, elle lui chanta des mots très simples : « Jean, Loulou, maman chérie, dodo, bonbon », sur l'air d'une berceuse très simple, que le petit paraissait aimer particulièrement. Il écouta, penchant la tête de côté comme un oiseau ; il sourit, son regard s'anima et bientôt il répéta l'air qu'elle chantait. Puis au bout d'un instant, Suzanne entendit sa douce petite voix prononcer distinctement : « Jean... Loulou... dodo... ». Elle l'embrassa à l'étouffer et continua la leçon.

Au bout d'une demi-heure, Jean savait six mots nouveaux ; il les disait à volonté en chantant ou en parlant ; mais Suzanne, dans son ardeur et sa joie, ne s'était point aperçue de la fatigue du pauvre enfant, et elle fut surprise, autant qu'effrayée, de le voir tout à coup pâlir, fermer les yeux et se laisser aller dans ses bras comme s'il était évanoui. Elle courut à la fenêtre, le mit à l'air, baigna son visage d'eau fraîche, et Jean revint à lui. Il sourit à sa sœur, murmura : « Za ! maman ! dodo ! » et referma les yeux en reposant sa tête sur la poitrine de Suzanne : il dormait.

Elle le porta sur son lit et resta à travailler près de lui. Il dormit une heure, et quand il s'éveilla, il était aussi frais que de coutume et ne se ressentait plus de son malaise. Suzanne n'en parla pas ; et depuis elle eut bien soin de ne jamais prolonger autant les leçons de parole.

Cependant l'enfant apprenait peu à peu à nommer tout ce qui l'entourait ; il prononçait bien, mais il avait de la peine à former des phrases. Ce que les autres enfants apprennent tout naturellement dans les deux premières années de leur vie, rien qu'à entendre les gens qui les entourent, il fallait le lui enseigner mot par mot, et encore ne le savait-il qu'au prix d'un effort qui paraissait lui causer une extrême fatigue ; il s'endormait toujours quand on lui avait fait répéter plusieurs mots nouveaux ; et les parents, délivrés de la crainte d'avoir un enfant sourd-muet, commençaient à se dire que cela aurait peutêtre mieux valu que ce qu'ils redoutaient maintenant.

Jean atteignit ses quatre ans. Il était toujours aussi beau, quoiqu'on eût désiré un peu de vivacité dans le regard vague et paisible de ses grands yeux ; mais il était décidément bien en retard sur les enfants de son âge et même sur de plus petits : sur Loulou, par exemple, qui parlait de tout et n'était jamais embarrassée pour trouver ses mots, à deux ans et demi qu'elle avait ! Elle était même un peu trop bavarde et remuante, si son frère ne l'était pas assez : il fallait sans cesse s'inquiéter de ce qu'elle faisait, et veiller à ce qu'elle n'inventât pas de jeux

dangereux. Pour l'occuper, on lui mit entre les mains des carrés de bois blanc qui portaient chacun une lettre de l'alphabet ; et tout en s'en servant pour construire des maisons, elle apprit, sans se donner de peine, les commencements de la lecture.

Puis, on assembla les lettres ; Loulou aimait beaucoup ce jeu-là et ne marchait plus sans sa boîte de petits carrés. Elle avait renoncé à la porter à la cuisine parce que Mariette n'en savait guère plus qu'elle et se trouvait fort embarrassée pour écrire les mots qu'elle lui demandait ; mais elle dérangeait à chaque instant sa mère de son ouvrage ; et quand Mme Larousay, pressée d'achever quelque vêtement pour le lendemain, lui conseillait de jouer avec sa poupée, elle s'en allait frapper à la porte du grand-père. Jean la suivait, parce qu'il allait volontiers chez le grand-père, et aussi parce qu'il fallait toujours qu'il suivît quelqu'un, n'ayant point d'idées et de volontés à lui.

Ce fut ainsi qu'un jour, Louise lasse de bâtir des maisons et de nommer les lettres tracées sur ses matériaux, inventa de les apprendre à Jean : Louise était d'un caractère généreux et ne voulait pas garder sa science pour elle toute seule.

« Jean, dis A ! lui dit-elle, en lui montrant un petit carré de bois. Entends-tu ? c'est un A. Dis A !

— A ! répéta Jean, sans regarder la lettre.

— Tu ne regardes pas ! regarde l'A ! Tu le connais bien, dis ? Ça, c'est un B : dis B, comme les moutons, Bééé !

— B, » répondit Jean. Et elle lui nomma ainsi toutes les lettres de l'alphabet.

« A présent, tu les sais : allons chez grandpère, je lui dirai de nous faire des mots. Prends la table, moi je porterai les lettres. »

Elle remit ses lettres dans leur boîte et fit traîner leur petite table par Jean, jusqu'à la porte du grand-père, où elle frappa de toute la force de ses petits poings, en criant de sa voix claire : « Ouvrez ! »

M. Maxime Larousay prit sa canne et se traîna sur ses pantoufles jusqu'à la porte, où il demanda : « Qui est là ?

— C'est une visite : M. Jean et Mme Loulou. »

Le vieillard ouvrit sa porte en riant.

« Bonjour, monsieur ; bonjour, madame ; que m'apportez-vous là !

— Grand-père, c'est ma table, pour que tu écrives des mots. Jean sait lire : c'est moi qui lui ai appris.

— Vraiment ! tu vas vite en besogne, toi ! Allons, apporte la table auprès de mon fauteuil.

— Voilà, grand-père... Ecris Loulou ! Tu vois, Jean, c'est mon nom. Dis Loulou !

— Loulou ! répéta docilement le petit garçon.

— Tu vois bien, grand-père, il sait lire ! A présent, écris Jean ; et puis maman ; et puis Roger... Oh ! ça n'est pas Roger, ça ; c'est papa, je le reconnais bien ! tu voulais m'attraper, grand-père !

— Voyez-vous, la fine mouche qui ne se

laisse pas attraper par son vieux grand-père ! C'est comme cela que tu reconnais les mots ? Eh bien, que dit celui-là ?

— Ça, c'est deux mots ;   ça dit grand-père.

— Très bien ! Et celui-ci ?

— Ah ! je ne le sais pas... Dis-le, toi !

— C'est Suzanne ; lis les lettres : S, u, z, a, n, n, e.

— Quand Suzanne reviendra, je lui montrerai son nom, dit la petite en sautant de joie. Et Jean ! C'est moi, sa maîtresse ; je vais lui donner sa leçon. Jean, comment s'appelle cette lettre-là ? »

Jean regarda la lettre, puis sa toute petite maîtresse d'école, et demeura muet, la bouche béante et les yeux tout ronds.

« Tu ne sais pas ? C'est un A, tu sais bien ! Dis A !

— A ! répéta l'enfant.

— Bien, mon petit, très bien ! (Louise prit un petit air protecteur qui fit rire le grand-père.) A présent, cherche-moi un autre A... Tu ne le trouves pas ? vilain étourdi ! Tiens, en voilà un : dis son nom. »

Jean ne répondit pas, et Louise frappa du pied.

« Entêté, Jean ! paresseux, Jean ! il aura un pensum ! » Louise connaissait ce mot-là, très fréquent dans la bouche de Roger. Jean, lui, ne le comprit pas ; mais il vit que Louise était fâchée contre lui, et les coins de sa bouche s'abaissèrent. Et comme Louise, pour produire plus d'effet sur lui, ajouta d'un ton menaçant : « Méchant Jean ! » il se mit à pleurer pour de bon.

« Allons, mon bébé, sois sage ! reprit Louise en imitant les inflexions de Suzanne.

quand elle parlait à Jean. Regarde bien comme il est fait, tu le vois ? A ! A ! »

Le petit répéta : « A », en regardant tous les A qu'elle lui montrait ; il sembla faire un grand effort, ses sourcils se contractèrent, et il retrouva un A parmi les autres lettres ; il est vrai que Louise l'avait mis un peu en avant. Le grand-père observait Jean et ne disait rien.

Louise, enchantée du succès de son élève, s'évertuait à lui faire connaître un O, en lui expliquant qu'il était rond comme les œufs de la serine de Suzanne, lorsque le petit porta ses deux mains à sa tête avec un gémissement plaintif. En même temps, il devint pâle, ferma les yeux et chancela ; son grand-père n'eut que le temps de passer son bras autour de lui pour l'empêcher de tomber.

« Va vite appeler ta mère, Jean est malade », dit-il à Louise épouvantée de voir Jean se laisser aller sur le bras du grand-père, qui essayait en vain de l'enlever de terre pour le coucher sur ses genoux. La petite fille courut en criant et en pleurant chercher Mme Larousay qui emporta l'enfant tout à fait évanoui. Le vieillard la suivit lentement ; il ne marchait qu'à grand'peine, avec l'aide de sa canne et en s'appuyant aux murs. Quand il arriva dans la chambre de sa bru, Jean était déjà déshabillé et couché dans son petit lit, et on sentait une forte odeur d'eau de mélisse.

« Il a rouvert les yeux, il a dit : « Maman », et puis il s'est endormi, dit Juliette au vieillard. Mais je n'aime pas ce sommeil-là : voyez comme il est rouge ! et il ne fait pourtant pas chaud ici. Je vais envoyer Mariette chercher le médecin. »

X

PAUVRE INNOCENT

JEAN dormait encore, et il gémissait dans son lourd sommeil, lorsque M. Larousay ramena ses filles de leur pension, et presque aussitôt le médecin entra. Ce n'était pas le vieux médecin qui avait soigné la famille depuis son arrivée à Nantes ; celui-là était mort depuis un an, et son successeur, M. Décherel, n'était venu que deux ou trois fois, pour de petites indispositions de Louise, et n'avait jamais eu l'occasion de voir Jean. Il lui trouva de la fièvre, parut s'inquiéter de son accablement et demanda comment son mal avait commencé. Ce fut le grand-père qui le renseigna là-dessus.

« Oh ! dit Suzanne, ce n'est pas la première fois. Le jour où je lui ai appris à dire son nom et celui de Loulou, il est devenu tout d'un coup pâle comme un mort, il a fermé les yeux et il s'est trouvé mal ; seulement cela n'a pas duré longtemps ; mais je me rappelle aussi qu'après il s'est endormi. J'ai pensé que j'avais voulu lui faire apprendre trop de mots à la fois, et

j'ai bien pris garde depuis à ne pas le fatiguer.

— Tu aurais dû me dire cela, ma fille, interrompit Mme Larousay, d'un ton de blâme.

— C'est vrai, maman ; mais tu étais sortie ; quand tu es rentrée, il allait très bien, et je n'y ai plus pensé. Depuis, cela n'est jamais arrivé ! »

M. Décherel prit un air sérieux et fit quelques questions sur les habitudes de l'enfant, sur ses goûts, sur ses jeux ; il laissa une ordonnance et promit de revenir le soir.

Mme Larousay regarda son mari, qui évita de rencontrer ses yeux ; tous deux avaient la même pensée ; il fallait que le médecin fût bien inquiet de Jean, pour parler de revenir sitôt !

Ce fut une triste soirée pour toute la famille ; le dîner fut manqué, parce que Mariette pleurait dans ses sauces et laissait brûler ses casseroles, et pourtant personne n'y fit attention, pas même M. Alexandre Larousay, assez porté à se plaindre de la nourriture, comme les gens qui n'ont pas d'appétit. Mme Larousay venait servir, mangeait une bouchée, qu'elle avait bien de la peine à avaler, et retournait auprès du malade, alternant avec Suzanne pour que l'enfant ne restât pas seul. Mme Morain, prévenue par Perrine qu'on avait vu le médecin entrer chez les Larousay, vint demander des nouvelles et offrir ses services.

Le dîner ne fut pas long, personne ne songea à demander du dessert. M. Larousay père, après être venu regarder le visage empourpré par la fièvre de son petit favori, rentra dans sa chambre, dont il laissa la grande porte ouverte, pour être à même de questionner tous ceux qui passaient dans le corridor.

Les réponses n'avaient rien de rassurant.

« Il est toujours accablé — il ne paraît pas sentir les sinapismes — il est de plus en plus brûlant — il a rouvert les yeux, mais il ne reconnaît personne — il parle tout seul ; il dit : « A ! un A !..., Loulou..., méchant Jean !... un A ! » il se touche la tête avec ses deux mains et il se plaint. » Le grand-père hochait la tête pour remercier, et il restait là, immobile dans son fauteuil, les deux mains croisées sur la pomme de sa canne, et se demandant ce qu'il faisait en ce monde, lui, quand la mort menaçait de prendre ce petit être si proche de sa naissance.

« Suzanne, ma chérie, remplace-moi en tout ! » avait dit Mme Larousay. Suzanne avait emporté près de son lit le berceau de Louise ; elle avait déshabillé, couché et endormi la petite fille qui, excitée par ce mouvement et ce bruit, ne voulait pas dormir et demandait sans cesse où était Jean, et s'il était encore mort comme ce matin — le matin, pour Louise, c'était l'heure qui précédait un repas quelconque. — Puis elle était venue dans la salle à manger pour expliquer un problème à Roger et faire réciter une leçon à Cécile ; elle avait veillé à entretenir le feu et à remonter la lampe de son père, qui se levait à chaque instant pour aller voir Jean, mais qui revenait se rasseoir à sa table : il avait un rapport à écrire et il fallait qu'il le finît. Et quand il ne manqua plus rien à personne, Suzanne alla demander à son grand-père s'il ne voulait pas qu'on l'aidât à se déshabiller.

« Pas encore, mon enfant : pas avant que le médecin soit revenu ! » répondit le vieillard. Et, voyant les yeux de Suzanne tout brillants de larmes qu'elle retenait, il l'attira dans ses bras et la tint serrée contre lui. Suzanne le sentait trembler : était-il donc plus inquiet que tout à l'heure ? Et tout bas, pour qu'on ne l'entendît pas du dehors, elle lui demanda timidement :

« Grand-père..., est-ce que Jean va mourir ?

— Qui sait ? » répondit-il en soupirant et en levant les yeux au ciel comme pour y chercher la réponse. « Ce médecin tarde bien ! reprit-il au bout d'un instant.

— Grand-père..., cela me fait penser à tant de choses... Je ne savais pas que je l'aimais tant, ce pauvre petit ! »

Une étreinte du grand-père apprit à l'enfant que le vieillard pensait absolument comme elle là-dessus.

« Et puis, continua Suzanne, il y a dans le monde, tous les jours, des petits enfants qui meurent..., ils ont des mères, des pères, des sœurs..., des grands-pères aussi..., comment tout ce monde-là ne meurt-il pas de chagrin ? Si nous perdons notre petit Jean..., je ne comprends pas comment je pourrai vivre après ! »

Le bruit d'une altercation partant de la salle à manger vint distraire Suzanne de ses tristes pensées ; elle y courut pour rétablir l'ordre. M. Larousay était allé voir le malade ; pendant ce temps-là, Roger avait voulu prendre de l'encre dans l'encrier de son père, s'imaginant qu'elle était meilleure que la sienne. Pour cela, il avait passé au-dessus du cahier de Cécile, et Cécile, ayant voulu s'y opposer, lui avait secoué le bras, ce qui avait fait tomber une énorme tache ronde et étoilée sur le verbe irrégulier *envoyer* qu'elle était en train de conjuguer. De là, colère, larmes, reproches de Cécile, révolte de Roger, qui prétendait lui prouver que c'était sa faute. Suzanne les gronda tous les deux : il fallait qu'ils n'eussent pas de cœur, pour se disputer et faire du bruit, quand leur petit frère était si malade ! leur tapage allait augmenter sa fièvre, et ils seraient cause de sa mort ! Cette réprimande rendit Roger tout confus et navra Cécile, qui noya sa tache d'encre dans un déluge de larmes. Suzanne la consola, lui essuya les yeux, lui écrivit sur une belle page blanche les titres des temps du verbe qu'il lui fallait recommencer, et s'en alla sur la pointe du pied écouter à la porte de sa mère.

Le médecin était là : il n'avait pas eu besoin de sonner, Mariette le guettait, avec la porte ouverte.

« Je suis venu le plus tard possible, disait-il, pour voir l'effet produit par la potion ; je resterai autant qu'il faudra... L'enfant ne va pas plus mal, toujours... Ne vous effrayez pas d'un peu de délire ; la fièvre est plutôt un peu moins forte qu'à six heures. »

Suzanne s'échappa doucement pour aller dire à grand-père que « la fièvre était plutôt un peu moins forte ». Puis elle retourna aux deux écoliers qu'elle congédia, recommanda à Cécile de se coucher sans bruit, pour ne pas réveiller Loulou, et revint dans la chambre de sa mère.

« Tout va bien, maman, il n'y a que grand-père qui n'est pas encore couché ; il a voulu attendre pour savoir ce que le médecin dirait de Jean.

— Je vais l'aider et le rassurer, puisqu'il y a un peu de mieux. Va te coucher aussi ma chérie ; il est bien tard !

— Oh! non! pas pour moi! Je ne suis pas fatiguée du tout, et je veux rester pour faire tes commissions : tu verras que tu auras besoin de moi! »

En effet, elle sut se rendre utile, la vive et adroite Suzanne. Le médecin resta là longtemps; le mieux n'était pas aussi marqué qu'il l'avait dit pour encourager les parents, et il luttait de toutes ses forces contre la maladie, sans être sûr de la vaincre. Il fallut aller chercher le pharmacien, préparer un bain, des boissons.

Mariette avait perdu la tête et ne savait plus ce qu'elle faisait, et Suzanne, courageuse et entendue comme une femme aux

contente que moi. Mon petit Jean ne va pas mourir! »

Le lendemain, quand M. Décherel revint, Jean n'avait pas de fièvre, et il jouait sur son lit avec la plus belle poupée de Cécile, qu'il berçait dans ses bras, en chantonnant : « Dodo! dodo! »

Le jeune docteur s'assit auprès de l'enfant, essaya de jouer avec lui, de le faire parler; mais il s'interrompit bientôt et dit à Mme Larousay : « Il n'a plus rien; vous pouvez lui donner à manger s'il a faim, le lever s'il le désire; mais il est encore faible et il faut prendre garde qu'on ne le fatigue. Ne lui parlez pas trop, et surtout ne lui

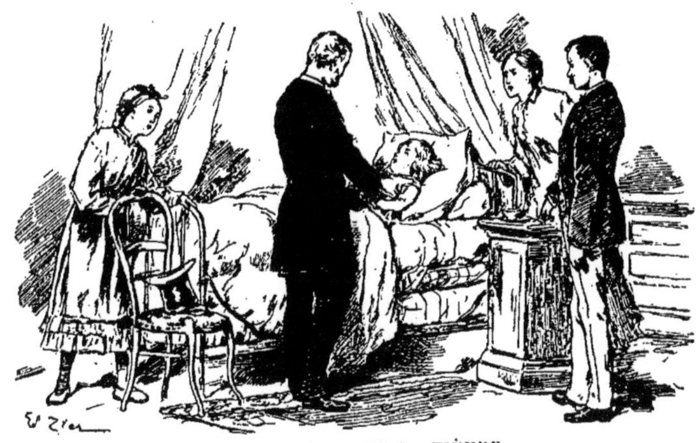

IL LUI TROUVA DE LA FIÈVRE

choses du ménage, remplaçait partout sa mère : on eût dit que Mme Larousay se trouvait partout à la fois, tant les ordres du médecin étaient exécutés vite et bien. Enfin, le jeune docteur qui venait d'écouter longuement la respiration de l'enfant, releva la tête et montra aux parents une physionomie rassurée.

« Je peux, maintenant, vous donner beaucoup d'espoir, dit-il; il dort d'un bon sommeil, la fièvre a cédé, il ne se plaint plus, il ne porte plus ses mains à sa tête, et je ne prévois pas, pour le moment, de complications à redouter. Je viendrai demain matin, et j'espère le trouver hors de danger. Il n'y a plus de soins à lui donner; du calme et du silence, c'est tout ce qu'il lui faut. »

Minuit sonnait, minuit! Suzanne se sentait un peu lasse, et ce n'était pas étonnant : jamais de sa vie elle n'avait veillé aussi tard. Elle songea à Paule Dumont, une de ses compagnes, qui n'était pas venue en classe un certain jour, parce que, la veille, on l'avait menée à la soirée de contrat de sa grande cousine et qu'elle y était restée jusqu'à minuit...

« Moi, j'irai tout de même à la pension demain matin, se dit Suzanne... Elle était bien contente d'avoir dansé avec une jolie robe de voile rose, à un bal de grandes personnes; mais elle ne pouvait pas être aussi

apprenez rien : il n'est pas pressé de passer son baccalauréat, n'est-ce pas? il a bien le temps d'apprendre ses lettres! »

Le docteur riait; mais M. Larousay ne lui trouva pas l'air de quelqu'un qui plaisante de bon cœur. Et, sous prétexte d'un travail pressé qui l'attendait au bureau, il prit son chapeau et sortit une bonne heure plus tôt qu'à l'ordinaire.

Il eut bientôt rattrapé M. Décherel; et Mme Larousay, qui avait soulevé le rideau pour savoir où son mari allait si vite, soupira en voyant qu'elle ne s'était pas trompée et qu'il avait voulu parler au médecin sans qu'elle fût là. Ils s'éloignèrent en causant tous les deux : M. Larousay semblait pressant, et M. Décherel semblait hésiter à lui répondre. Ils tournèrent bientôt sur le quai qui longe l'Erdre, et Mme Larousay ne les vit plus.

A midi, quand M. Larousay rentra avec ses enfants, sa femme le regarda à la dérobée : comme il était pâle et comme il avait l'air triste! Elle lui fit signe de venir la retrouver et se retira dans sa chambre.

« Qu'as-tu? Que t'a dit le médecin? » lui demanda-t-elle anxieuse.

Il s'assit près d'elle et lui prit les deux mains.

« Ma pauvre Juliette, j'ai bien souffert depuis ce matin..., pourtant j'y avais déjà pensé..., ce n'était pas tout à fait de l'imprévu..., mais de tels malheurs, on ne peut pas se décider à y croire... »

Il s'arrêta un instant. Sa femme se taisait; elle le regardait : quel regard !

« M. Décherel n'est pas sûr..., il connaît trop peu l'enfant pour pouvoir juger... Mais il m'a questionné longuement, minutieusement... et il craint bien que son intelligence ne soit pas susceptible de développement..., que le pauvre petit ne soit...

— Idiot ! » s'écria la mère avec terreur.

A ce cri, un cri étouffé répondit, et Suzanne qui venait d'entrer pour prévenir ses parents que le déjeuner était servi, vint se jeter en sanglotant dans les bras de sa mère.

« O maman ! idiot ! Il se trompe ! ce n'est pas vrai ! Idiot ! il nous aime tant ! Mon pauvre petit frère !

— Chut, chut, ma bien-aimée ; ne fais pas de bruit : il lui faut du calme, tu sais... Ne pleure pas ; tu désoles ton père : vois ! »

M. Larousay pleurait silencieusement.

« Pauvre papa ! murmura Suzanne en prenant sa main.

— Aie du courage, mon enfant, lui dit M. Larousay, puisque tu as entendu... Il vaut peut-être mieux que tu le saches, d'ailleurs, tu pourras nous aider à l'élever, à le guérir autant qu'il sera possible...

« M. Décherel n'a pas dit qu'il fût idiot ; il ne l'est pas, puisqu'il nous connaît, qu'il nous aime, qu'il parle un peu. Mais il a l'esprit faible, et il est à craindre qu'on ne puisse jamais rien lui apprendre ; si on lui fatiguait la tête, il redeviendrait malade comme hier, et nous le perdrions. Il parlera mieux qu'il ne le fait à présent ; il y a des choses qu'il apprendra de lui-même ; mais il restera enfant toute sa vie : il est ce que dans le peuple on appelle un *innocent...* Aimons-le tel que Dieu nous l'a donné ; nous n'aurons pas de peine à le rendre heureux, ce sera une consolation. »

Suzanne alla au petit lit et baisa la tête blonde de Jean, qui lui sourit.

« Cher *innocent,* dit-elle, je t'aimerai toujours, et je promets de te rendre heureux ! »

XI

UN PEU DE LA VIE DE TOUS LES JOURS

INNOCENT ! Ce mot a souvent frappé votre oreille, pour peu que vous ayez habité la Bretagne. Chez ces populations primitives, qui se résignent, respectueuses, devant les mystères de la folie, et qui laissent les insensés errer parmi elles, sans songer à les priver des seuls biens qu'il leur restent, le grand air et la liberté, les êtres que nous appelons « idiots » ne sont point parqués dans les hospices. On les garde dans la famille ; on pense qu'ils portent bonheur, et personne n'est rude pour eux. Cette douceur qui les entoure les rend doux et inoffensifs ; si leur intelligence ne se développe point, souvent leur cœur déborde de tendresse enfantine ; ils restent enfants en effet, insouciants du lendemain, tout entiers à la joie ou à la peine de l'heure présente, qu'ils sentent vivement et qu'ils ont bientôt oubliée. Ils aiment ceux qui les soignent et leur parlent doucement ; ils sont reconnaissants de la moindre caresse comme le serait un chien. Parfois, dans leur esprit enveloppé de brouillard, un seul coin s'éclaire ; ils ont le goût de ce qui est beau, brillant et gracieux ; ils aimeront les fleurs, les oiseaux, la musique, les couleurs gaies, le soleil, les eaux transparentes, tandis que l'obscurité, les couleurs sombres, les rempliront de tristesse. Quelques-uns chantent d'une voix mélodieuse de vieilles chansons qui les ont frappés, et qu'ils apprennent à force de les entendre répéter ; ils se plaisent à leur chant et ne se lassent pas de le recommencer. Dans les familles bretonnes, on ne leur demande pas de travail ; ils vivent de peu, et, si le pain manque chez eux, ils vont demander leur nourriture chez le voisin : personne n'aurait le cœur assez dur pour laisser pâtir un *innocent.* Ils vivent et meurent ainsi, inconscients et heureux ; on les aime et on les pleure. Agathe, la nourrice de Jean, qui l'avait gardé près de trois années, s'était bien aperçue qu'il n'était pas pareil aux autres enfants. « Le pauvre petit restera *innocent* toute sa vie ! » s'était-elle dit ; et elle ne l'avait pas moins aimé. Mais elle savait, pour avoir vécu dans les villes, que les bourgeois considèrent comme un grand malheur d'avoir un tel enfant ; et elle n'avait pas osé prévenir M. et Mme Larousay.

Maintenant ils le savaient ; ils ne pouvaient plus garder l'illusion qui les avait jusque-là aveuglés sur l'état de l'enfant. Le malheur existait : il était irréparable : il fallait l'accepter courageusement, avec toutes ses conséquences... Et d'abord, quelle tâche douloureuse d'aller dire au grand-père, au vieux chef de la famille : « Ton petit-fils est idiot ! » Et comment l'apprendre aux enfants ?

Il fallut pourtant bien s'y décider. M. Maxime Larousay ne se montra pas surpris : il s'attendait à ce coup, ayant vu de près l'enfant, beaucoup plus souvent que son propre père. Si le malheur lui eût été appris sans préparation, il n'aurait pas manqué de dire : « Voilà ce que c'est que de faire élever ses enfants à la campagne ! » Mais la pitié avait déjà fait son œuvre, et le cœur du vieillard se rapprochait du cœur des parents affligés. Il trouva de bonnes paroles pour son fils et même pour Juliette, plaisanta la science des médecins qui condamnaient ainsi un malade qu'ils connaissaient à peine ; il parla du temps, qui est le plus grand médecin et qui pourrait bien à lui tout seul changer l'état de Jean ; et, enfin, en mettant les choses au pire, avec de bons enfants comme étaient les quatre autres, devait-on s'inquiéter de l'avenir du pauvre *innocent?* Son frère et ses sœurs ne le laisseraient certes jamais manquer de rien ; et peut-être même que cette pensée, d'avoir là ce frère qui avait besoin d'eux, les stimulerait au travail et leur donnerait du sérieux : il arrive souvent que le bien sort du mal.

Au fond, le vieillard ne prenait pas le arriver pour une recette de cuisine, pour un patron de vêtement, pour un procédé de raccommodage, pour l'arrangement d'un chapeau, pour un nettoyage d'étoffes. Elle s'installait, ôtait son chapeau, prenait sa leçon de ménage, comme elle disait ; et puis, quand elle avait remercié Mme Larousay, caressé Jean, fait jouer Louise, elle ajoutait : « A présent, il faut que je paye ; donnez-moi de l'ouvrage, je paye en nature, moi ! » Et elle prenait une pièce de linge ou une paire de bas, et s'escrimait à faire du neuf avec le vieux, pour montrer, disait-elle, qu'elle n'était pas si maladroite qu'elle en avait l'air, et qu'elle avait bien profité des conseils de sa maîtresse. Puis, quand

IL SE PLAÇAIT TOUT PRÈS DE L'INSTRUMENT

malheur avec autant de sérénité qu'il en affectait ; et il fut très content de revoir M. Décherel, qui voulait, disait-il, examiner l'enfant en bonne santé ; il espérait le voir modifier son arrêt.

M. Décherel revint plusieurs fois ; il étudia Jean, et, comme c'était un homme de cœur, il s'intéressa bientôt au petit malade et à sa famille. Si bien que, lorsque M. Larousay voulut lui payer ses honoraires, il balbutia, s'embrouilla et finit par dire : « Vous me devez trois visites, celles que j'ai faites pendant la maladie de l'enfant ; les autres, permettez-moi de ne pas les compter : je les ai faites pour ma propre satisfaction..., c'est un cas intéressant à étudier... Je serais bien heureux si j'arrivais à changer l'état du petit... » Il finit par prier M. Larousay de vouloir bien le recevoir en qualité d'ami ; sa femme, disait-il, désirait beaucoup connaître Mme Larousay et les enfants.

Les deux familles se lièrent vite ; Mme Décherel, nouvellement mariée, n'était pas de Nantes et n'y avait que peu de relations ; elle était d'un caractère timide et se trouvait souvent embarrassée de son apprentissage de maîtresse de maison ; elle vit en Mme Larousay comme une sœur aînée capable de lui donner des conseils bienveillants, et mit souvent son expérience à contribution. A chaque instant on la voyait

Suzanne et Cécile revenaient de leur pension, Mme Décherel s'emparait de l'aînée ; elle l'emmenait au piano, la faisait jouer, jouait à quatre mains avec elle, et déclarait qu'elle était née musicienne et que ce serait un crime, un vrai crime, de laisser perdre de si belles dispositions. Elle finit par offrir de lui donner des leçons régulières, qui lui vaudraient mieux, disait-elle, que son quart d'heure de leçon à la pension, dans le dortoir aux quatre pianos. Suzanne, sous sa direction intelligente et pleine d'ardeur, fit en peu de temps d'immenses progrès, dont elle s'étonnait elle-même. Mais elle en était bien heureuse. Elle avait confié ses plans d'avenir à Mme Décherel, qui la traitait en amie, bien qu'il y eût au moins dix ans entre elles. « Quand je serais devenue très forte sur le piano, comme vous, lui disait-elle, je me mettrai à donner des leçons. Roger s'en ira, Cécile et Louise se marieront ; moi, je resterai avec mes parents et Jean. Et plus tard c'est moi seule qui ferai vivre mon pauvre *innocent;* je serai sa mère, et il ne quittera pas comme les autres garçons quittent leur mère pour se faire soldats ou marins, ou autre chose. Il restera toujours enfant. Il sera heureux d'entendre le piano toute la journée : comme cela se trouve bien, qu'il aime tant la musique ! »

La musique était, en effet, le seul goût un peu vif de Jean. Devant les poupées, les pantins, les fleurs, les images hautes en couleur, il souriait, levait les deux mains en signe d'admiration et faisait entendre un langage inarticulé, une sorte de gazouillement monotone. Mais, dès qu'il entendait les sons du piano, il accourait, il se plaçait tout près de l'instrument, et sa figure, ordinairement si placide, exprimait une joie extrême. « Beau ! disait-il, beau ! Jean aime ! » C'était à peu près la seule phrase logique qu'il sût dire : « Jean aime ! » Il l'adressait à la musique, à Suzanne, à sa mère, à son grand-père, et aussi au chardonneret privé qui chantait dans une cage pendue à la fenêtre. « Jean aime ! » disait-il en venant présenter son front blanc aux lèvres de son père quand il rentrait; et son père l'enlevait dans ses deux mains et l'embrassait sans arrière-pensée. Il n'était pas obligé de demander d'abord : « A-t-il été sage ? » question nécessaire avant d'embrasser Loulou; il n'était jamais obligé de le punir, comme cela arrivait pour Roger et même pour Cécile. Jean était toujours sage, toujours souriant, d'une douceur inaltérable; on oubliait son malheur en se laissant aller à l'attrait de sa grâce caressante.

Tout le monde l'aimait dans la maison; et le docteur, qui l'avait d'abord étudié comme un cas intéressant, s'était pris peu à peu d'une véritable affection pour lui. Se pouvait-il que ce bel enfant restât à jamais privé d'intelligence ? Il avait du cœur, il ne pouvait être stupide; il fallait trouver les moyens d'éveiller cet esprit endormi, de l'amener à penser, à réfléchir, à apprendre... Oui, mais si on le tuait en voulant le pousser trop vite ! Le docteur était perplexe; il lisait tous les livres spéciaux dont il s'était fait une bibliothèque; et il allait passer des heures avec les idiots de l'hospice Saint-Jacques, étudiant en quoi ils ressemblaient à Jean et en quoi ils différaient de lui : la guérison de Jean était devenue son idée fixe : Sa femme lui disait quelquefois : « Je ne sais pas ce qu'il gagnerait à guérir à demi, car tu ne peux pas espérer qu'il devienne pareil aux autres enfants; s'il se développe seulement assez pour s'apercevoir de son état, il en sera malheureux; il vaudrait mieux le laisser tel qu'il est ». Le docteur souriait tristement et avouait qu'elle avait peut-être raison. « Mais, ajoutait-il, que veux-tu ? je ne peux pas me trouver en face d'un malade sans chercher à le guérir; c'est comme le chien devant le gibier et le gendarme devant les voleurs : instinct de métier ! »

Il avait bien fallu expliquer le malheur de Jean à Roger et à Cécile. Parmi leurs compagnons de jeu, il y en avait qui ne se gênaient pas pour dire couramment « l'idiot » en parlant de Jean, répétant ainsi les propos de leur mère ou de leur bonne. La première fois que cette qualification parvint aux oreilles de Roger, il tomba à coups de poings sur celui qui se la permettait : il y eut au Jardin des Plantes, dans la grande allée des tilleuls, une grande bataille dont les combattants sortirent le nez enflé et les yeux pochés. Cécile, qui était d'une humeur plus placide, prit la chose autrement. Elle déclara à l'indiscrète qui donnait ce nom insultant à son petit frère, qu'elle n'aurait jamais attendu cela d'elle et qu'elle lui retirait son amitié pour la vie; et là-dessus elle fondit en larmes, tant de l'injure faite à Jean que du chagrin de perdre une amie. L'amie, qui n'était pas méchante et n'avait pas cru lui faire tant de peine, s'excusa, assura qu'elle avait entendu dire cela, elle ne savait où, mais que sûrement elle n'en croyait rien; et elle finit par pleurer, elle aussi, en implorant son pardon. La brouille ne dura guère que cinq minutes, et l'on vit les deux amies, les bras enlacés, se promener tendrement dans l'allée de magnolias. Mais Cécile, rentrée à la maison, se mit à observer Jean; et le résultat de ses observations fut cette question qu'elle posa à Suzanne le soir quand elles se trouvèrent seules dans leur chambre: « Suzanne, est-ce que tu ne crois pas que Jean est un peu idiot ? pas beaucoup, mais un tout petit peu ? »

Suzanne demeura tout interdite; mais, après tout, puisque Cécile avait cette idée-là, il n'y avait plus qu'à lui dire la vérité, ou à peu près.

« Non, il n'est pas idiot, répondit-elle. Tu ne sais pas comment sont les idiots; Angèle ne le sait pas non plus, bien sûr ! je le sais, moi ! M. Décherel me l'a dit, et il va très souvent les voir à Saint-Jacques pour apprendre à les guérir. Ils sont affreux, et Jean est très joli; ils remuent continuellement la tête en faisant : « Ah ! ah ! » ils ne jouent pas, ils ne parlent pas du tout, ils ne savent seulement pas manger tout seuls, et ils n'aiment personne. Tu vois bien que Jean n'est pas idiot !

— C'est vrai ! répondit la petite fille à demi convaincue par cette description fantaisiste des idiots. Pourtant Angèle, avec qui je m'étais fâchée à cause de... ce qu'elle disait de Jean m'a fait remarquer qu'il n'est pas comme les autres... Loulou parle comme une grande fille et elle a dix-huit mois de moins que lui... Tu te rappelles bien, l'an dernier, nous croyons qu'il était sourd-muet ? nous avons été si contents quand il a parlé ! »

Suzanne attira sa petite sœur dans ses bras et lui expliqua de son mieux ce que c'est qu'un *innocent,* et comment il fallait s'y prendre pour l'instruire peu à peu sans le fatiguer. M. Décherel avait dit à leurs parents qu'il espérait le guérir dans bien longtemps si on ne le tourmentait pas, si on ne le pressait pas d'apprendre, autrement on le rendrait malade, comme il l'avait été le jour où Loulou avait essayé de lui apprendre ses lettres, et on le ferait peut-être mourir. Le tendre cœur de Cécile frémit à cette idée, car elle aimait tendrement son petit frère, et elle promit d'être aussi raisonnable, aussi patiente avec Jean que Suzanne elle-même. Elle se chargea d'avertir et de sermonner Roger, son compagnon habituel, qui rendait justice à sa jeune sagesse, et qui l'écoutait volontiers dans les moments où ils ne se disputaient pas.

Quant à Loulou, sa mère lui dit simplement qu'il ne fallait pas apprendre les lettres à Jean, parce qu'il était malade. Elle n'essaya plus de faire la maîtresse d'école; mais il lui arriva bien des fois par la suite, quand on voulait lui enseigner quelque chose, de prendre un petit air dolent et de déclarer que « Loulou était malade ». Cela indiquait de sa part une aptitude remarquable à tirer parti des situations.

XII

UN NOUVEAU PERSONNAGE

PAR une belle après-midi, Suzanne s'en allait, conduite par Mariette, chez Mme Décherel, qui devait lui enseigner une nouvelle broderie et la ramener un peu plus tard. Elle avait emmené Jean, qui n'était pas gênant et qui aimait beaucoup à aller chez le médecin, et elle traversait la place Louis-XVI en s'amusant à rire avec Mariette des mines déconfites des écoliers et des écolières qui revenaient des vacances. C'était la veille de la rentrée, un train venait d'arriver, et de nombreux fiacres chargés de malles traversaient la place, conduisant des fillettes en robe noire dans les nombreux couvents qui bordent la rue Saint-Clément. On en voyait d'autres s'enfoncer dans la rue du Lycée, portant des écoliers en uniforme, aux mains rouges, aux figures hâlées par deux mois de grand air et de soleil. Suzanne fit réflexion que tous ces oiseaux-là ne paraissaient pas pressés de rentrer en cage; ils regrettaient leurs plaisirs des vacances. Ne valait-il pas mieux n'avoir rien à regretter, comme elle, par exemple?

Sur cette pensée philosophique, Suzanne reprit sa route en passant par le cours Saint-Pierre, où elle dut s'arrêter un instant pour laisser Jean regarder de loin les soldats qui faisaient l'exercice. Les soldats ne l'intéressaient pas beaucoup, elle; son attention fut attirée par un grand garçon maigre, qui pouvait avoir quinze ou seize ans, et qui regardait de tous les côtés en allongeant le cou, avec l'air ahuri de quelqu'un qui ne sait pas du tout où il se trouve, ni où il doit aller. Il était habillé, sans aucune recherche, d'un veston et d'un pantalon qui avaient dû être taillés pour lui dans d'anciens vêtements trop grands pour sa taille, car, quoique l'étoffe en fût usée, ils n'avaient point pris la forme de son corps. Il portait à la main une valise et était chaussé de souliers énormes.

« Regardez donc, mademoiselle, quel drôle de monsieur! dit Mariette en le désignant à sa jeune maîtresse.

— Chut, Mariette, s'il vous entendait! Il n'est pas d'ici, bien sûr; il a l'air de chercher son chemin... Si j'osais, je lui offrirais de le lui dire..., mais ce ne serait pas convenable... »

Suzanne tenait beaucoup à être convenable, et elle ne plaisantait pas avec les questions d'étiquette. Mais, cette fois, elle se trouva entraînée à faire précisément ce qu'elle ne jugeait pas convenable. Le jeune garçon avait-il eu l'oreille assez fine pour l'entendre? ou bien lut-il sur sa physionomie qu'elle était disposée à lui venir en aide? Le fait est qu'au moment où elle passa près de lui, il fit deux pas en avant, ôta son chapeau et lui dit en rougissant :

« Mademoiselle..., auriez-vous la bonté de me dire où est la place Saint-Pierre?

— Par là, monsieur, répondit-elle en lui indiquant de la main la direction qu'il devait prendre. Vous n'avez qu'à passer le long de la cathédrale : la place Saint-Pierre est en face du grand portail.

— Grand merci, mademoiselle! »

Il remit son chapeau et marcha tout doucement; il ne paraissait pas pressé d'arriver, et il regardait le cours, la colonne, les statues, la Loire au loin avec son pont suspendu, comme quelqu'un qui fait connaissance avec des choses toutes nouvelles. Suzanne le laissa bientôt en arrière et arriva avant lui à la place Saint-Pierre : c'était là que demeurait le docteur Décherel.

Mme Décherel était sortie, mais elle allait rentrer; Suzanne renvoya Mariette et s'installa dans le salon avec Jean.

Elle venait d'ôter son chapeau et ses gants, lorsqu'un coup de sonnette retentit, et elle entendit dans l'antichambre un colloque assez embarrassé. Puis Annette, la domestique du docteur, entra dans le salon, tout effarée.

« Mademoiselle Suzanne, venez donc voir, je vous en prie, si vous comprendrez un monsieur qui est là. Il a demandé Monsieur et puis Madame, preuve que ce n'est pas un malade; mais il n'a pas une toilette de visite, et puis ce n'est pas l'heure des visites, non plus! Il veut attendre Monsieur ou Madame; il a une lettre pour eux; et puis il a une valise qu'il ne quitte pas. Je l'ai laissé sur le banc de l'antichambre; je ne sais pas, moi, si c'est un homme ou un monsieur. Il me fait presque peur! »

Suzanne n'était pas poltronne; elle entr'ouvrit la porte et regarda dans l'antichambre. Le personnage assis se leva avec empressement.

« Comment, c'est chez vous ici, mademoiselle? Mais alors vous êtes ma cousine! Eh bien, cela me fait grand plaisir! Mon oncle et ma tante sont sortis?

— Ce jeune homme est fou ! » se dit Suzanne effrayée en opérant un mouvement de retraite. Mais le jeune homme la suivit : puisque c'était sa cousine ! il entra avec elle dans le salon et vint s'asseoir sur le canapé.

« Vous avez un beau salon, ma cousine, des fauteuils de velours, un grand tapis... Nous ne sommes pas si élégants que cela, à Pontivy. Ce n'est tout de même pas laid, chez nous, parce que ma sœur met des fleurs partout et qu'elle fait une quantité de broderies pour orner les meubles. Elle a fini la semaine dernière un grand bandeau de tapisserie pour la cheminée ; je l'ai cloué avant de partir. Faites-vous de la tapisserie, vous, ma cousine ?

— Moi ?... Oui..., pas souvent... Je n'ai pas le temps..., répondit Suzanne, qui regardait vers la porte qu'elle n'avait pas fermée, pour s'assurer qu'Annette faisait le guet dans l'antichambre.

— C'est demain la rentrée... Je voudrais bien que mon oncle eût un grand garçon de mon âge pour me mettre un peu au courant des affaires. Je suis tout étourdi du changement : pensez-donc ! du lycée de Pontivy au lycée de Nantes, il y a de la différence ! Les études doivent être très fortes, ici ?

— Je..., je ne sais pas... Mon frère n'est encore qu'en sixième.

— Ah ! il n'est pas vieux, alors... Et ce petit-là, c'est un cousin aussi ? Est-il joli ! Viens, mon chérubin, voir ton cousin de Pontivy ! Nous serons bons amis, va ! Je sais faire une quantité d'amusettes. Viens à dada sur mon genou ! »

Il tendait les bras à Jean en lui souriant. Les enfants sont physionomistes, même ceux dont l'intelligence est endormie ; Jean lui trouva une bonne figure et courut à lui sans se faire prier. Le jeune homme l'enleva dans ses grosses mains rouges, lui appliqua sur les joues deux baisers retentissants et le planta à cheval sur son genou. Puis il le fit sauter en commençant tout doucement, et en allant de plus en plus vite et fort. En même temps, il chantait d'une voix sonore et gaie :

C'est comm'ça que vont les petits enfants,
Les p'tits enfants, les p'tits enfants.
Les dames, les dames, les dames, les dames,
Les demoiselles, les demoiselles,
Les messieurs, les messieurs,
Les paysans, les paysans...
Ils tombent, les paysans !

Sur ces derniers mots, il feignit de précipiter Jean par terre et le rattrapa à la volée.

« Oh ! prenez garde ! s'écria Suzanne en courant à lui.

— N'ayez pas peur, je ne le lâcherai pas ; je serais bien fâché de lui faire du mal. Vous voyez, il rit. N'est-ce pas que nous ferons une paire d'amis, mon mignon ? Veux-tu m'aimer ?

— Jean aime ! » répondit l'enfant. Et il s'agita pour montrer qu'il voulait recommencer.

« Vous voyez, il en redemande ! Hue, dada, bien haut, mon chéri ! Je t'apprendrai de jolis jeux, je te raconterai des contes de poulpiquets et de fées... Aime-t-il les contes, ma cousine ?

— Non... et il a même assez joué ; il ne faut pas le fatiguer, cela le rend malade... » Et elle baissa la voix pour ajouter : « Il est *innocent !* »

Le jeune homme prit un air triste et respectueux, et baisa doucement les cheveux d'or de Jean.

« Ah !.. dit-il, pauvre petit ! Eh bien, c'est une raison de plus pour l'aimer, puisqu'il a besoin de tout le monde. »

Suzanne le regardait à la dérobée ; elle était tout à fait revenue de sa frayeur. Il avait certainement une bonne figure, ce garçon, malgré ses taches de rousseur, ses cheveux mal coupés et sa grande bouche. Comme elle réfléchissait là-dessus, Mme Décherel rentra. Elle tenait à la main une lettre que le facteur venait de lui remettre. Le jeune garçon s'avança vers elle, souriant.

« Ma tante...., » dit-il. Et tout à coup changeant de ton : « Ah ! mon Dieu, depuis une demi-heure que je suis ici, je ne fais que des sottises ! Vous n'avez pas encore lu la lettre de mon père ! »

Il montrait la lettre que tenait Mme Décherel.

« Vous êtes madame Décherel, n'est-ce pas ? Eh bien, moi, je suis Antoine Pénestin.

— Pénestin ? C'est le nom du beau-frère de mon mari ?

— Oui, madame..., ma tante, si vous voulez bien me permettre... La lettre m'annonce ; je croyais qu'elle était déjà arrivée et qu'on m'attendait. Et je suis entré ici comme un sauvage... C'est à se jeter par la fenêtre ! Lisez la lettre, ma tante, je vous en prie. »

Mme Décherel lut la lettre rapidement.

« Je comprends tout, mon enfant, dit-elle à Antoine. Votre père nous explique que vous avez très bien commencé vos études à Pontivy et que vous venez d'obtenir une bourse au lycée de Nantes, pour suivre de fortes classes de mathématiques. Il prie mon mari de vous servir de correspondant et de vous conduire lui-même au lycée pour vous présenter au proviseur ; c'est bien cela, n'est-ce pas ?

— Oui, ma tante ! répondit Antoine rasséréné par l'air et le ton de Mme Décherel.

— Eh bien, mon ami, vous êtes chez vous. La rentrée des élèves n'a lieu que demain soir ; ce n'est pas la peine d'aller vous enfermer au lycée un jour trop tôt. Vous allez rester ici et nous vous ferons voir une partie des curiosités de Nantes ; le reste sera pour vos jours de sortie. Venez mettre votre malle dans votre chambre.

— Merci, ma tante, merci...., je ne sais comment dire..., je suis bien reconnaissant... J'avais le cœur gros en partant de chez moi ; je m'attendais à être accueilli hors de mon pays un peu comme un chien dans un jeu de quilles... et voilà que je trouve de bons cœurs tout de suite, qui me reçoivent comme l'enfant de la maison... Je suis bien heureux, ma tante, vrai! et vous pouvez compter sur moi, vous, mon oncle, ma cousine et mon petit cousin, si jamais je peux vous être bon à quelque chose. »

Mme Décherel ouvrait de grands yeux.

« Mais de quelle cousine parlez-vous donc, Antoine? de quel petit cousin? Vous n'avez pas vu mon fils, que je viens de laisser au Jardin des Plantes avec sa nourrice, et je n'ai pas de fille du tout.

— Mais, alors... mademoiselle?... balbutia Antoine en désignant Suzanne.

peines du monde à la perdre... Je vous disais donc de ne pas protester, parce que j'ai très bien vu votre petite bonne qui me montrait en riant; vous n'oseriez pas me jurer qu'elle ne se moquait pas de moi? »

Suzanne rougit; elle était trop sincère pour faire ce serment-là.

« Donc, reprit Antoine, j'avais tout l'air d'un imbécile, et je cherchais à qui demander mon chemin. Mais les figures des passants ne me revenaient point; vous savez, il y a dans le monde des gens de telle sorte qu'on aime mieux se passer des choses que de les leur demander... Enfin, je crois que j'y serais encore, si je n'avais pas aperçu un

DE NOMBREUX FIACRES TRAVERSAIENT LA VILLE

— Ah! je comprends! Suzanne, ma chère enfant, en vous voyant ici, sans gants et sans chapeau, il a cru que vous étiez de la maison; il ne s'est pas trompé de beaucoup, après tout... Il faut que je vous présente l'un à l'autre : Monsieur Antoine Pénestin, élève de... Dans quelle classe allez-vous entrer Antoine?

— En mathématiques élémentaires, ma tante.

— Élève de mathématiques élémentaires et le propre neveu de M. Décherel; mademoiselle Suzanne et monsieur Jean Larousay, enfants d'excellents amis à nous, qui en ont encore trois autres : Roger, Cécile et Louise. Il faut bien que vous fassiez connaissance, car vous êtes destinés à vous voir souvent. »

Suzanne et Antoine se saluèrent en prenant un air de cérémonie.

Puis Antoine se rassit et raconta en riant à Mme Décherel comme quoi, en quittant la gare, il avait gravi l'escalier du cours de Saint-Pierre, sans autre raison que le désir de voir d'en haut la Loire et le pont suspendu, et comme quoi, une fois-là, il ne savait plus où aller et devait avoir l'air d'un fameux imbécile.

« Oh! dit Suzanne.

— Ne protestez pas, ma cousine..., pardon, l'habitude est déjà prise et j'aurai toutes les

joli enfant, une petite bonne qui se moquait de moi et une jeune demoiselle qui lui disait de se taire. Je leur demande la place Saint-Pierre; je m'y rends en flânant un peu en route, et, entrant ici, qu'est-ce que j'y trouve? La jeune demoiselle et le petit garçon, qui avaient l'air d'être chez eux! Ce n'est pas ma faute, aussi, si je les ai pris pour mes cousins! »

En tout cas, s'il y avait faute, elle n'était pas grave, et personne ne songeait à en vouloir à Antoine. Mme Décherel le conduisit à une petite chambre qui ne servait pas habituellement et qui devait être, lui dit-elle, la chambre du baby quand il serait d'âge à avoir sa chambre à lui tout seul. Mais le baby en avait bien encore pour six ou sept ans avant de quitter l'aile maternelle; les études d'Antoine seraient finies avant ce temps-là. Il s'y installa gaîment, fit un brin de toilette et revint ensuite retrouver les dames au salon. Presque aussitôt, M. Décherel entra.

Il n'eut pas de peine à reconnaître son neveu : « Comme tu ressembles à ma pauvre sœur! » dit-il d'un air attendri; et il lui fit toutes sortes de questions sur sa vie passée, sur sa famille, sur lui-même. Suzanne apprit ainsi que M. Décherel avait eu une sœur plus âgée que lui, qui l'avait élevé et qui s'était mariée avec M. Pénestin, petit propriétaire rural qui vivait sur son bien à une demi-lieue de Pontivy. Antoine, depuis plusieurs années, faisait cette route-là deux fois par jour pour venir au lycée; on l'y avait mis demi-pensionnaire pour qu'il n'eût pas à la faire quatre fois. Il avait une sœur de vingt-deux ans, une vaillante fille qui, à la mort de sa mère, arrivée six ans plus tôt, avait pris la direction de la maison et s'y était comportée à la satisfaction générale; plus un frère de dix-neuf ans, qui aimait la campagne et aidait le père à diriger ses cultures. Antoine, lui, avait du goût pour les sciences, et ses succès lui avaient valu une bourse au lycée de Nantes. Son père s'en était réjoui, pensant que M. Décherel voudrait bien s'occuper un peu de lui, quoiqu'ils n'eussent guère de relations et ne se fussent pas vus depuis plusieurs années. D'ailleurs, il assurait dans sa lettre que son beau-frère n'aurait pas de reproches de son fils, bon garçon, très raisonnable et toujours de bonne humeur.

A ce passage de la lettre, que lui lisait M. Décherel, Antoine se mit à rire.

« Il faut bien être comme cela avec le père! dit-il. Il est bon, et on ne peut pas dire qu'il soit injuste ou qu'il ne nous aime pas; mais pour sévère, il l'est! Et puis il a ses idées et il ne faudrait pas se permettre d'en avoir d'autres : Jenny, ma sœur, qui aimerait assez les nouvelles inventions, a voulu une fois faire la lessive d'après une recette qu'elle avait trouvée dans le journal..., il lui a ôté l'envie de recommencer! Quand nous étions petits, il ne fallait pas broncher ni s'aviser de bouder après une punition : cela nous a fait le caractère, et nous sommes toujours gais... Je vais tâcher de ne pas perdre cette qualité-là au lycée... Là-bas, c'était moi qui mettais tout le monde en train; je ne sais pas comment ils vont faire pour se passer de moi, à la maison! »

XIII

UNE GRANDE SOIRÉE CHEZ MADAME LAROUSAY

PENDANT que M. Décherel allait présenter Antoine Pénestin au proviseur de son futur lycée, Mme Décherel donnait à Suzanne la leçon de broderie qu'elle lui avait promise; ensuite elle la reconduisit chez elle. Ordinairement, elle la laissait au bas de l'escalier, lorsqu'elle n'avait pas le temps de faire une visite à Mme Larousay, et ne montait pas quatre étages pour dire un simple bonjour. Mais, ce jour-là, elle voulait parler de son neveu à Mme Larousay et lui demander la permission de le lui présenter. Elle pensait que ce garçon, les jours de sortie, ne s'amuserait guère entre son mari et elle, et elle cherchait à lui procurer de la société pour ces jours-là.

Ce fut Jean le premier qui parla du jeune Breton. « Jean aime Antoine! » dit-il à sa mère dès qu'il la vit. Mme Larousay, naturellement, demanda ce que c'était qu'Antoine; et Suzanne raconta son aventure, qui fit beaucoup rire Cécile. Mme Décherel expliqua comment ce neveu inconnu (elle pouvait bien dire inconnu, puisqu'elle ne l'avait jamais vu qu'une seule fois au moment de la mort de sa mère) leur était arrivé à l'improviste par le chemin de fer, et elle finit par demander à Mme Larousay de vouloir bien l'accueillir. A la vérité, il était plus âgé que ses enfants, mais il paraissait gai et facile à amuser, et il serait heureux de trouver de jeunes amis pour ses jours de congé. Roger pouvait faire avec lui une partie de balle ou de course; Mme Décherel n'avait à lui offrir que sa conversation, et l'on sait que ce n'est pas le plaisir favori des écoliers de quinze ou seize ans.

La cause d'Antoine était toute gagnée. Mme Larousay avait souvent regardé avec compassion ce petit groupe de lycéens mélancoliques qui circulaient dans la ville sous la conduite d'un maître d'études, les jours de sortie et pendant les vacances; pauvres enfants dont les parents vivaient à l'autre bout de la France ou par delà l'Océan, et qui devaient achever leur année, quelques-uns même toutes leurs études, sans revoir leur famille. Quand elle les voyait passer, elle se disait : « Si mon Roger était ainsi! » et elle aurait voulu les faire tous sortir et se charger de leur bonheur pendant leurs congés. Elle était donc toute prête à tendre la main à l'exilé de Pontivy. Et puis Jean, toutes les fois que le nom du jeune garçon revenait dans la conversation, le répétait aussitôt : « Jean aime Antoine! » disait-il; il alla même frapper à la porte du grand-père pour lui faire part de ses sentiments. Le grand-père, étonné, se fit expliquer ce que c'était qu'Antoine, et, quand il sut que cet Antoine s'était montré bon pour Jean et avait déclaré qu'on devait l'aimer plus qu'un autre, puisqu'il avait besoin de tout le monde, il se sentit tout près de partager le goût de son petit-fils pour lui. « Grand-père aime Antoine! » dit-il à Jean. Jean battit des mains et embrassa son grand-père.

Le soir, Antoine Pénestin fut introduit dans la famille Larousay. Suzanne avait fait décider qu'on aurait grande soirée pour fêter le neveu du docteur et l'on avait commandé une tarte à Mariette. M. Larousay père accorda deux bouteilles de son cidre mousseux (il en faisait venir de Rodon, tous les ans, une petite provision qu'on buvait les jours de fête), et l'on prépara les cartes et les jetons pour faire une grande partie de trente-et-un. On alluma la grande lampe; Cécile et Suzanne allèrent refaire leurs tresses et attacher au bout un joli nœud de ruban, bleu pour Suzanne, rouge pour Cécile, qui avait les cheveux très foncés; et Suzanne para Jean de son joli costume marin à galons blancs, où elle avait brodé des ancres au col et aux manches. Cecile conseilla à Roger de mettre sur la table son jeu de constructions et son « solitaire »; mais Roger répondit avec prudence qu'il ne savait pas si les *grands* aimaient ces jeux-là. Il était fort ému, Roger, d'avoir à initier aux mystères du lycée un élève de mathématiques : ces messieurs étaient en général assez dédaigneux à l'égard des petits, qui, pour se venger, leur appliquaient les épithètes les moins flatteuses — quand il y avait au moins une largeur de rue entre eux.

Il reprit bien vite sa sérénité en voyant qu'Antoine ne faisait pas « sa poire », et qu'il lui parlait presque timidement. Il s'assit près de lui et commença à lui donner des renseignements sur le lycée, sur ce qu'on y faisait depuis le lever jusqu'au coucher, sur ce qu'on y mangeait, sur les endroits où l'on allait en promenade, sur tel professeur qui était très sévère, sur tel autre qui n'était jamais injuste, sur celui-ci qui avait des « préférences », sur celui-là qui voyait tout sans avoir l'air de regarder, etc., etc. Il n'avait pas tout vu par lui-même, puisqu'il n'était qu'un externe de sixième; mais il connaissait des internes qui lui racontaient tout ce qui se passait dans le lycée. Puis il questionnait Antoine : « Vous allez en mathématiques? lesquelles? préparatoires ou élémentaires? Le professeur de préparatoires est bien drôle, allez; il est si distrait, qu'une fois il a pris pour son mouchoir le torchon qui sert à essuyer le tableau : il avait la figure toute blanche de craie et depuis ce temps-là on l'appelle *poudre de riz*. Mais il paraît qu'il est très fort; celui d'élémentaires aussi, d'ailleurs ; et l'on ne plaisante pas avec lui! Je voudrais bien être à votre place : j'irai, moi aussi, en mathématiques pour entrer à Saint-Cyr. Et vous, qu'est-ce que vous ferez? »

Antoine souriait, tâchait de démêler quelque chose de net dans le bavardage de son petit camarade, et plaçait de temps en temps quelques mots. — Il trouvait que tout cela ressemblait beaucoup au lycée de Pontivy; — il ne savait pas au juste où on allait le mettre, le censeur devait l'examiner le lendemain pour le décider; — il ne savait pas non plus ce qu'il ferait plus tard: il aimerait à entrer à l'École Polytechnique s'il en était capable. — Et, tout en causant avec Roger, il caressait le petit Jean, qui s'était jeté dans ses bras dès qu'il l'avait vu et qui ne voulait plus le quitter. Il levait de temps en temps la tête pour rencontrer son regard et il répétait avec tendresse : « Jean aime Antoine! » — « Est-il gentil, ce petit! » disait le jeune homme à Suzanne; et Suzanne répondait : « Oui, et si doux, si affectueux! c'est le Benjamin de toute la maison, le cher *innocent!* »

Quelle bonne soirée, quelle joyeuse partie! Le trente-et-un fut fécond en incidents : les enfants cachaient avec soin leur jeu que les parents regardaient à la dérobée, pour pouvoir leur laisser sur le tapis de bonnes cartes à prendre. Quels rires, lorsque les joueurs qui avaient perdu tous leurs jetons réussissaient à faire parler les survivants, afin de les mettre hors du jeu et de prendre leur place! Cécile serrait les lèvres pour être sûre de ne pas parler; Mme Morain, qu'on était allé chercher, faisait exprès de se faire prendre; Roger s'en aperçut et refusa fièrement de profiter de sa complaisance; il jouait franc jeu et ne voulait pas être favorisé. « C'est bien, cela, mon camarade », lui dit Antoine en lui passant la main sur la tête; Roger se rengorgea, tout glorieux d'être approuvé et traité de camarade par un élève de mathématiques. Jean attrapa le mot à la volée : il ne savait pas ce qu'il signifiait, mais il comprenait que c'était un terme d'amitié. « Jean, camarade! » s'écria-t-il en se penchant au cou d'Antoine, qui l'avait gardé sur ses genoux; et il fallut que le jeune homme l'appelât aussi camarade. Il était si animé, que sa mère s'en inquiéta et voulut l'emmener coucher; mais il refusa de quitter Antoine et se blottit dans ses bras, où il resta si tranquille que le sommeil vint bientôt l'y prendre. Antoine le porta jusqu'à son lit, où Suzanne le déshabilla sans l'éveiller. Le jeune garçon fut bien surpris quand Mme Larousay le remercia avec émotion du bien qu'il faisait à son pauvre enfant. Jamais encore on ne l'avait vu montrer un goût aussi vif pour quelqu'un, retenir un mot et l'appliquer tout aussitôt d'une façon raisonnable; M. Décherel trouvait que c'était un grand progrès, et ce progrès était dû à Antoine. Le grand-père lui serra les mains plusieurs fois en l'appelant « mon brave garçon! » et le docteur lui reprocha gaîment de lui faire concurrence auprès de son petit malade.

Oh! oui, ce fut une bonne soirée, dont le souvenir berça de doux rêves le sommeil des parents et des enfants. Roger rêva qu'il était admis dans la cour des *grands* et avait l'honneur de jouer aux barres avec eux. Loulou rêva d'une tarte grande comme la table, qui reparaissait à mesure qu'on la mangeait; Cécile, d'une partie de trente-et-un où tout le monde se faisait prendre; Suzanne rêva qu'Antoine Pénestin prenait un alphabet et lui disait : « Vous ne pouvez pas apprendre à lire à Jean? Vous allez voir comme il apprendra bien avec moi! » Et il lisait les lettres et les mots à Jean, qui les répétait sans se tromper : Suzanne en était dans l'admiration et pourtant elle avait peur.

M. et Mme Larousay ne rêvèrent pas, eux: ce fut éveillés qu'ils causèrent longtemps avant de s'endormir de leur espérance nouvelle. Jean avait compris que « camarade » était un mot amical, et il avait voulu qu'Antoine l'appelât ainsi! Pour tout autre enfant de quatre ans et demi, ce n'eût rien été; pour Jean, c'était énorme. Il ne fallait pas désespérer de l'avenir : il y aurait sans doute parfois des progrès subits, et son pauvre cerveau arriverait à raisonner et à comprendre.

Ils bénissaient Antoine, et se promettaient de l'accueillir et de le traiter comme leur propre enfant.

Antoine, lui, avant de se mettre au lit, ouvrit la fenêtre de sa petite chambre pour respirer une bonne bouffée d'air frais, qui l'aidât à mettre de l'ordre dans ses idées. Que d'événements en un jour! Le départ de Pontivy, les larmes de sa sœur Jenny, la voix grondeuse et attristée de son frère Yves, qui lui disait : « Est-il possible que tu nous quittes, parce qu'on apprend plus de choses à Nantes qu'ici? Tu en aurais toujours appris assez au collège pour m'aider à cultiver le domaine; nous l'aurions agrandi et nous ne nous serions pas quittés; où seras-tu plus heureux qu'ici? » Puis l'adieu de son père, plus ému qu'il ne voulait le paraître, qui lui avait recommandé d'être franc et fier, de faire son devoir et d'aller droit son chemin; le départ, le serrement de cœur qui l'avait saisi quand il avait dépassé la limite de ses promenades les plus lointaines, et que tout sur la route s'était trouvé nouveau pour lui; ses réflexions, la résolution qu'il avait prise de ne pas penser à ce qu'il laissait derrière lui, et d'être gai afin de pouvoir bien travailler. Puis l'arrivée, son ahurissement au sortir de cette gare quand il s'était trouvé seul dans une grande ville inconnue, jusqu'au moment où il avait rencontré cette gentille petite cousine... Il ne pouvait pas l'appeler autrement : cousine il l'avait nommée, cousine elle resterait! En Bre-

tagne, d'abord, on est toujours cousin de tout le monde!

Antoine, en sa qualité de Breton, était un tantinet superstitieux. Depuis qu'il avait rencontré Suzanne et son petit frère, tout avait bien tourné pour lui : n'étaient-ils point de la race des fées qui portent bonheur? Sa tante, son oncle, le proviseur, la famille Larousay lui avaient tous fait l'accueil le plus charmant; qu'est-ce qu'on disait donc, que, dans la vie, il fallait jouer des coudes pour s'ouvrir un chemin, et batailler contre tous ses compagnons de route? Son oncle et sa tante lui donnaient une chambre où il était chez lui, avaient-ils dit; et il sentait que c'était vrai et qu'il était déjà l'enfant de la maison. Le proviseur lui avait fait quelques questions, et, sur ses réponses, sa figure s'était éclairée et il lui avait dit : « Je compte que nous aurons en vous un bon élève ». Et la famille Larousay! Comme la mère était bonne et charmante! Antoine croyait retrouver la sienne, en entendant cette douce voix, cette parole bienveillante. Il l'aimait déjà; il était bien content de lui avoir fait plaisir en s'occupant du petit Jean... Pauvre petit! il n'y avait pas grand mérite à s'occuper de lui, à le caresser, à le choyer, il était si attachant par lui-même! Quel bonheur pour Antoine d'avoir déjà trouvé de si bons amis! Jusqu'à la vieille dame, leur voisine, qui lui avait parlé de gens de Pontivy! une de ses amies était mariée à un officier qui avait été en garnison. Il n'y avait pas vingt-quatre heures qu'Antoine avait quitté sa ville natale, et il éprouvait déjà du plaisir à en parler.

Il ferma sa fenêtre et se mit au lit, pénétré de reconnaissance pour ses nouveaux amis et de bienveillance pour l'humanité en général.

XIV

DIFFÉRENTS PROCÉDÉS D'ÉDUCATION

L'AVANTAGE d'une éducation sévère, c'est de rendre les enfants peu exigeants et faciles à contenter. M. Pénestin était un homme rigide, qui avait des principes pour tout et qui les appliquait sans miséricorde. Il avait élevé ses enfants avec une sévérité inflexible; quand il avait parlé, aucun d'eux ne devait se permettre de penser autrement que lui. Je dis *penser* parce que son regard fouillait pour ainsi dire au fond de leur conscience et allait dénicher leurs pensées les plus secrètes, qu'il les forçait de lui avouer. Quant à exprimer spontanément une opinion différente de la sienne, personne ne s'en serait avisé. Antoine donc, rompu à l'obéissance, trouva la discipline du lycée fort acceptable, et n'eut aucune peine à observer les règlements qui devaient gouverner sa vie. Fort, leste et adroit comme un garçon habitué à la vie des champs, il devint bientôt

très populaire parmi ses camarades; et, après quelques semaines passées à classer ses connaissances dans sa tête et à se mettre au courant de la classe, il devint un bon élève, c'est-à-dire un élève heureux.

Il continuait à ne pas comprendre les gens qui médisent de la vie. Lui, il trouvait tout parfait : le lycée, les études, les professeurs, la nourriture, les promenades en rangs, qui faisaient voir des choses nouvelles — et les jours de sortie, qui mettaient de la variété dans son existence. Comme il n'était jamais puni, il avait toujours sa sortie réglementaire un dimanche sur deux, et il gagnait l'autre dimanche avec des exemptions et de bonnes notes. S'il y eût manqué une fois, ce dimanche-là eût semblé bien triste à la famille Larousay. Dès qu'il arrivait, il mettait tout en train; on eût dit qu'un rayon de soleil entrait à sa suite. Il inventait des jeux appropriés à toutes les circonstances, et, grâce à lui, on s'amusait autant quand il pleuvait que par le plus beau temps du monde. Il entraînait la famille dans de lointaines promenades, portant Jean, portant Loulou, infatigable et toujours de bonne humeur. Comme il connaissait les choses de la campagne ! Les enfants ne cessaient de le questionner : « Antoine, qu'est-ce que c'est que cette herbe ? Antoine, qu'est-ce qu'il y a dans ce champ ? Antoine, comment s'appelle cet arbre-là ? Antoine, quel oiseau est-ce qui chante ? »

Il avait réponse à tout ; Suzanne, que son esprit d'ordre rendait un peu méthodique,

tendresse et confiance par ses parents, se fût trouvé à la place d'Antoine, il aurait certainement écrit à son père de longues lettres, contenant le récit de toutes les promenades, de toutes les parties de jeu, de tous les incidents du dimanche, et le portrait de chacun des membres de la famille Larousay, avec l'expression de ses sentiments pour eux. Mais Antoine n'aurait pas osé entretenir son père de semblables bagatelles. Il lui écrivait toutes les semaines une lettre de la plus belle écriture, où il lui rendait compte de ses notes et de ses places, s'informait de sa santé et de celle de Jenny et d'Yves ; et cette lettre, qui commençait par : « Mon cher père », et

MONSIEUR PÉNESTIN ÉCRIVIT UNE LETTRE

et qui ne comprenait pas qu'on pût s'instruire sans des leçons régulières et un travail spécial pour chaque science, s'étonnait de tout ce qu'il leur apprenait, de choses qui ne se trouvent pas dans les livres. Son étonnement devint une joie profonde le jour où elle s'aperçut que Jean, dont le cerveau ne pouvait supporter aucune étude, retenait, sans en souffrir, les noms des plantes et des oiseaux, distinguant leurs chants les uns des autres, mieux qu'elle ne l'aurait fait elle-même. Elle courut l'annoncer à sa mère, à son père ; elle remercia chaleureusement Antoine, et elle aurait voulu écourter la promenade pour aller dire au grand-père le nouveau progrès de Jean. « Puisqu'il apprend cela, pensait-elle, il pourra bien apprendre autre chose. » Et elle le voyait déjà sur les bancs du lycée, rapportant de bonnes places le samedi et des prix à la fin de l'année.

Pauvre Suzanne, que d'illusions ! Ses parents ne les partageaient pas ; mais ils n'essayèrent pas de la détromper : à quoi bon ? et ils partagèrent sa reconnaissance envers Antoine, à qui le pauvre *innocent* devait une jouissance nouvelle, lui à qui la vie en apportait si peu ! Antoine fut de plus en plus traité comme l'enfant de la maison, et s'attacha de plus en plus à la famille.

Si Roger, ou tout autre enfant élevé avec

se terminait par la formule : « Votre fils obéissant et respectueux », suffisait à M. Pénestin. Il s'inquiéta pourtant d'apprendre qu'Antoine sortait tous les dimanches, quoique les sorties supplémentaires fussent la récompense de son travail, et il engagea son fils à ne pas abuser de la bonté de son oncle en l'encombrant quatre fois par mois de ses visites.

Cette fois, ce fut M. Décherel qui répondit à son beau-frère. Il lui affirma que, d'abord, son neveu ne l'encombrait point, vu ses aimables qualités, dont il lui donna le détail ; et il ajouta que le jeune homme passait une grande partie de ses congés chez des amis, qui étaient aussi heureux de le recevoir que lui d'être admis chez eux. M. Pénestin, qui était d'un caractère à ne vouloir rien devoir à personne, s'empressa d'écrire une lettre solennelle de remerciements à M. et Mme Larousay, et il partagea désormais entre eux et M. Décherel les envois de gibier de sa chasse et de fruits de son verger, qu'il considérait comme la rançon des bontés qu'on avait pour son fils. Cela fait, il ne songea point à demander des détails sur la famille Larousay, et ne sut jamais de combien de membres elle se composait, ni quel était l'âge des enfants ; Antoine, de retour chez lui pendant les vacances, ne lui en parla pas plus de vive voix qu'il n'avait fait par lettres.

Mais il se dédommagea avec sa sœur. Jenny, sérieuse par caractère et par situation, presque maternelle pour ses frères qu'elle avait en partie élevés, ne se lassait pas de questionner Antoine sur sa vie de lycéen. Elle considérait « ce pauvre petit » comme très malheureux d'avoir quitté le nid pour aller vivre chez des étrangers, et son cœur de sœur aînée s'ouvrait avec tendresse pour ceux qui avaient adouci l'exil de son Benjamin. Elle fut toute consternée d'apprendre qu'il y avait un *innocent* dans la famille Larousay. Elle en connaissait plusieurs, des *innocents,* tant à Pontivy que dans la campagne ; ils n'étaient pas tous pareils, il y en avait à toutes sortes de degrés d'intelligence ; à plusieurs on avait pu apprendre telle et telle chose, en s'y prenant de telle et telle manière... Elle les observait avec plus d'attention maintenant, et elle ferait part à son frère de ses observations : peut-être y en aurait-il qui pourraient être utiles pour le petit Jean. Elle rit beaucoup du titre de cousine qu'Antoine donnait à Suzanne. « Elle doit être ma cousine aussi, dit-elle, puisque je suis ta sœur » ; et ils ne l'appelaient plus entre eux que « cousine Suzanne ».

Quand il revint à Nantes pour la rentrée des classes, Jean le reconnut ; et Antoine fut tout ému d'apprendre que l'*Innocent,* tous les dimanches, avait eu les airs inquiets d'un chien qui attend en vain son maître, et qu'on avait même craint qu'il ne tombât malade, tant il était triste et abattu. Les autres avaient trouvé les vacances bien longues ; et la vie de l'année précédente recommença, uniforme et douce, avec son enchaînement de travaux et de repos. Sans le malheur de Jean, le bonheur eût été complet ; et même, ce malheur, l'habitude le rendait supportable : les enfants n'y songeaient plus.

Mais les parents ne pouvaient l'oublier, eux ! Qui ferait vivre le pauvre *innocent* quand ils ne seraient plus là ? Suzanne avait promis de se consacrer à lui ; mais Suzanne n'était elle-même qu'une enfant : elle pouvait changer, se lasser de son dévouement, et, en tout cas, quelle lourde charge elle s'imposerait ! Faudrait-il qu'elle sacrifiât toute sa vie pour un pauvre être qui ne pourrait même pas la payer en reconnaissance, puisqu'il ne comprendrait jamais ce qu'il lui devrait ? Telles étaient les pensées de la mère quand elle regardait Jean, si beau, jouant aux pieds de Suzanne qu'il aimait plus que tout au monde, et qu'il quittait le moins possible.

Il se développait pourtant un peu ; il montrait une certaine mémoire et chantait, avec les paroles, des couplets entiers des chansons d'Antoine, qui en savait toute une collection. Il apprenait tous les jours des mots nouveaux ; mais il ne faisait pas de longues phrases et demeurait incapable de lier deux idées ensemble. Sa sensibilité était extrême :

il pleurait quand les autres enfants étaient grondés, et il eut un accès de fièvre pour avoir vu Roger donner de la tête dans l'angle de la cheminée et saigner abondamment ; mais il était incapable de comprendre qu'un et un font deux. Suzanne, voyant qu'il aimait la musique, essaya de lui apprendre le piano. Il s'y prêta très bien et remua assez agilement ses doigts sur les touches ; mais il ne put jamais reconnaître la position des notes, pas plus sur le clavier que sur la portée. À chaque tentative pour débrouiller son intelligence, il opposait une lassitude qui effrayait bien vite : on se rappelait qu'il avait failli mourir pour un essai de lecture, et on le laissait en repos.

Avec le temps, cependant, il parut remarquer ce qui se passait autour de lui et se faire sur les gens et les choses des opinions qu'il exprimait en peu de mots, d'une façon très nette. Il était, parmi la jeunesse qui prenait ses ébats au Jardin des Plantes, l'objet d'une sorte de crainte respectueuse. « Méchant, toi ! vilain, toi ! » disait-il à l'enfant qui en maltraitait ou en tyrannisait un plus petit que lui. « Bon, toi ! Jean t'aime ! » disait-il à ceux qui se montraient complaisants et doux, ou qui donnaient leurs gâteaux aux autres. Lui, il ne mangeait jamais les siens, quoiqu'il les aimât, on pouvait s'en assurer en le voyant mordre dans les pâtisseries de ménage dont Mme Larousay composait le dessert des jours de fêtes ; il suffisait qu'il vît un enfant les mains vides au moment du goûter pour aller lui porter sa brioche ou son pain d'épice. « Beau, disait-il, devant tout ce qui flattait ses yeux ; beau, le ciel ! beau, les fleurs ! beau, la robe rose ! beau, les arbres ! » Et il envoyait des baisers aux oiseaux qui volaient au-dessus de lui.

Un jour d'hiver, sa mère l'avait emmené faire des courses de ménage, laissant à la maison Loulou un peu enrhumée. Ils vinrent à passer devant une maison en construction, et Jean, qui commençait à devenir curieux, s'arrêta pour regarder les hommes debout sur l'échelle, qui se passaient les pierres de l'un à l'autre. Juliette s'arrêta aussi et attendit : elle était heureuse que Jean fît attention à quelque chose. Mais il cessa bientôt de regarder l'échelle. En bas, à quelque pas, un maçon gâchait du mortier et invectivait violemment un apprenti d'une douzaine d'années qui était resté trop longtemps à lui chercher de l'eau. Le gamin répondait, ergotait, donnait de mauvaises raisons ; l'homme se fâchait, sa figure s'empourprait, il injuriait l'enfant avec des gestes de menace.

Jean ne comprenait pas les injures, mais les gestes et la figure de l'homme lui firent peur ; il se serra contre sa mère et s'attacha à sa main.

« Viens, mon petit, allons chercher Suzanne et Cécile à la pension ! » lui dit Mme Larousay en cherchant à l'emmener. Il la suivait, docile, quand le maçon, exaspéré sans doute par quelque réponse insolente de l'apprenti, jeta sa truelle et s'élança sur lui pour le frapper.

IL POSA SA MAIN SUR LA POITRINE DE L'HOMME

Mme Larousay sentit tout à coup la petite main de Jean s'échapper de la sienne. Avant qu'elle eût eu le temps de la ressaisir, l'enfant courut au maçon, se jeta entre lui et l'apprenti, et, levant le bras, il posa sa petite main sur la poitrine de l'homme.

« Méchant ! lui dit-il, Jean ne t'aime pas... Fais pas ça... » Et il ajouta en lui montrant l'apprenti blême de frayeur : « Pardon ! »

L'ouvrier fut si étonné qu'il en demeura immobile, la main levée, sans songer davantage à frapper le coupable. Il regarda le petit Jean. Ce bel enfant aux grands yeux bleus, aux longues boucles blondes, dont toute la personne avait quelque chose d'étrange, et qui venait tout à coup, sans peur, se jeter au travers de sa colère, lui fit l'effet d'une apparition fantastique. Il rentra en lui-même et comprit fort bien que tout à l'heure il n'était pas capable de mesurer la force de ses coups, et qu'il aurait pu assommer l'apprenti, quitte à en être bien fâché après. Il rougit de honte, et, s'adressant à Mme Larousay qu'il n'avait pas encore vue, quoiqu'elle eût suivi Jean de près pour le protéger :

« Vous avez là un fameux petit gaillard, madame : ça fera un brave en temps de guerre et un homme de cœur dans tous les cas... Va-t'en me chercher d'autre eau, toi, et ne moisis pas en route... et remercie le petit qui te sauve une correction.

— Jean t'aime ! dit *l'innocent* en tendant les bras au maçon, qui se pencha vers lui, troublé par une émotion inconnue, et reçut de ses lèvres roses un baiser qui lui fit l'effet de la caresse d'une fleur.

— Ah ! le cher petit, murmura-t-il en le regardant s'éloigner, sa main dans celle de sa mère. J'en ai le cœur tout retourné ; qu'est-ce que c'est donc que cet enfant-là ? »

A table, Juliette raconta l'aventure devant Jean, qui parut comprendre très bien de quoi il s'agissait.

« Homme grand... pas battre petit !... Méchant !... » dit-il, voulant sans doute expliquer les motifs de sa conduite.

« Tu vois, s'écria la mère ravie. Il se rappelle, il comprend, il sait pourquoi il a agi ! Nous le guérirons ; est-ce que l'esprit peut rester toujours engourdi quand le cœur est si vivant ? »

XV

ROGER ESSAIE LA GLISSADE

Y a-t-il rien de plus gai, en hiver (je parle pour les gens qui ne sont pas frileux), qu'une belle gelée au soleil ? Cela se voit souvent en janvier ; janvier est un mois plein d'espérances. Il a refoulé en arrière les vilains brouillards de décembre ; s'il secoue parfois sur nous son manteau chargé de neige, il a soin d'envoyer là-dessus la gelée qui le consolide et l'empêche de se tourner en affreuse boue noirâtre. Vienne le dimanche, et les gens sortent de chez eux avec des mines riantes, bien emmitouflés, mais joyeux, disant : « Le beau temps pour se promener ! »

C'est justement ce que dit Antoine, le deuxième dimanche de janvier, en arrivant chez Mme Larousay sur le coup de midi et demi. Mais Mme Larousay secoua la tête.

« Point de promenade aujourd'hui pour nous, mon pauvre Antoine ! Cécile a un rhume de cerveau à n'y point voir clair, et Louise a toussé toute la nuit. Mon mari s'est tordu un pied avant-hier en glissant sur le verglas, et il faut qu'il marche le moins possible. Mais vous pouvez bien sortir seul ; vous êtes assez raisonnable pour qu'on ne vous tienne pas en laisse !

— Alors, madame, donnez-moi Roger : nous irons voir les patineurs.

— S'il promet de vous obéir et que vous n'essayez pas de patiner...

— Nous n'emporterons pas de patins ; ainsi vous voilà tranquille. Vous n'avez pas idée du beau temps qu'il fait : un peu froid, mais pas de vent, et un joli soleil qui a déjà de la chaleur... Va vite te chausser, Roger, il ne faut pas perdre l'heure du soleil : quand il aura baissé, il ne fera plus chaud sur la prairie de Mauves. »

Roger sortit de la chambre et revint presque aussitôt avec son pardessus d'hiver et son bonnet garni de fourrure. Quand Jean le vit ainsi, il courut trouver Suzanne, qui jouait du piano dans le salon, et la tira par sa jupe en lui faisant un discours à sa façon, qu'elle comprit très bien : « Bonnet fourrure... Roger sortir, Antoine sortir, Jean... Suzanne donner bonnet à Jean, souliers à Jean... » Et il l'entraîna dans la chambre et se fit équiper si vite, qu'il arriva dans l'antichambre au moment où les autres ouvraient la porte pour s'en aller.

Il fallut l'emmener. Il était fort docile et ne se serait pas fâché si on l'eût laissé à la maison ; mais cela lui aurait fait de la peine, et à quoi bon le contrarier sans raison ? Il était en sûreté avec Antoine, et la promenade lui ferait du bien. Sa mère le laissa aller.

On patinait, en effet, depuis le matin, sur les prairies inondées qui entourent le ruisseau du Gué-Robert. Les petits traîneaux glissaient, rapides comme le vent ; les patineurs se croisaient, décrivant les courbes les plus fantastiques et se préparant à briller devant les dames, qui n'allaient pas tarder à arriver, car ce n'était pas encore l'heure du beau monde. Des gamins, faute de posséder des patins, avaient installé une glissade et s'en donnait à cœur joie. Il y avait eu dernièrement une fonte de neige, suivie de grandes pluies, qui avaient amené une crue, tant du ruisseau que de la Loire; les eaux avaient débordé et couvert les prairies environnantes; la gelée étant venue ensuite, les patineurs voyaient devant eux un vaste champ de glace, au-dessus duquel se dressaient çà et là des têtes de saules au branchage hérissé, que le givre semblait avoir roulé dans de la poussière de diamants, et dont le tronc plongeait dans l'eau débordée. Les patineurs restaient au-dessus de la terre ferme; là une chute eût été sans danger, la glace étant beaucoup plus épaisse et l'eau moins profonde que sur le ruisseau du Gué-

Sur la glace, des ouvriers sans ouvrage, couvreurs ou maçons, que la gelée condamnait à l'oisiveté, balayaient la fine poussière que les patins produisaient sans cesse en rayant le sol; d'autres louaient des patins et donnaient des leçons aux gens qui voulaient s'essayer dans l'art difficile de se tenir debout sur une mince lame d'acier; d'autres gardaient les manteaux dont les patineurs se dépouillaient après quelques instants de cette course vertigineuse qui les mettait en nage. Pas un souffle de vent, et dans les groupes on disait déjà, en se chauffant au soleil qui riait dans un ciel sans nuage : « Si ce temps-là continue, la glace ne tien-

DES GAMINS AVAIENT INSTALLÉ UNE GLISSADE

Robert, et ils évitaient de s'approcher du bras de la Loire où le ruisseau venait se déverser. Là le courant ne permettait pas à la croûte de glace de s'épaissir de manière à porter les patineurs; des glaçons se formaient, qui se détachaient à chaque instant et s'en allaient au fil de l'eau, descendant la Loire, où ils tourbillonnaient, s'entre-choquant et diminuant peu à peu, à la grande joie des badauds qui les suivaient du regard.

« Quel dommage de ne pas patiner ! » dit Roger en reconnaissant des camarades du lycée qui se lançaient à toute vitesse sur la prairie de Mauves. Antoine pensait comme lui, et s'il eût été seul, il aurait bien loué une paire de patins; mais il ne fallait pas désobéir à Mme Larousay, et Roger était si étourdi ! une fois sur la glace, comment l'empêcher d'aller aux endroits dangereux ? Et puis Jean était là, il ne fallait pas le quitter. Antoine se contenta donc de marcher avec les deux enfants, tout le long de la plaine glacée. Le beau monde commençait à arriver; le public resté sur le bord faisait ses réflexions tout haut sur l'adresse et la grâce des patineuses, sur le joli costume de celle-ci, sur la toque de celle-là, sur les bottes et les bonnets fourrés des élégants, et les chutes provoquaient de grands éclats de rire de la part de gens qui auraient été bien en peine de se tenir sur des patins.

dra pas longtemps ! la débâcle sera pour demain ou le jour d'après. »

Antoine et Roger s'étaient arrêtés devant la glissade : c'était tout à fait de leur compétence. Ils n'étaient pas très habiles au patinage, n'étant libres que le dimanche, et pendant combien de dimanches peut-on patiner dans un hiver ? Mais on peut glisser tous les jours, pour peu qu'il gèle, et Antoine dans les cours du lycée, Roger sur les promenades, sur les ruisseaux, sur les quais déserts de l'Erdre, qui s'en vont vers Barbin, se livraient à cet exercice; ils y excellaient tous les deux, et ils regardaient avec mépris les gamins qui se lançaient lourdement sur la traînée polie et luisante.

« Vois donc celui-là ? disait Roger; il a l'air d'un ours !

— Et l'autre, le grand en jaquette grise, il gesticule avec ses bras pour se tenir en équilibre : on dirait un épouvantail à moineaux !

— En voilà un par terre... deux... trois... toute la file ! Voilà ce que c'est que de se tenir par la main quand on met un maladroit en tête.

— Encore une file à bas; de vrais capucins de cartes !

— Quand on pense qu'ils ont une si belle glissade ! Est-elle unie ! est-elle longue ! et ces nigauds-là ne savent pas s'en servir...

Ils l'ont allongée depuis notre arrivée, n'est-ce pas ?

— Certainement, elle est superbe, l'eau nous en vient à la bouche !

— Heureusement qu'elle ne vient pas sur la glace : de l'eau, il n'en faut pas... Antoine, une petite glissade, rien qu'une toute petite !

— Non, ta mère l'a défendu.

— Elle a défendu de patiner : elle ne veut pas qu'on patine quand elle n'est pas là, ou bien papa. Mais une simple glissade ! elle me laisse glisser n'importe où, dès que j'en trouve l'occasion.

— Tu n'aurais qu'à te casser bras ou jambe ! J'ai répondu de toi, je ne veux pas rapporter tes morceaux. Allons, viens, marchons un peu ; Jean doit avoir froid, à rester immobile.

— Certainement qu'ils l'ont allongée... Vois comme elle va loin, à présent !

— Ne reste pas à la regarder : quand on pèle le fruit défendu, on est bien près de le manger. Allons-nous-en ! »

Antoine prit le petit Jean par la main et se mit en marche. Mais au bout de dix pas, se tournant pour parler à Roger qu'il croyait avec lui, il ne le trouva plus : Roger n'avait pas résisté à l'attrait du fruit défendu, et il s'était élancé sur la glissade.

« Roger ! » cria Antoine en revenant sur ses pas. Mais Roger ne l'entendit point : il glissait, droit et gracieux, les poings sur les hanches, la tête de côté, souriant aux applaudissements du public, qui saluait enfin un artiste après avoir raillé les maladroits apprentis.

Roger filait comme un cheval de course, lancé à toute vitesse sur la longue glissade. Longue en effet, commencée le matin sur le terrain solide, sur la prairie couverte d'un pied d'eau à peine, elle s'était allongée peu à peu vers le ruisseau du Gué-Robert, très près de son confluent avec la Loire, et maintenant c'était au bord du ruisseau lui-même qu'elle se terminait. Jusque-là, il n'y avait pas de danger ; il n'y en avait pas surtout pour les novices qui y arrivaient à bout de force et d'haleine, en diminuant leur vitesse, et qui s'y arrêtaient tout doucement. Mais Roger, qui avait voulu produire de l'effet, s'était lancé de toutes ses forces, sans calculer jusqu'où son impulsion le mènerait. Il dépassa le terme de la glissade, sentit la glace céder, l'entendit craquer, fit un effort pour tourner sur lui-même et revenir en arrière..., mais il ne put s'arrêter, et Antoine le vit s'enfoncer et disparaître, aux cris d'effroi de la foule qui l'applaudissait tout à l'heure.

Ce fut pour Antoine un de ces moments où il tient des pensées pour toute une journée de la vie ordinaire. Il n'y avait pas un instant à perdre : le courant du ruisseau avait beau n'être pas rapide, il ne mettrait pourtant pas grand temps à conduire Roger jusqu'à la Loire, et, une fois là... Les engins de sauvetage étaient tous assez loin, à l'endroit où l'on patinait : ils étaient peu nombreux et peu compliqués d'ailleurs, car on n'a guère d'accidents à redouter quand on patine sur des prairies ; avant qu'on eût pris le temps d'aller les chercher, Roger serait perdu... Antoine comprit tout cela en une seconde. Il n'hésita pas.

« Reste là et attends-moi ! » dit-il à Jean. Et il s'élança à son tour sur la glissade, rapide comme l'éclair.

Jean n'avait pas vu tomber Roger ; il n'avait même pas su où il était et pourquoi Antoine l'appelait d'un ton fâché. Mais, quand il vit Antoine le quitter en courant, glisser vite, vite, et disparaître, il fut pris d'une frayeur désespérée et se mit à crier : « Antoine ! Antoine ! » en pleurant et en tendant les bras vers le trou béant.

La foule l'entoura : on courait, on criait, chacun donnait son avis, on cherchait des cordes, des échelles, et le danger grandissait à chaque minute. Un des maçons qui donnait des leçons de patinage à quelque distance vit le rassemblement, et accourut pour savoir ce qui se passait.

« Ah ! mon petit prédicateur ! dit-il en reconnaissant Jean qui pleurait au milieu d'un groupe de femmes empressées à lui donner des consolations. Faites place, vous autres ! Qu'est-ce qu'il a, le petit ?

— Antoine ! Antoine ! cria l'*innocent*. Dans le trou, Antoine !

— Là-bas, expliqua une femme, au bout de la glissade, un petit garçon a fait son trou ; le grand y a été pour le retirer..., il tenait ce petit-là par la main...

— C'est son frère, sans doute ! Dis, c'est ton frère, mon chérubin ? Attends, je vais te le chercher. »

Le brave homme courut au bout de la pointe de terre qui sépare le ruisseau du bras de la Loire : il sauta dans un canot amarré à un pieu, prit une gaffe et des avirons et godilla jusqu'à ce qu'il fût au confluent du ruisseau. Là il se mit à casser la glace à grands coups de gaffe, en regardant sous l'eau... Mais tout à coup on le vit sauter hors du canot, il plongea et reparut aussitôt, tenant une grappe humaine : Roger évanoui, traîné par Antoine presque épuisé, qui se sentait défaillir et pourtant ne le lâchait pas, ne voulant pas revenir sans lui.

L'ouvrier avait deviné juste. Suivre le même chemin qu'eux, c'était s'exposer à arriver trop tard : le courant les aurait déjà entraînés et ils ne seraient plus là. Mais on pouvait peut-être arriver avant eux au confluent du ruisseau et les saisir au passage ; s'ils l'avaient déjà dépassé, ils reviendraient sur l'eau et un canotier adroit les aurait bientôt rejoints. Le pire serait le cas où le grand garçon chercherait à retrouver son trou pour remonter : alors il n'y aurait qu'à plonger pour aller le chercher, en remontant le ruisseau, après avoir cassé rapidement autant de glace qu'on pourrait pour diminuer la distance à parcourir. On y laisserait peut-être bien sa peau, mais s'il fallait toujours songer à cela !

Maintenant il les tenait. Il souleva hors de l'eau le bras d'Antoine et lui mit la main sur le bordage du canot; puis, s'y accrochant lui-même d'une main, il y hissa Roger de l'autre, y remonta à son tour et aida Antoine à venir l'y retrouver. Le sauvetage ainsi opéré, il ne manqua pas de gens pour offrir leurs services : le monde est ainsi fait.

Roger seul en avait besoin : il avait bu un coup de trop; et puis la peur, le froid, lui avaient fait perdre connaissance. Des frictions énergiques, quelques gouttes d'eau-de-vie lui firent ouvrir les yeux; et le contentement de voir près de lui Antoine sain et sauf acheva de le remettre. « Et Jean? » demanda-t-il avec effroi. Car, si Jean s'était perdu, s'il lui était arrivé quelque mal, il sentait bien qu'il en serait coupable.

Mais Jean était là, un peu troublé par l'effort qu'il faisait pour comprendre ce qui se passait, mais pourtant souriant parce qu'il voyait Antoine sorti du trou.

Il essuyait avec sa manche ses yeux encore pleins de larmes, et disait en touchant les vêtements ruisselants de son ami : « Antoine froid..., pauvre Antoine!... Antoine dans le trou, Jean pleurer!

— Faut pas pleurer mon bonhomme! lui dit le maçon en s'inclinant vers lui; le voilà, ton Antoine; on l'a tiré du trou!

— C'est lui qui m'a tiré du trou, mon petit Jean, ajouta Antoine; remercie-le si tu m'aimes! »

Le petit leva ses grands yeux vers le maçon et il le reconnut.

« Toi plus méchant! toi bon! Jean t'aime! dit-il en lui tendant les bras.

— Voyez-vous, il me reconnaît! » s'écria le maçon ravi. Et il ajouta, voyant l'air étonné d'Antoine :

« C'est l'autre jour que nous nous sommes vus..., il était avec une dame... Moi, j'étais en colère contre un vaurien d'apprenti... et puis peut-être bien que j'avais bu une goutte de trop..., enfin, je crois que j'allais l'assommer, sans ce petit-là qui m'en a empêché!... Faut-il qu'il soit brave! Ordinairement, les enfants se cachent quand ils voient un homme en colère, et lui!... je l'entends encore : « Méchant, fais pas ça! » Et puis, quand il a vu que je renvoyais l'autre sans lui faire de mal, il m'a embrassé! »

Antoine embrassa Jean; il n'y avait que cela à faire.

« Alors, reprit l'homme, tout à l'heure, quand je l'ai reconnu et que j'ai su pourquoi il criait, je me suis dit : « Allons-y! » et j'ai pris mon courage à deux mains. Sans cela, je ne sais pas : on tient à sa vie tout comme un autre... Mais pour le chérubin, je serais allé vous chercher au fond de la Loire... Je n'ai jamais vu un enfant pareil : qu'est-ce qu'il a donc pour ne pas ressembler aux autres?

— Il est *innocent!* murmura Antoine à l'oreille de l'ouvrier.

— Ah! fit-il d'un air triste, en regardant l'enfant avec pitié. Eh bien, chacun a son lot en ce monde : on connaît des gens qui ont de l'esprit plus gros qu'eux et qui ne valent pas la corde pour les pendre : celui-là n'a pas d'esprit, mais il a du cœur de reste : ça vaut peut-être encore mieux! »

Et là-dessus le brave homme rassembla sa collection de patins et courut changer ses vêtements mouillés.

Antoine et Roger en firent autant, Roger était maintenant bien remis de son plongeon; Antoine assit Jean sur son épaule et tous deux prirent le pas de course; ils étaient sinon secs, du moins à peu près réchauffés lorsqu'ils arrivèrent à la maison.

XVI

LE PREMIER « POURQUOI ? »

Ni Antoine, ni Roger ne se ressentirent de l'aventure. Mme Larousay, avant de les gronder et de se faire raconter en détail ce qui était arrivé, leur fit boire du vin chaud et leur donna des vêtements secs; ils ne furent pas même enrhumés du cerveau. Mais Jean eut un accès de fièvre dans la nuit; le docteur l'attribua à l'émotion qu'il avait eue et recommanda du calme autour de lui. Le lendemain il n'avait plus de fièvre et restait seulement un peu languissant. Quand il fut tout à fait rétabli, on s'aperçut avec joie que ses idées semblaient bien plus nettes qu'auparavant : il commençait à faire des phrases plus longues, à employer des verbes à différents temps. M. Décherel était radieux.

« C'est un grand progrès, cela, un très grand progrès! dit-il. Ne désespérons pas : ces maladies-là sont si mystérieuses; aucun cas n'est semblable à un autre, et l'on a beau en étudier des centaines, on n'arrive pas à établir de règles fixes. Les enfants grandissent souvent tout à coup à la suite d'un accès de fièvre venu à propos de rien, et l'on appelle cela des fièvres de croissance; l'intelligence de Jean aura peut-être aussi ses fièvres de croissance. Seulement, il faut veiller à ce qu'il n'ait pas de trop fortes émotions; une petite secousse lui est profitable, mais une grande serait dangereuse, et la mesure est difficile à garder. »

Le docteur avait raison : l'intelligence de *l'innocent* s'ouvrait peu à peu, et son âme semblait s'éveiller à la vie. Cela arrivait par secousses : un événement qui le frappait faisait naître dans son esprit une idée qu'il n'avait jamais eue auparavant; aussitôt il la liait à d'autres qu'elle éclairait d'une clarté nouvelle, et il exprimait des idées d'un sérieux et d'une profondeur qu'on n'eût jamais attendues d'un enfant même plus âgé et jouissant de toute sa raison. A côté de cela, il n'était pas plus avancé, sous beaucoup de rapports, qu'un enfant de deux ans, et son langage offrait des hauts et des bas tout à fait étranges. Il n'y avait que son cœur aimant qui n'eût jamais d'éclipses. A mesure qu'il remarquait et comprenait ce qui se passait autour de lui, la méchanceté et l'injustice le frappaient davantage, et il recommençait souvent au Jardin des Plantes ce qu'il avait fait le jour où il avait empêché le maçon de frapper son apprenti. Il ne jouait guère avec les autres enfants, mais il ne les fuyait pas. Il restait à les regarder, et, si quelque querelle s'élevait, il y prêtait toute son attention. Il ne comprenait pas le sujet de la dispute, mais il voyait les figures irritées, d'autres attristées, et si quelque vaincu quittait le groupe en pleurant, il courait à lui : « Ne pleure pas, Jean t'aime ! » lui disait-il ; et il l'emmenait pour lui faire voir une belle fleur dans un parterre, ou jouer avec lui pour le consoler. Il lui arrivait d'offrir sa pelle et son seau à un grand garçon de douze ou treize ans, qui se souciait peu de fleurs et ne pouvait trouver aucun plaisir à faire des pâtés de sable ; mais on ne peut donner rien de mieux que ce qu'on aime, et Jean, qui n'était pas capable de jouer à des jeux compliqués, offrait de bon cœur ses jouets favoris.

Il arrivait parfois que les querelles se tournaient en bataille : Jean n'hésitait pas à se jeter au milieu des combattants. Il se dressait tout à coup devant le tyran du jour : « Méchant, tu fais du chagrin aux pauvres petits ! Jean ne t'aime pas ! Ne leur fais pas de mal, Jean t'aimera ! »

Il était bien rare que sa douce intervention manquât son but : il inspirait aux autres enfants une sorte de respect.

« C'est l'innocent ! » disaient-ils ; et la bataille s'arrêtait. Jamais aucun d'eux ne l'eût frappé, ne lui eût parlé durement. Quelquefois, pourtant, en se précipitant dans la bagarre, il recevait quelque coup qui ne lui était pas destiné ; il ne pleurait pas, il ne se fâchait pas : on eût dit qu'il ne sentait rien, tant il était occupé à empêcher les forts de maltraiter les faibles.

Avec le temps, il comprit que l'injustice et la violence ne se traduisaient pas toujours par des coups, et il s'aperçut d'une foule de petites iniquités que les enfants ne remarquent pas, parce qu'ils en ont été entourés depuis qu'ils ont commencé à ouvrir les yeux. Il vit tel ou tel de ses compagnons tricher au jeu, prendre la place d'un autre, imposer sa volonté, dérober la corde ou le cerceau d'un camarade, favoriser l'un d'eux aux dépens de l'autre, mettre hors du jeu ceux qui ne lui plaisaient pas..., et tant d'autres méfaits que se rappellera quiconque a été enfant. Il en fut étonné, attristé, et il essaya de remettre la paix là comme dans les luttes plus bruyantes. Mais son doux reproche : « Méchant, ne fais pas cela ! Jean ne t'aime pas ! » n'y fut guère entendu. Il y avait ajouté une autre formule : « Pas juste ! »

Mais, s'il sentait que telle ou telle action n'était pas juste, il n'aurait pas su expliquer aux coupables pourquoi elle n'était pas juste et pourquoi ils avaient tort de la faire. On lui tournait le dos en haussant les épaules ; parfois on murmurait d'un ton dédaigneux : « L'innocent ! » et l'on continuait à jouir du bien mal acquis. Jean alors s'écartait et s'en allait pleurer tout seul, jusqu'à ce que sa mère ou Suzanne allât le chercher et le consoler par des caresses et de tendres paroles.

Il se blottissait alors sur leurs genoux, reposait sur leur poitrine sa pauvre tête endolorie par tant de pensées confuses, qu'il ne parvenait pas à débrouiller ni à exprimer, et finissait par s'endormir de lassitude. A son réveil, il avait oublié ; il était encore tout endolori, mais il n'aurait pas su dire pourquoi.

« Pourquoi ? » Ce mot des petits enfants, qui revient sans cesse sur leurs lèvres, Jean ne l'avait jamais dit. Il n'éprouvait pas le besoin de se rendre compte des choses ; pendant ses premières années, il assista, d'abord indifférent, ensuite seulement étonné, au spectacle de la vie. Puis, l'écheveau de sa pensée commençant à se débrouiller, il chercha la raison de ce qu'il voyait, et, ne la trouvant pas de lui-même, il la demanda à ceux qui l'entouraient. Ce jour-là, il y eut un grand pas de fait, qui remplit sa famille de joie.

Il paya pourtant cette joie par un chagrin ; car son premier pourquoi ? il le dit, le jour de ses six ans, à propos du chardonneret de Cécile que Pouf avait tué. Pouf était un animal tranquille, qui passait pour vertueux, parce qu'il ne commettait jamais de vols, avec ou sans effraction, dans le buffet de sa maîtresse ; à quoi il n'avait pas grand mérite, vu les succulentes pâtées que Perrine lui préparait deux fois par jour. Cécile, se fiant à sa réputation, eut un jour l'imprudence de placer la cage de son oiseau sur le palier, pour qu'il jouît du soleil du matin, qui ne visitait pas l'appartement de M. Larousay. Quelques instants après, Mme Morain ouvrit sa porte à Pouf, qui avait l'habitude de faire à cette heure-là sa petite promenade ; et Pouf, qui ne mangeait pas souvent de gibier, trouva l'occasion parfaite pour varier un peu son menu.

Aux cris désespérés du chardonneret, Cécile accourut et Jean la suivit.

Quel spectacle ! La cage gisait par terre, Pouf en avait déjà arraché l'oiseau et le faisait sauter à coups de griffes comme une souris.

Cécile s'élança : Pouf jura sans lâcher sa proie. Cécile recula. Mais Jean, qui ne connaissait pas la peur, ne se faisant jamais une idée bien juste du danger, se jeta sur le chat et lui enleva l'oiseau. Pouf exprima son mécontentement de la façon la plus énergique, mais il n'essaya pas de reconquérir son gibier ; et Cécile, qui avait couru chercher des armes, le mit en fuite avec un balai.

Mais le chardonneret était mourant. Son pauvre petit cœur, qui tout d'abord sautait en battements désordonnés, s'apaisait maintenant. « Il va mieux », disait Cécile, qui le voyait cesser de se débattre, et ne comprenait pas que c'était l'apaisement suprême qui arrivait.

Mais les ailes s'étaient refermées et pendaient flasques aux côtés du petit corps, dont la plume soyeuse se mêlait à des caillots de sang ; la petite tête s'abandonnait sans force dans la main de Jean, les yeux se fermaient et le bec s'entr'ouvrait avec effort comme pour aspirer encore un peu de cet air qui manquait à la pauvre petite bête. Enfin, il demeura immobile et Jean ne sentit plus battre son cœur.

« Il dort ! » dit-il d'un air content en regardant Cécile. Jean, qui ne savait pas grand'chose, savait pourtant que le sommeil fait du bien aux malades.

Mais Cécile secoua la tête et lui reprit l'oiseau qu'elle tourna et retourna dans ses mains.

« Il est mort ! dit-elle tristement. Moi qui voulais le réjouir en le mettant au soleil ! Méchant Pouf ! Oh ! mon pauvre petit chardonneret ! »

Et une larme coula de ses yeux sur le joli plumage de son favori.

Jean la regarda, regarda l'oiseau. Il ne savait pas ce que voulait dire ce mot « mort » ; il avait vu souvent passer des enterrements, et c'était pour lui un spectacle comme un autre ; il n'avait jamais eu l'idée de demander ce que cela voulait dire. Mais, devant les larmes de Cécile, la curiosité lui vint. Il reprit le chardonneret, le tâta, vit le sang, remarqua qu'il devenait froid. Cela ne ressemblait pas à quelqu'un qui dort. Jean avait vu souvent Pouf dormir sur son coussin, et des enfants dormir au Jardin des Plantes sur les bras de leur nourrice. Il leva la tête et regarda Cécile.

« Mort ? quoi ça, mort ? Jean ne sait pas !

— Mort, mon chéri, cela veut dire qu'il ne se réveillera pas, qu'il ne se tiendra plus jamais sur ses pattes ; il ne mangera plus, il ne sautillera plus, il ne fera plus sa toilette dans sa baignoire : c'était si joli ! te rappelles-tu ? Et il ne chantera plus jamais : on sera obligé de le jeter et nous ne le verrons plus ! »

Jean écoutait la bouche béante, les yeux tout ronds ; à mesure que sa sœur parlait, il regardait l'oiseau, ses pattes, son bec, ses jolies ailes rayées qu'il l'avait vu si souvent étaler pour les faire sécher quand il avait pris un bain ; et l'idée que tout cela allait disparaître — qu'on serait obligé de le jeter — lui causa une telle douleur, qu'il fut pris d'un frisson et se mit à courir en poussant des cris perçants, jusqu'à ce qu'il eût gagné la chambre de son grand-père. Mme Laroussay était sortie avec Suzanne.

Jean vint se jeter, tenant toujours l'oiseau, entre les genoux du vieillard, en répétant ce mot qui l'épouvantait : « Mort ! mort !

— Oui, il est mort, mon pauvre petit ! dit le grand-père après avoir examiné le chardonneret. Ne pleure pas, on en trouvera un autre et je te ferai empailler celui-là, si tu veux. »

Jean ne comprenait pas ce que voulait dire « empailler » ; et « un autre » ne lui présentait pas non plus une idée bien nette.

Il regarda l'oiseau, entr'ouvrit deux fois la bouche pour prononcer un mot qui ne venait pas, et finit par dire : « Pourquoi ?

— Il a dit : « pourquoi ? » s'écria le grand-père tout joyeux. Juliette, Suzanne, où êtes-vous donc ? Il a dit : « Pourquoi ? »

— Tous les autres sont sortis, grand-père, dit Cécile.

— C'est la première fois qu'il dit ce mot-là ! répéta le grand-père. Sa mère va être bien heureuse !

— Pourquoi ? répétait Jean, montrant toujours l'oiseau.

— Je ne sais pas... Ah ! il saigne ; c'est un chat qui l'aura tué, n'est-ce pas, Cécile ?

— Oui, grand-père, c'est le méchant Pouf. J'avais mis la cage au soleil sur la fenêtre du palier ; je croyais faire du bien à mon oiseau. Ah ! Mme Morain dit que son chat n'est pas gourmand ! Méchant Pouf !

— Pouf ? pourquoi ? redemanda Jean.

— Vois-tu, mon chéri, reprit Cécile. Pouf a voulu le manger ; les chats mangent les petits oiseaux. Il ne l'a pas mangé parce que tu le lui as ôté ; mais il l'avait mordu avec ses dents pointues et il l'avait blessé avec ses griffes : vois-tu comme il l'a fait saigner ? C'est pour cela que le pauvre petit oiseau est mort ! »

Jean comprenait cette fois. Il ne s'évanouit point comme il l'avait fait quand Louise avait voulu lui apprendre à lire ; mais il devint pâle comme un linge et se mit à pleurer.

Cécile, consternée, alla bien vite jeter l'oiseau dans la boîte aux balayures et cacher la cage pour que l'enfant ne les vît plus ; puis elle revint chercher Jean pour l'amuser et le distraire. Elle le trouva sur les genoux du grand-père, qui le faisait danser en lui chantant une chanson comme quand il était tout petit. Mais Jean n'écoutait pas la chanson ; il sanglotait en répétant : « Mort... méchant Pouf... Mort... pourquoi ? »

Il sembla chercher un mot, hésita, fit un grand effort et finit par dire :

« Jean malheureux !

— Pauvre petit ! » dit la tendre Cécile en l'embrassant pour le consoler ; et les larmes lui vinrent aux yeux.

« Il n'y a pas de quoi pleurer, lui dit son grand-père ; ce qui arrive est bon, très bon : cela prouve que son esprit se développe. Tant qu'il ne comprenait rien, il était très gai, il ne pouvait pas avoir de soucis. Aujourd'hui pour la première fois, il a compris une chose triste : cela lui fait de la peine, c'est tout simple, et il faut nous habituer à lui voir de ces chagrins-là ; il en aura bien d'autres !

— Alors, murmura la petite fille en s'essuyant les yeux, je ne vois pas pourquoi on plaint tant les *innocents*, qui ne comprennent rien et n'ont jamais de chagrin ! »

XVII

UN VOYAGE DE SANTÉ

CÉCILE avait raison, dans sa sagesse de dix ans : l'arbre de la science, de la science du bien et du mal, porte des fruits amers, et Jean ne devait jamais plus être aussi heureux qu'au temps où il ignorait la méchanceté et la mort. Désormais, il y eut deux paroles qui revinrent souvent sur ses lèvres : « Pourquoi ? » demandait-il sans cesse ; et, quand il n'était pas satisfait de la réponse, il disait en soupirant : « Jean malheureux ! » Et les réponses ne le satisfaisaient pas souvent. Que lui dire, en effet, quand il voulait savoir pourquoi la neige tombait du ciel et l'empêchait d'aller à la promenade ? pourquoi, à la sortie du lycée, un élève en avait frappé et renversé un autre plus petit que lui ? pourquoi Loulou était si souvent malade ? pourquoi une pauvre femme en haillons, blottie sous le porche de la cathédrale, avait tendu la main vers Mme Larousay, et pourquoi ses petits enfants pleuraient ? pourquoi avaient-ils faim ? pourquoi avaient-ils froid ? pourquoi n'avaient-ils pas un manteau avec un col de fourrure comme lui, Jean ?

Le jour où il apprit que les soldats, qu'il trouvait si beaux, étaient destinés à s'en aller à la guerre se battre contre d'autres soldats, et qu'après chaque bataille il y avait beaucoup de morts, il chercha dans son vocabulaire peu fourni tout ce qu'il connaissait de noms injurieux pour en qualifier les caporaux et les sergents qui commandaient l'exercice. Heureusement qu'ils ne s'en aperçurent pas.

A force de dire : « Jean malheureux ! » et de s'affliger de tout ce qu'il voyait autour de lui, Jean finit par dépérir. Il ne souffrait pas, mais il devenait languissant et faible ; la marche le fatiguait, il perdait l'appétit, restait souvent éveillé la nuit et s'endormait de lassitude pendant le jour, dès qu'il avait fait quelque effort ou réfléchi un instant. Il grandissait beaucoup, son visage devenait long et étroit, ses mains fluettes, et tout son corps s'amaigrissait de plus en plus. M. Décherel s'en inquiéta. Il avait bien prévu que cela arriverait si l'on fatiguait l'enfant en cherchant à développer son intelligence. On ne le fatiguait point, on avait renoncé à lui apprendre quoi que ce fût, et sa pauvre tête travaillait d'elle-même : il était sur le grand chemin de l'anémie. M. Décherel l'observait en venant soigner Louise, qui était aussi délicate que Jean, plus même ; car Jean n'avait jamais de maladie déterminée, au lieu que la petite fille était sans cesse obligée de se mettre au lit.

« Ces deux enfants m'inquiètent, dit le docteur un jour à sa femme ; ce n'est pas avec des médicaments qu'on peut les traiter, surtout le petit Jean. Il leur faudrait un changement d'air et des bains de mer ; mais quelle énorme dépense pour la famille ! Je sais bien que Mme Larousay pourrait y aller seule avec les deux petits malades ; mais voilà bientôt les vacances qui vont commencer : voudra-t-elle laisser la direction de sa maison à une fillette de quinze ans, qui n'est pas grande pour son âge, encore ? Roger et Cécile ne la considéreront jamais comme une autorité respectable, et le père est à son bureau toute la journée...

— D'abord, répondit Mme Décherel, le père pourrait prendre un congé cette année : il y a droit, il n'en a pas pris depuis que je le connais. Ensuite Suzanne a plus d'autorité que tu ne le crois, malgré sa petite taille. Roger s'est un peu émancipé, c'est vrai, depuis qu'il a treize ans, mais c'est un bon garçon, et, en le prenant par les sentiments, on obtiendrait bien quelques semaines de sagesse. Mais j'ai une autre idée. Je vais écrire à Théotiste... »

Théotiste était une jeune couturière que Mme Décherel avait beaucoup occupée autrefois, et qui avait de grandes obligations à ses parents. Elle s'était mariée aux Sables-d'Olonne avec un capitaine au cabotage, et Mme Décherel, à qui elle écrivait quelquefois, savait par elle qu'on vivait à bon compte aux Sables-d'Olonne. Peut-être la vie serait-elle encore moins chère dans quelque village de la côte. Mme Décherel écrivit donc à Théotiste pour la prier de s'informer de ce qui pourrait convenir à des amis qu'elle aimait beaucoup, qui avaient des enfants malades, qui étaient nombreux et ne pouvaient pas faire de grandes dépenses.

Théotiste répondit presque aussitôt. Comme cela se trouvait bien ! Son mari allait partir pour Bordeaux, de là il irait à Bayonne, reviendrait avec un nouveau chargement, s'arrêterait à Blaye, à l'île d'Aix, à Saint-Martin-de-Ré, à la Rochelle, peut-être monterait-il jusqu'à Nantes : il en avait au moins pour deux mois. Elle profiterait de son absence pour aller voir ses parents avec ses enfants ; sa maison serait vide et elle l'offrait de grand cœur aux amis de Mme Décherel.

Ce n'était pas beau, mais c'était propre et les lits étaient bons ; elle savait que beaucoup de femmes de marins qui n'étaient pas mieux logées qu'elle, louaient leur maison à des bourgeois pour la saison des bains.

Elle ajoutait qu'elle allait recommander ses baigneurs — elle les traitait déjà comme sa propriété — à des pêcheurs de sa connaissance, qui ne leur vendraient pas le poisson plus cher qu'aux gens du pays : ils prendraient goût à la plage et à la ville et auraient envie d'y revenir.

Mme Décherel, toute joyeuse, porta la lettre de Théotiste à Mme Larousay. Celle-ci fut toute saisie à cette proposition inattendue d'aller aux bains de mer. Voyager ! depuis qu'elle était à Nantes, ils n'avaient pas bougé : cela lui semblait une de ces entreprises extravagantes qu'on laisse faire aux autres, mais où on ne se lance pas. Et le grand-père ! et le dérangement ! et la fatigue ! et la dépense ! Cela, c'était le nœud de la question. Au fond, la mère de famille se sentait venir l'eau à la bouche à cette idée de voyage ; mais dépenser une grosse

l'air et regarder les passants : ce serait une distraction.

Ayant ainsi à demi convaincu Mme Larousay, Mme Décherel passa à son mari, puis au grand-père, qui était le plus difficile à décider. Elle n'y eut pas trop de mal : c'était pour la santé de Jean ! Le vieillard raffolait du pauvre *innocent*, qui n'avait pas peur de lui, qui l'aimait, qui venait passer des heures dans sa chambre sans donner des signes d'ennui. Il s'était bien aperçu du dépérissement de son favori, et, quoiqu'il se dit en lui-même : « Dieu lui ferait une grâce de le reprendre, le pauvre petit, pour le bonheur qu'il trouvera en ce monde... », il ne pouvait se défendre d'un serrement

ILS DANSAIENT DES FARANDOLES FRÉNÉTIQUES

somme en deux mois, quand on économisait sou par sou toute l'année ! cette idée la faisait trembler.

Mme Décherel eut réponse à tout. Le logement ne coûterait rien : Théotiste n'avait pas l'habitude de louer sa maison, elle la prêtait, et il ne faudrait même pas lui parler de payement ; les parents de Mme Décherel avaient jadis aidé à son mariage, avaient avancé à son mari de l'argent pour prendre un intérêt dans les cargaisons qu'il transportait ; Théotiste avait le cœur reconnaissant et elle était bien aise de trouver une occasion de le prouver. On ne dépenserait pas autant qu'à Nantes, et on rattraperait ainsi une partie du prix du voyage ; la fatigue, il n'en fallait pas parler, ce n'était pas déjà si loin ; et le dérangement n'est pas une chose désagréable quand on n'en abuse pas : les enfants seraient tous enchantés de changer de place. Restait le grand-père : les vieillards n'aiment guère à remuer. Mais en lui disant que c'était dans l'intérêt de Jean, on obtiendrait de lui tout ce qu'on voudrait. D'ailleurs, cela lui ferait du bien, à lui aussi. Perché à son quatrième étage, il ne pouvait jamais sortir ; chez Théotiste, il aurait une chambre au rez-de-chaussée, et comme la maison n'était séparée que par un tout petit jardin d'un chemin très fréquenté, il irait très facilement, à l'aide d'un bras et de sa canne, s'asseoir dehors pour prendre

de cœur à l'idée que Jean pourrait mourir.

Il se prêta donc assez volontiers à tous les préparatifs du voyage, et il eut du mérite, car la joie des enfants éclata de telle sorte qu'on eût pu les croire fous. Roger, Cécile et même Suzanne se prenaient à chaque instant par la main pour danser des farandoles frénétiques, où ils entraînaient Louise et Mariette. Roger emballait une foule d'outils et d'engins dont il s'imaginait avoir besoin au bord de la mer ; Cécile faisait des provisions de plumes et de papier pour écrire à ses amies des lettres datées des Sables-d'Olonne ; Suzanne nettoyait tous les tricots de la maison, parce qu'elle avait entendu dire qu'il faisait froid sur les plages le soir ; Mariette, dans son enthousiasme, écornait toute la vaisselle et laissait brûler ses sauces, parce qu'elle quittait à tout propos ses casseroles pour aller s'informer de quelque nouveau détail sur ce qu'on ferait « là-bas ». Et les courses d'un bout de l'appartement à l'autre ! les appels retentissants ! les recommandations de ne rien oublier ! les coups de marteau de Roger, qui raccommodait les vieilles malles avec des planchettes auxquelles il ne ménageait pas les clous ! Pendant huit jours on ne vécut pas ; du moins on vécut mal, et le grand-père commençait à être à bout de patience. Il aurait voulu être déjà parti pour en avoir fini avec tous ces bruyants préparatifs.

Jean seul ne se troublait pas de ce remue-ménage, dont il était cause sans le savoir. Suzanne lui avait expliqué qu'on allait partir pour aller bien loin. « A Vertou ? » avait-il demandé, se rappelant qu'une fois on l'avait mené jusqu'à Vertou sur le bateau à vapeur. Suzanne avait ri et avait renoncé à lui faire comprendre les plaisirs du voyage. Il faisait les commissions, portait de l'armoire à la malle les objets que ses sœurs lui mettaient dans les mains ; mais il était vite las de tant de mouvement et de bruit, et se réfugiait dans la chambre du grand-père, où il demeurait immobile, assis sur un petit tabouret, les mains croisées sur ses genoux, suivant d'un regard distrait le vol d'une mouche ou la danse des grains de poussière dans un rayon de soleil.

Enfin le jour des prix est arrivé : on partira demain matin ! Tout est déjà prêt ; Suzanne et Cécile ont consenti à grand'peine à garder leur robe la plus neuve et leur plus joli chapeau pour aller aux prix : il leur semble qu'on n'aura pas le temps, dans la soirée, de les enfermer dans les malles. Pourtant il faut bien aller aux prix ; Roger en a, des prix ! Antoine en a aussi, et l'on ne peut pas manquer d'être là pour les applaudir. Pauvre Antoine ! c'est bien dommage qu'on ne puisse pas l'emmener aux bains de mer... ; mais à la rentrée, on lui racontera tout ce qu'on aura fait : ce sera déjà très amusant.

La journée se passe, chez M. Larousay, à apprêter le dîner, un grand dîner en l'honneur des lauréats ; on y a invité Mme Morain et M. et Mme Décherel. Perrine s'est établie dans la cuisine, où elle donne des conseils à Mariette et surveille la cuisson des mets ; en pareille circonstance, autrefois, elle aurait amené Pouf, mais depuis la mort du chardonneret Jean ne peut plus voir Pouf sans être pris d'un tremblement nerveux. Suzanne s'est chargée des compotes et d'un magnifique gâteau de riz qu'on fera flamber sur la table ; et toutes les mains disponibles sont occupées à frotter l'argenterie et les cristaux. Mariette est allée de grand matin au marché aux fleurs, et Roger a apporté d'on ne sait où une provision de sable : il l'a entassé bien mouillé, dans une boîte plate, retaillée et reclouée par lui, qu'on va garnir de fleurs et de mousse : cela fera un joli surtout de table. Le dîner est très gai ; au dessert on fait chanter Jean et Loulou, et l'on trouve qu'ils chantent très bien. On se sépare de bonne heure : quand on doit partir le lendemain ! Mais le lendemain matin il se trouve que, excepté Loulou et Jean, personne n'a dormi, d'émotion, de joie, de préoccupation, d'impatience ou de fatigue. Et l'on part ! on n'a rien oublié, que la malle de la poupée de Cécile ; mais Suzanne promet de lui faire un costume de Sablaise ; et puis, d'ailleurs, aux bains de mer on n'a guère le temps de jouer à la poupée.

La maison de Théotiste était située au bout de la ville, à peu de distance de la fontaine, circonstance fort agréable dans une ville étroite et longue, alimentée par une seule fontaine placée à une de ses extrémités. Le jardin était petit, mais il donnait sur un chemin très fréquenté, et le grand-père, les premiers jours, trouva très gai d'aller s'asseoir dans un fauteuil et de regarder les femmes qui allaient à la fontaine et en revenaient, nu-pieds, en jupe rouge, portant sur leur épaule une sorte de joug en bois, où pendaient leurs cruches de terre vernissée.

Aller jusqu'à la plage eût été une trop grosse entreprise pour lui ; il la tenta une fois et en fut si fatigué qu'il ne recommença plus. Mais les enfants y passaient leur vie : un trajet de trois minutes dans les dunes et ils y étaient. Point de dangers sur cette immense plage de sable fin ; ils pouvaient aller et venir en liberté, tenter des excursions à gauche du côté des rochers, ou à droite vers la jetée et le port, la mer ne montait pas si vite qu'on ne pût toujours s'en garer. La plage était très animée aux alentours des cabines de bains ; les enfants eurent leur place dans toutes les parties de jeu, même Louise qui reprenait ses forces et sa vivacité à l'air de la mer, et qui courait comme un lièvre. Elle fut bientôt le joujou de toute la plage, et quelques mères de famille essayèrent d'attirer aussi Jean dans le groupe des petits ; mais Jean ne s'y prêta pas : il n'allait pas volontiers avec des inconnus, il préférait se promener tout seul.

XVIII

LA PLAGE DES SABLES-D'OLONNE

JEAN donc ne jouait pas ; mais il ne s'ennuyait point sur cette plage immense où il était comme un point, lui tout petit, tout seul loin des groupes de baigneurs. La vue de la mer ne l'avait point étonné ; pour s'étonner, il faut comprendre, comprendre en quoi la chose nouvelle diffère de ce qu'on a coutume de voir : et Jean n'avait pas l'habitude de se rendre compte de ce qui l'entourait : il en jouissait ou il en souffrait, et c'était tout. Seulement cette grande étendue lui avait causé une impression étrange, une sorte de bien-être qui le charmait. Cette plaine bleue qui ne finissait pas, qui remuait et brillait au soleil, avait ravi ses yeux ; et, tout ému sans savoir pourquoi, il avait dit : « Beau ! » en levant ses mains comme quand il était tout petit. Suzanne lui avait dit que cela s'appelait la mer, et lui avait fait regarder les belles vagues qui s'élevaient sur toute la longueur de la plage, dressaient en l'air leur crête blanche et s'écroulaient tout à coup en écume jaillissante avec un grand fracas. Jean y prenait grand plaisir, et pouvait rester des heures à regarder s'approcher, se briser et s'étaler sur le sable. A chaque lame qui déferlait, il battait des mains, et ensuite son regard allait en chercher une autre. Souvent aussi il marchait à tout petits pas le long de la grève, du côté du groupe de moulins qui couronnent les dunes. Là commencent les rochers, d'abord très bas, presque à fleur de sable, puis plus hauts, très variés de formes et de couleurs, plus pittoresques que la

disait plus : « Jean malheureux! » et ne portait plus ses mains à sa tête avec un air de souffrance.

Il se passa un mois ainsi, mois de délices pour les enfants, qui déploraient en regardant l'almanach, que le temps passât si vite. M. Larousay, qui n'avait qu'un mois de congé, dut s'en retourner à Nantes; mais il laissa sa famille aux Sables-d'Olonne pour jusqu'à la fin des vacances. Après son départ, un de ces orages, comme on en voit au bord de la mer, vint tout à coup changer le temps : huit jours de pluie et de tonnerre, des éclairs rayant le ciel d'un bout à l'autre, un vent déchaîné; impossible de mettre le

IL AVAIT DIT : « BEAU! »

plage unie; Jean allait ordinairement jusque-là, s'arrêtant au premier creux que la mer avait rempli et qu'en se retirant elle laissait comme un petit lac entouré de bords escarpés. L'enfant se penchait sur cette eau qui reflétait le ciel, et il souriait, quand elle était calme, d'y voir sa propre figure. Qu'un léger vent vînt en rider la surface, aussitôt tout s'effaçait, et Jean voyait remuer au fond des bouquets d'algues aux vives couleurs, qui y épanouissaient leurs rameaux délicats. Parfois, entre les roches, au bord de cette mer en miniature, un peu de sable formait une plage où les crabes venaient faire leur promenade; et Jean riait de ces bêtes étranges. Il n'en avait point peur, n'inventant jamais de lui-même que quelque chose fût mauvais ou malfaisant, et il prenait plaisir à les voir, comme à voir les petits poissons traverser en bandes la flaque d'eau limpide, et les coquillages s'entr'ouvrir au soleil. Une fois qu'il était là, sa mère et Suzanne, qui le guettaient de loin, pouvaient être tranquilles : il en avait pour des heures sans bouger.

Cette solitude était bonne à son esprit ainsi que l'air salin à son corps. Les couleurs revenaient à ses joues, ses mouvements perdaient leur langueur, il mangeait et dormait comme les enfants de son âge; il ne

pied dehors. Le temps commença à courir un peu moins vite : que faire dans une maison où l'on n'est pas chez soi? La vie, aux bains de mer, n'est supportable qu'à condition d'être toujours en courses ou sur la grève. Le premier jour on colla des algues sur des feuilles de papier et on les réunit en album; le second jour chacun s'occupa de sa correspondance, et Cécile usa plusieurs feuilles de son papier rose-thé; le troisième jour on s'ennuya franchement et l'on répéta cent fois : « Qu'est-ce que nous allons faire? » Les jours suivants on se disputa, et Mme Larousay passa son temps à rétablir l'ordre : il régnait un temps de maussaderie qui atteignait jusqu'à Mariette. Jean redevenait triste et disait de nouveau : « Jean malheureux! »

La semaine d'orage écoulée, le soleil brilla de nouveau dans un ciel sans nuage, les enfants reprirent leur vol vers la grève, et la mauvaise humeur générale se dissipa comme par enchantement. Il y eut pourtant quelqu'un dans la famille dont le baromètre moral ne se remit pas au beau. M. Maxime Larousay n'avait pas tardé à se blaser sur le plaisir d'être assis à une porte de jardin et de voir passer les porteuses d'eau; le fauteuil qu'on lui donnait, le seul qu'il y eût dans la maison, ne valait pas celui qu'il avait à Nantes ; le beurre était détestable et toute la nourriture s'en ressentait. A Nantes, quoique la famille Larousay vécût assez retirée, le vieillard recevait encore de temps en temps quelques visites ; ici, plus personne ! Tant que son fils était resté, il avait eu à qui parler ; maintenant qu'il était parti, il n'y avait plus de conversation possible pour lui. Sa bru n'avait pas le temps de causer, elle avait bien assez d'ouvrage à s'occuper des enfants et à se procurer de quoi nourrir toute la famille sans trop de dépense : la question de la nourriture quotidienne est une grosse préoccupation dans un pays dont on ne connaît pas les ressources. Et puis, quoique son beau-père fût un peu plus aimable pour elle qu'autrefois, Juliette n'était jamais à son aise avec lui. Elle n'aurait pas osé exprimer un avis différent du sien, et encore il ne fallait pas qu'elle eût trop l'air de chercher à lui complaire, car il s'en apercevait bientôt et lançait d'une voix sèche un sarcasme contre « les gens qui n'ont pas plus d'opinion qu'un lampion ». Et la conversation en restait là.

M. Maxime Larousay s'ennuyait donc dans la « belle chambre » de Théotiste, quoiqu'il y eût sur la cheminée plusieurs gros coquillages, des coloquintes sèches pareilles à de grosses oranges, et des tasses en terre anglaise pailletées d'or ; de plus, sur les murs on voyait l'histoire de Pyrame et Thisbé en images coloriées, avec l'explication au bas ; et sur la commode, deux vases de porcelaine, contenant des roses artificielles, trônaient sous des globes de verre. Théotiste avait réuni dans cette chambre tout ce qu'elle possédait de beau. Mais M. Maxime Larousay, qui n'avait guère regardé ces merveilles, au commencement, quand il pouvait passer ses journées en plein air, les prit en grippe au bout de vingt-quatre heures de tête-à-tête. De plus, le temps humide lui ayant donné une crise de rhumatismes, la mauvaise humeur s'empara de lui et ne le quitta plus.

Elle ne le quitta pas même quand les orages dissipés laissèrent régner dans le ciel un soleil moins cuisant, mais tout aussi radieux que celui de la canicule. Rien n'égale la douceur des beaux jours de septembre ; mais M. Maxime Larousay en avait assez du bord de la mer, et il aspirait à retourner à Nantes. Il ne voulait pas le dire, il ne voulait pas exiger qu'on partît ; le bien de Jean avant tout ! Mais tout en se sacrifiant pour Jean, il maugréait en dedans et cela le rendait morose et irritable.

La crise de rhumatismes n'était pas entièrement passée, et la souffrance contribuait encore à l'aigrir.

La pauvre Juliette ne savait à quel saint se vouer. Elle aurait voulu se couper en deux pour accompagner ses enfants et rester en même temps à soigner son beau-père : tout en la rabrouant, il n'acceptait guère que ses soins et se trouvait mal servi par Mariette. Elle se fatiguait à aller sans cesse à la plage, à revenir auprès du vieillard, à retourner aux enfants ; quant à les garder à la maison, il n'y fallait pas songer : Roger, Cécile et même Louise faisaient un tapage à ne plus s'entendre.

Un jour, le temps sembla si beau à Mme Larousay, lorsqu'elle alla, après le déjeuner, conduire ses enfants sur la plage où elle les confiait à des familles amies, qu'elle crut le moment favorable pour proposer à son beau-père d'aller un peu s'asseoir au jardin. Il n'y avait pas été depuis quinze jours.

« Vous n'avez pas idée, père, du temps qu'il fait ! dit-elle en entrant dans la chambre du vieillard. Pas un souffle de vent, et un bon soleil doux qui pénètre. Vous devriez essayer de venir un peu au jardin...

— Belle proposition à faire à un homme qui n'a pas de jambes ! Est-ce vous qui allez me porter ? J'ai encore souffert toute la nuit ; je ne peux pas me tenir debout.

— J'en suis désolée..., j'espérais... Tout à l'heure, en passant devant votre fenêtre, j'avais cru vous voir auprès de la commode... »

Rien n'est plus maladroit que de prouver aux gens qu'ils ont tort et qu'on n'est pas leur dupe. M. Maxime Larousay, furieux d'avoir été vu à l'autre bout de la chambre, quand il affirmait ne pas pouvoir se tenir debout, s'en prit à sa belle-fille.

« Eh ! qui vous prie de m'espionner ? s'écria-t-il. Je me traîne jusqu'à la commode parce que cela me convient, et je ne veux pas sortir parce que cela ne me convient pas : est-ce clair ? Je suis bien le maître, il me semble ! Mais vous voudriez tout régenter, avec vos airs doucereux... Si vos pieds étaient comme mon pied gauche..., il semble qu'on me larde à coups de canifs...

— Je vais le frictionner..., dit avec empressement Juliette en se détournant pour chercher la flanelle et le baume tranquille, et aussi pour cacher les larmes qui lui venaient aux yeux.

— Eh, laissez-moi tranquille, avec vos frictions ! s'écria le vieillard. Vous savez bien qu'elles n'y feront rien du tout. C'est ce maudit pays qui exaspère mes douleurs... A-t-on vu jamais pareille idée, d'amener un homme de mon âge au bord de la mer ? On voudrait se débarrasser de lui qu'on ne s'y prendrait pas autrement ! »

M. Maxime Larousay ne pensait pas un mot de ce qu'il disait là ; mais il était de mauvaise humeur, et il lui plaisait à ce moment-là de tourmenter sa belle-fille. Il y réussit au delà de ses désirs : la pauvre Juliette, révoltée de son injustice et ne voulant pas lui donner le spectacle de ses larmes, fit quelques pas vers la porte pour s'en aller dehors pleurer à son aise.

Mais il y avait quelqu'un debout devant cette porte. Jean avait suivi sa mère, et il était arrivé presque en même temps qu'elle ; il l'avait entendue proposer au grand-père de venir au jardin, et il se préparait à aller chercher son petit pliant pour s'asseoir, lui aussi, à la porte du jardin et tenir compagnie à son grand-père, quand les éclats de voix du vieillard attirèrent son attention. Il s'arrêta et resta là, écoutant et regardant. Il ne comprit pas bien ce que disait son grand-père; il voyait seulement qu'il était fâché, très fâché et que sa mère avait l'air triste: est-ce que le grand-père la grondait? Ce n'était pas possible: elle ne faisait jamais rien de mal, on ne pouvait pas la gronder... Comme grand-père criait fort!... Elle se détournait..., elle pleurait!...

Jean n'avait jamais vu pleurer sa mère; pour lui, les grandes personnes ne pleuraient pas, et il reçut un coup au cœur en voyant le visage baigné de larmes de Mme Larousay. Il ne dit pas : « Jean malheureux! » son émotion était trop forte pour qu'il pensât à lui-même : c'était de la douleur, c'était de la colère... Grand-père la faisait pleurer..., il était donc méchant? Jean s'élança vers le vieillard, le visage empourpré, les yeux brillants, et, le menaçant du geste:

« Maman pleure! s'écria-t-il; méchant grand-père, Jean ne t'aime plus!... Oh!... »

Il ne put en dire davantage : il roulait dans sa tête tant de pensées confuses qu'il ne savait plus où il en était, et il aurait été bien en peine de trouver des mots pour les exprimer. Il tourna brusquement les talons et s'enfuit.

M. Maxime Larousay était resté comme pétrifié. Il avait souvent entendu parler du rôle de justicier que s'attribuait l'*innocent* dans les querelles des enfants, ne craignant jamais de s'attaquer aux forts qui maltraitaient les faibles; mais l'idée ne lui était jamais venue que l'enfant pourrait le juger, lui, son aïeul, s'apercevoir de ses torts et les lui reprocher. Et pourtant c'était arrivé! le cri de l'*innocent* : « Jean ne t'aime plus! » vibrait encore à son oreille. Qu'avait-il donc fait pour mériter cette parole, la plus dure que l'enfant sût dire? Il chercha à se rappeler ses phrases de tout à l'heure et ne les retrouva que par à peu près : les gens qui ont l'habitude de blesser ceux qui les entourent oublient vite ce qu'ils ont dit. Mais il regarda Juliette qui s'agenouillait devant lui, tenant sa flanelle et sa bouteille de liniment, et il lui trouva les yeux bien rouges et les joues bien pâles. « C'est vrai que je l'ai fait pleurer! » pensa-t-il; et il détourna la tête pour ne pas rencontrer son regard.

Elle le déchaussa et se mit à frictionner son pied endolori; elle allait doucement, d'une main légère, évitant la moindre secousse qui eût pu lui faire du mal; et le vieillard sentait le repentir se glisser dans son cœur. Pauvre femme! comme elle était douce et sans rancune! au moment même où il venait de lui dire des paroles dures et si injustes, au lieu de s'en aller, comme toute autre aurait fait, elle ne retenait qu'une

chose dans ce qu'il avait dit : c'est que son pied le faisait souffrir et qu'elle pouvait calmer son mal. Il se jugea lui-même tout aussi sévèrement que Jean l'avait jugé; et, s'il n'eût pas obéi à ce mauvais orgueil qui se prend lui-même pour de la dignité et qui nous empêche de convenir de nos torts avec nos inférieurs, il lui aurait demandé pardon. Il ne le fit pas; mais il lui dit doucement, en arrêtant sa main : « Merci, ma fille, cela va mieux ». Et elle comprit très bien que cela signifiait : « J'avoue que je ne suis qu'un vieux brutal, et je suis bien fâché de ce que j'ai fait ».

Elle allait sortir de la chambre lorsqu'il la rappela : il croyait pouvoir, à présent, marcher jusqu'au jardin. Mme Larousay appela Mariette pour l'aider, et, à deux, elles installèrent le vieillard dans son fauteuil devant la porte. Cela demanda un peu de temps; Mme Larousay ne put donc pas tout de suite s'occuper de ce qu'était devenu Jean. Quand elle le chercha, il n'était plus dans la maison. « Il doit être à la plage », pensa-t-elle; et elle alla le demander aux autres enfants.

Jean n'était point avec eux; mais Suzanne l'avait très bien vu, une demi-heure auparavant, marcher du côté des rochers; il s'était même arrêté un instant à regarder quelque chose sur le sable, et puis il avait continué sa route. Elle offrit d'aller le chercher; mais la mère pensa qu'il valait mieux le laisser se calmer un peu tout seul, et s'en retourna rassurée à la maison. Quand il fut l'heure de rentrer et que Suzanne voulut rassembler les enfants pour les ramener au logis, ce fut en vain qu'elle appela Jean, en vain qu'elle envoya Roger le chercher dans sa retraite favorite. Roger, ne l'y trouvant pas, alla loin, plus loin que l'*innocent* n'était jamais allé : il ne parut pas, il ne répondit pas à sa voix. « Il doit être rentré tout seul par le chemin des dunes », dit-il à ses sœurs; et ils revinrent à la maison.

« Et Jean? dit Mme Larousay du plus loin qu'elle les vit.

— Est-ce qu'il n'est pas rentré? » demanda Suzanne effrayée.

Mme Larousay ne répondit pas. La pensée va vite : elle vit en un clin d'œil son pauvre *innocent*, effrayé et désolé, s'enfuyant sans savoir où, s'égarant, ne sachant pas demander sa route, perdu seul dans la campagne, ou bien loin sur la plage où la mer montait, mourant de froid et de faim dans la nuit qui s'approchait; et, serrant ses mains l'une contre l'autre avec angoisse, elle s'écria : « Oh! mon Dieu! mon pauvre enfant est perdu! » pendant que le grand-père, plus frappé qu'elle encore, puisqu'il s'accusait du malheur, s'affaissait évanoui dans son fauteuil.

XIX

L'ODYSSÉE DE JEAN

LE petit Jean, en quittant la chambre de son grand-père, ne s'était arrêté ni dans la maison ni dans le jardin. Il avait couru tant qu'il avait pu par le chemin tracé à travers les dunes, qui aboutissait à la plage, à peu de distance des rochers. Il n'avait pas passé près du groupe des baigneurs et des enfants qui jouaient; il éprouvait instinctivement le besoin d'être seul. Le pauvre petit ne suivait jamais beaucoup d'idées à la fois; il aimait sa mère et son grand-père, et ne s'était pas encore aperçu de la tyrannie que le vieillard faisait peser sur Mme Larousay. Qu'il grommelât souvent des plaintes injustes que les autres enfants entendaient fort bien, et que Juliette excusait en leur disant : « Votre grand-père est âgé et malade, cela le rend susceptible, mais cela ne l'empêche pas d'être bon », ses paroles grondeuses n'arrivaient pas jusqu'à Jean, toujours perdu dans le vague de ses rêves. Mais aujourd'hui, il s'était trouvé là, il avait vu; le vieillard élevait la voix, il avait bien fallu qu'il entendît, et sa pauvre tête était dans une confusion où il ne se retrouvait plus. Sa mère avait du chagrin et son grand-père était méchant : ces deux idées-là se formulaient nettement dans son cerveau. Elles suffisaient bien à le désoler; mais il en avait une troisième qui se débrouillait peu à peu. Il avait dit à son grand-père : « Méchant, Jean ne t'aime plus ! » et il avait bien fait: on n'aime pas les méchants. Mais il se demandait à présent : « Est-ce bien vrai que je ne l'aime plus? » Si, il l'aimait encore, il le sentait bien; et sa pauvre cervelle était ballottée entre plusieurs idées contradictoires. « Je l'aime et il est méchant. — Maman a pleuré et j'aime maman. — Je ne veux pas aimer grand-père ! — Je ne peux pas ne pas l'aimer ! »

Ainsi pensant et pleurant, car cette tendresse, qu'il ne pouvait chasser de son cœur, pour ce grand-père qu'il trouvait si méchant, lui causait une douleur amère, Jean était arrivé au bord de la flaque d'eau. Il s'y arrêta par habitude, mais il regarda sans les voir les belles étoiles de mer couleur de pourpre qui s'y collaient au rocher, et il reprit bientôt sa marche. La mer était basse et la plage s'étendait au loin, coupée par des groupes irréguliers de roches sombres, les unes basses, s'allongeant en bandes étroites; les autres entassées, se dressant comme des géants aux formes fantastiques. Jean marchait, marchait toujours; le vent de la mer rejetait en arrière ses boucles blondes et rafraîchissait son front brûlant; il continuait parce qu'il sentait que cela lui faisait du bien. Ses pensées s'embrouillaient : il s'était tant fatigué à les creuser ! Il ne se rappelait plus bien ce qui s'était passé; il y avait sa mère..., son grand-père..., mais quoi? et pourquoi avait-il le cœur si lourd?

Il arriva ainsi à un endroit si gai, si gracieux, si ensoleillé, qu'il subit l'impression de ce calme et de cette beauté; apaisé sans savoir pourquoi, il s'arrêta et regarda autour de lui. Il n'était jamais venu jusque-là; il ne connaissait pas cette crique creusée tout à coup dans la falaise de granit, enfermant dans un demi-cercle une petite plage de sable d'or où les vagues bleues venaient mourir doucement, laissant l'une après l'autre sur la grève une légère frange d'écume blanche. Jean y était entré par le côté le plus accessible; mais l'autre extrémité de la courbe s'avançait assez loin vers la mer, et de hauts rochers la terminaient; et comme la côte tournait et se dérobait ensuite, l'enfant ne vit plus rien au delà de cette plage riante, fermée d'un côté par les falaises et de l'autre par la mer, avec le ciel bleu au-dessus.

« Beau ! » s'écria-t-il en étendant ses mains vers cet azur mouvant où dansaient les rayons du soleil, comme des plaques d'or poli. Et le joli sable fin, les hautes falaises couronnées d'un bois de chênes verts, toutes sillonnées de filets d'eau claire sortant des brisures des rochers et coulant, avec un petit bruit limpide, jusque sur la grève, où ils formaient de petits lacs au pied de la falaise avant de déborder et de couler en ruisseaux jusqu'à l'Océan, ravirent les yeux de l'*innocent* et lui firent oublier son chagrin : il resta en extase, souriant et répétant : « Beau ! beau ! »

C'était beau en effet. La ceinture de rochers qui enserre la petite baie n'est point taillée à pic, comme les falaises normandes : elle présente des aspérités, des creux, des inégalités où le vent a déposé du sable arrosé par les sources, fertilisé par le sel qui sature l'air, ensemencé par les oiseaux ou par le vent lui-même; et partout où la roche nue ne perce pas le sol, partout où une poignée de sable a pu s'arrêter, une touffe d'herbe est venue verdir la falaise, une plante est venue y fleurir. Les petites pensées sauvages, la criste marine aux touffes verdoyantes, les chardons bleus au feuillage glauque, les pavots des dunes à la fleur jaune d'or, les scabieuses d'un lilas pâle, les frêles liserons rampants, les petits œillets roses au parfum de girofle, le cresson vert et luisant, et mille délicates graminées, habillent la falaise d'un vêtement de verdure et de fleurs. Parfois, à mi-hauteur, un rocher saillant, creusé à la longue par quelque source qui y tombait d'en haut goutte à goutte, a fini par former une coupe : la source l'emplit et déborde ensuite en cascade sur le pied de la falaise; ou bien la coupe, moins haute, offre une eau pure au passant altéré et arrose le cresson qui pousse

LES LAMES DÉFERLAIENT SUR LE SABLE

en grande quantité dans toutes les fentes de la pierre.

Jean avait tout oublié : il ne songeait même pas à s'effrayer en se trouvant tout seul entre le ciel et l'eau dans cette enceinte fermée; car des groupes de rochers lui cachaient le passage par où il était venu. Mais il ne pensait pas à le chercher; il allait tout le long de la falaise, s'arrêtant pour cueillir un œillet et en respirer le parfum, pour regarder les petits papillons bleus qui butinaient sur les scabieuses, ou pour suivre de l'œil le vol des mouettes, qui passaient rapides en jetant des cris aigus. Il vit à ses pieds de belles touffes de cresson, devant lui un creux de rocher rempli d'eau pure; cela le fit s'apercevoir qu'il avait soif et faim. Il but dans sa main et mangea du cresson; il connaissait cette plante-là, il en avait cueilli avec son frère et ses sœurs, dans les rochers, de l'autre côté du port. Puis se trouvant las il s'assit dans une sorte de grotte bien sèche et abritée du vent, trouva pour sa tête un oreiller de sable, et bercé par le murmure lointain des vagues, il se reposa si bien qu'il s'endormit.

Le froid le réveilla, le froid de la nuit qui était venue. Plus de papillons bleus ni de mouettes agiles! plus de ciel bleu brillant et clair, plus de doux soleil réchauffant! tout était sombre, et la marée montante avait fermé toute retraite à l'enfant imprudent. Pauvre petit! son ignorance, qui le préservait de la frayeur et de l'inquiétude, le laissait sans défense en face du danger. Il se leva tout endolori et grelottant; il appela : « Maman! Suzanne! grand-père! » A peine s'il entendit le son de sa voix, couverte par le mugissement des vagues. Il fit quelques pas en avant, regarda au loin, et ses yeux, s'accoutumant à l'obscurité, distinguèrent le mouvement et la blancheur des lames qui déferlaient sur le sable, tout près de lui... Il crut qu'elles le poursuivaient; il voulut fuir, mais ses jambes tremblaient; il trébucha contre un galet et tomba, le front contre un rocher à fleur de sable. Il se releva péniblement, porta la main à sa tête, la retira toute mouillée; sa tête lui faisait mal... Ce qui mouillait sa main, il vit, à la faible lueur des étoiles, que ce n'était pas de l'eau... Du sang! il se souvint du petit oiseau que le chat avait tué et qui saignait comme lui; il se rappela que le petit oiseau était mort. « Jean aussi va mourir! » Il lui revint aussi en mémoire qu'il avait du chagrin : il ne savait plus ce que c'était, mais il en souffrait. La blessure de son front ne saignait plus, mais elle était encore cuisante, et il se sentit tout étourdi, affaibli qu'il était par la perte de son sang. Il finit par tomber dans un demi-sommeil peuplé de rêves douloureux, où il se plaignait parfois assez fort pour se réveiller lui-même. Mais il ne bougeait pas; il était accablé et ne se rendait plus compte de l'endroit où il se trouvait.

Cependant Mme Larousay l'avait cherché longtemps, ce pauvre enfant perdu. En voyant son beau-père tomber en faiblesse, elle n'avait pu se défendre d'un sentiment d'irritation contre lui. Il prenait bien son temps! n'était-il pas plus pressé de courir à la recherche de Jean que de lui donner des soins? Elle avait failli dire à Roger: « Retourne! va plus loin, cherche-le partout! » mais elle avait craint de faire arriver un second malheur. Roger n'avait que treize ans; il pouvait glisser dans les rochers, faire une chute, ne plus pouvoir revenir, être pris par la marée... et elle s'était hâtée de faire respirer des sels au vieillard, de le ramener à sa chambre, de le mettre au lit, pendant que Suzanne, sur son ordre, allait chercher une famille de pêcheurs, voisins et amis de Théotiste, qui lui avaient déjà rendu quelques services et qui la fournissaient de poisson.

« Ah! c'est le petit *innocent!* dit le pêcheur Péaud en apprenant de quoi il s'agissait. Pauvre petit! Tranquillisez-vous, ma bonne dame, on va vous le chercher... Le temps d'appeler mes garçons et me voilà parti : nous battrons tous les rochers jusqu'à ce que nous l'ayons retrouvé... Vous êtes sûre qu'il était sur la plage.

— Oui, dit Suzanne; la dernière fois que je l'ai vu, il était dans les rochers, les premiers, où il y a un grand creux que la marée remplit tous les jours. Il y va souvent tout seul et il s'amuse à regarder les petits poissons. Mais, aujourd'hui il a continué à marcher le long de la côte, tout doucement, en s'arrêtant de temps en temps.

— Alors, c'est bien sur la plage qu'il faut le chercher... Pourtant, il aurait pu remonter dans les dunes avant d'arriver aux falaises; une fois là, il faut grimper par des chemins qu'il n'inventerait pas tout seul... Je vais envoyer deux de mes garçons par en haut... Les enfants, ça s'endort tout d'un coup, quand c'est fatigué; il se sera endormi quelque part sur le sable... Nous allons le retrouver, n'ayez pas peur.

— Je vais avec vous », dit Juliette en prenant un manteau pour Jean, vêtu seulement d'une robe légère et d'un grand tablier rouge.

Péaud hocha la tête avec l'air d'un homme qui trouve que c'est tout naturel. Il prit avec lui un de ses fils et envoya les deux autres battre les dunes. Suzanne avait voulu suivre sa mère; Cécile pleurait comme une Madeleine et s'était installée au chevet du grand-père pour lui parler de Jean : elle ne savait pas que ce sujet de conversation ravivait sans cesse son chagrin ou ses remords. Roger resta sur la porte de la maison; si, par bonheur Jean revenait tout seul, il courrait prévenir sa mère sur la plage.

Hélas! on eut beau chercher partout, fouiller tous les groupes de rochers; Juliette et Suzanne eurent beau appeler le cher petit égaré; Péaud et ses fils eurent beau se faire un porte-voix de leurs mains et crier de toutes leurs forces : « Jean! Jean! monsieur Jean! » personne ne leur répondit. Il y avait bien sur le sable les traces de deux petits pieds; Suzanne ramassa bien, près d'un creux de rochers rempli d'eau et peuplé de crabes et de coquillages, un petit couteau qu'elle reconnut pour l'avoir donné à Jean ; mais tout près de là les traces de pas se perdaient : la marée montante les avait effacées. On marcha encore quelque temps ; Juliette sentait son espérance diminuer à chaque pas. Ils étaient si loin ! l'enfant avait-il pu faire tant de chemin ? La nuit venait ; Juliette et Suzanne trébuchaient à chaque instant contre des rochers qu'elles n'avaient pas vus, ou mettaient le pied dans une flaque d'eau ; elles ne se parlaient pas, craignant de se décourager mutuellement ; elles ne pleuraient pas, car il fallait garder leurs yeux secs pour tâcher de percer l'obscurité de la nuit... Rien ! rien ! On arriva à une pointe de hauts rochers contre lesquels les vagues se brisaient. Il y avait déjà longtemps que la marée l'avait atteinte. Péaud s'arrêta ; Juliette le regarda et comprit.

« Mon petit Jean ! » murmura-t-elle en tombant à genoux. Et elle éclata en sanglots.

« Il a peut-être passé, à marée basse, au bout de la pointe, madame, dit le pêcheur ; mais nous ne pouvons plus passer, nous. Il faut même que nous retournions tout de suite en arrière, car la mer monte encore et elle pourrait bien nous barrer le chemin ; vous n'êtes pas capable, ni la demoiselle non plus, de grimper le long de la falaise pour regagner le chemin d'en haut. Nous autres, nous le ferions bien en plein jour ; mais, la nuit, on risque de se casser le cou. Nous reviendrons au petit jour ; il y a, plus loin, des endroits où la plage est moins plate et où la dune recule davantage ; la marée ne montera pas jusqu'aux falaises et le petit aura trouvé des coins bien secs pour dormir à l'abri du vent. »

Juliette se laissa emmener ; sa fille était là, elle ne voulait pas l'exposer à un danger. Elle revint donc lentement, le cœur brisé, s'arrêtant sans cesse, prêtant l'oreille, s'imaginant entendre, par-dessus le bruit des vagues, l'appel de son petit Jean. Elle trouva Roger guettant toujours à la porte ; l'enfant n'était pas revenu.

« Grand-père demande à chaque instant s'il y a du nouveau, dit Roger à sa mère.

— Va, chez lui, Suzanne, va lui dire... Moi, je n'ai pas le courage... », répondit Mme Larousay.

Non, elle n'avait pas le courage de le revoir, la pauvre mère ; elle ne voulait pas pleurer devant celui qui était la cause de son malheur ; et puis elle mettait une certaine générosité à lui épargner sa présence, qui devait être pour lui un remords.

Il comprit, lui, qu'elle ne lui pardonnait pas, et il baissa la tête, sentant que c'était juste. Mais il comprit aussi, aux discours des enfants, que Juliette leur avait caché la cause de la fuite de Jean, et il fut confondu de sa générosité. Pendant toute la longue nuit, il repassa dans sa mémoire les années qu'il avait vécu chez son fils ; il se rappela les soins respectueux de sa bru, sa douceur inaltérable, sa timidité qu'il se plaisait à effaroucher par des paroles brusques, sa patience envers lui, sa bonté pour tous ; et il se trouva bien coupable et bien ingrat. Si elle se fût trouvée là pour l'entendre, il le lui aurait dit, et elle aurait été assez généreuse pour lui trouver des excuses. Mais il ne s'en trouvait pas, lui ! ni son âge, ni ses souffrances ne justifiaient son mauvais caractère ; il n'eût pas souffert davantage en étant meilleur.

Et maintenant, si l'enfant était perdu, comment pourrait-il la revoir ? et quand même elle lui pardonnerait, comment pourrait-il se pardonner ?...

L'aube répandait ses teintes roses sur le ciel, lorsqu'un brick sous voiles, qui venait du sud, passa le long de la côte, s'approchant du port des Sables-d'Olonne.

« Un joli temps pour rentrer au pays, capitaine ! dit à son chef un matelot qui regardait les rochers, les moulins et les maisons s'éclairant à mesure que le jour montait.

— Oui, voilà un an que nous sommes partis, cela semble long ! Voyons s'il y a des changements... »

Tout en parlant, le capitaine avait braqué sa longue-vue sur la côte. Au bout d'un instant, il appela le matelot :

« Pabu, regarde donc un peu là, au fond de la baie du *Caillou-là...*, quelque chose de rouge..., je ne peux pas deviner ce que c'est. »

Pabu prit la longue-vue et regarda.

« Capitaine, c'est quelqu'un : je vois des jambes... et puis des cheveux blonds... C'est un enfant !

— Un enfant ! Qu'est-ce qu'il fait là à pareille heure, ce garnement ? Talvaud, vois à ranger la côte d'un peu plus près... »

Le timonier obéit, et le brick courut une bordée qui le rapprocha de la terre.

« Je le vois très bien à présent, dit le capitaine ; c'est un enfant habillé de rouge, quelque enfant de baigneur, sans doute... il se sera laissé tomber de là-haut... Il n'est peut-être pas mort ; il faut aller lui porter secours.. Le brick ne peut pas avancer davantage : un canot à la mer, et allez voir ce que c'est que cet enfant-là ! »

Le canot fut mis à flot, Pabu y sauta et deux autres hommes le suivirent. Ils prirent les avirons et s'approchèrent rapidement de la grève ; le capitaine, qui les suivait des yeux, les vit échouer leur canot sur le sable, débarquer les jambes dans l'eau, et courir au fond de la baie. Pabu s'agenouilla auprès de l'enfant, le tâta, l'examina, parut consulter ses compagnons ; puis il enleva l'enfant qu'il porta avec précaution jusqu'au canot, où il le coucha. En un clin d'œil, le canot, remis à flot, vola de nouveau sur les vagues.

« Eh bien ? demanda le capitaine à Pabu, qui, remonté sur le brick, tendait les bras pour recevoir l'enfant qu'un autre marin lui présentait.

« Eh bien, capitaine, le voilà ! Je lui ai bien demandé ses noms et qualités, comme on dit, mais il ne m'a pas répondu. Il n'a rien de cassé, seulement une écorchure au front ; mais il doit avoir la fièvre, car il tremble comme la feuille et il brûle en même temps. J'ai pensé que, comme il faudrait toujours le ramener aux Sables, car il n'y a pas de maisons aux environs du *Caillou-là,* ce serait plus facile par eau que par terre.

— Bien pensé ! Vire de bord, Talvaud ; allons chercher le chenal pour être prêts à rentrer dès que nous aurons assez d'eau. Pabu, porte le mousse dans ma cabine, couche-le sur mon lit et couvre-le bien ; on lui fera avaler un bon grog pour le réchauffer ; il est à moitié gelé, ce pauvre petit gars. Il a dû tomber hier au soir, et sa famille le cherche depuis ce temps-là. Oh ! les enfants ! »

XX

L'*INNOCENT* CONTINUE SON ŒUVRE

MME Larousay, qui ne s'était pas couchée, guettait avec impatience les premières lueurs du jour, et elle courut réveiller ses voisins dès qu'on commença à voir les objets au dehors. Mais les braves gens étaient déjà partis. Péaud, le pêcheur, ne croyait pas retrouver Jean vivant, et il ne se souciait pas d'avoir la mère avec lui. « Voyez-vous, disait-il à ses fils en marchant à grands pas pour arriver à l'endroit où ils avaient perdu les traces de Jean, le pauvre petit aura été jouer dans les rochers, et il ne se sera pas aperçu que la mer montait, et, une lame l'aura cueilli en s'en retournant et emporté au large, à moins qu'elle ne l'ait noyé sur place ; nous allons peut-être retrouver son corps. Il avait bien moins de chance de se sauver qu'un autre, le pauvre petit ! Un *innocent,* ça n'a pas l'idée du danger ! »

Juliette descendit donc sur la plage et marcha assez longtemps pour tâcher de les rejoindre ; mais ils étaient trop loin déjà ; elle ne les aperçut même pas. Elle se traînait lentement à leur suite, car ses jambes tremblantes avaient peine à la porter, épuisée, perdant d'instant en instant le peu qui lui restait d'espérance, quand elle entendit du côté de la ville : « Maman ! maman ! il est retrouvé ! » et, se retournant, elle vit Roger qui accourait vers elle.

« Tu l'as vu ? lui cria-t-elle en allant au-devant de lui.

— Oui, maman, il est à la maison, Suzanne le couche, elle dit qu'il a la fièvre. Ce sont les marins d'un brick qui rentrait ce matin dans le port qui l'ont vu de loin, à cause de son tablier. Il dormait dans une grotte de rochers. Ils sont descendus à terre, l'ont emporté, et, en arrivant au port, ils ont cherché à qui il était. On savait déjà que Jean s'était perdu, la femme de Péaud l'avait dit ; de sorte que le capitaine a trouvé tout de suite notre maison. Grand-père m'a envoyé bien vite courir après toi... Ne pleure pas, chère maman, puisqu'il est retrouvé ! »

Juliette embrassa son fils et revint au logis en s'appuyant sur lui ; elle sentait maintenant la fatigue et ne pouvait plus se soutenir. Mais elle n'en avait pas fini avec la fatigue et l'inquiétude. Si la joie fut son premier sentiment lorsqu'elle se pencha sur le lit où Suzanne avait couché son petit frère, la crainte la ressaisit bien vite. Jean était rouge et brûlant ; Jean restait somnolent, ouvrait à peine les yeux, ne reconnaissait personne. Mme Larousay envoya chercher un médecin.

Le médecin ne fut pas rassurant : il parla de fluxion de poitrine, de congestion pulmonaire, et demanda où était le père du petit malade. Mme Larousay comprit, et, la mort dans l'âme, elle envoya une dépêche à son mari.

Pendant neuf longs jours le petit Jean lutta contre la mort ; enfin, au matin de la neuvième nuit, son délire se calma, il s'endormit paisiblement et sourit à Suzanne à son réveil.

« Maman ! s'écria Suzanne transportée de joie, il m'a reconnue ! Oh ! le chéri ! viens le voir ! je suis sûre qu'il va beaucoup mieux ! »

Mme Larousay accourut. Il n'y avait pas à s'y tromper : ce regard, ce sourire, c'était la vie, c'était le retour à la santé. Et Jean dit d'une voix faible : « Maman ! » en essayant de se soulever pour lui tendre les bras. Il n'en eut pas la force, mais il avança les lèvres pour lui donner un baiser... Oh ! ces chères lèvres si sèches, si brûlantes hier encore, comme elles étaient fraîches ce matin ! Sa pauvre petite figure était bien pâle, mais cette pâleur valait mieux que les couleurs de la fièvre ; tout parlait d'espoir, maintenant !

Jean regarda autour de lui : il vit son père, son frère, Suzanne, Cécile, qui entouraient son lit avec des visages heureux ; il entendit la voix claire de Louise qui disait : « Prends-moi, papa, que je voie Jean ! je veux voir Jean guéri ! » M. Larousay l'enleva dans ses bras pour mettre sa figure au niveau de celle de Jean, et elle battit des mains en disant : « Bravo, Jean est guéri ! Tu n'es plus malade, n'est-ce pas, mon petit ? Tu vas venir jouer ? » Jean ne comprenait pas bien : il avait donc été malade ? Il porta la main à sa tête, déjà fatiguée par l'effort qu'il faisait pour se souvenir... A ce moment, M. Maxime Larousay, à qui Mariette avait couru annoncer la bonne nouvelle, arriva, s'appuyant au mur d'une main et de l'autre sur sa canne : il n'y tenait plus, il voulait voir l'enfant, savoir s'il avait oublié...

Non, Jean n'avait pas oublié, ou la mémoire lui revenait à la vue de son grand-père, car une ombre de tristesse passa sur son visage et il détourna les yeux.

Le vieillard se sentit condamné par cet *innocent,* qui ignorait qu'il y a des degrés dans le mal et ne pouvait comprendre l'indulgence, et il resta à la porte, n'osant avancer, et craignant toujours d'entendre l'enfant

lui crier : « Méchant ! Jean ne t'aime pas ! »
Mais Juliette devina sa pensée. Elle alla à
lui, le força de s'appuyer sur elle et l'amena
près du lit de Jean.

« Embrasse ce pauvre grand-père qui a eu
tant de chagrin de savoir son petit Jean
malade ! » lui dit-elle. Et elle ajouta tout
bas, en se penchant près de sa figure pour
relever son oreille : « Grand-père est bon, il
ne sera plus jamais fâché comme l'autre jour ;
il faut que tout le monde l'aime ! Embrasse-le
pour le consoler ! »

L'innocent leva les yeux sur le visage
ravagé de son grand-père, qui lui parut si
vieux, si triste, que son bon petit cœur ne put

ne l'oublierai pas... pas plus que toute votre
patience, toute votre douceur depuis tant
d'années, pas plus que mes torts envers
vous... Voilà dix jours que je cherche des
paroles pour vous demander pardon.

— Oh ! père !... » interrompit Juliette.

Il lui fit signe de le laisser parler et reprit :
« Oui, vous demander pardon ; j'ai attendu,
car je ne l'aurais pas osé si nous avions eu le
malheur de perdre l'enfant... Grâce à Dieu,
ce remords m'est épargné... Ces dix jours ont
été pour nous tous une rude épreuve ; mais le
bien sortira du mal, je vous le promets, mon
enfant. On dit que, dans la vieillesse, il est
trop tard pour se corriger : c'est une excuse

ILS MARCHAIENT A GRANDS PAS

résister au désir de le consoler, comme avait
dit sa mère. Et puis le temps écoulé et la
maladie avait bien affaibli sa rancune. Il sourit doucement à son grand-père et lui dit
comme autrefois :

« Jean t'aime !

— Ta mère est une sainte ! » murmura tout
bas le vieillard en se penchant pour baiser sa
chère petite figure amaigrie. Jean le regarda
d'un air étonné : il ne savait pas ce que c'était
qu'une sainte, c'était une idée trop com-
pliquée pour lui ; mais il comprit, à l'air et à
l'accent du vieillard, qu'il ne disait que du
bien de sa mère, et il lui rendit son baiser en
répétant : « Jean t'aime ! »

Quand Juliette eut reconduit son beau-
père dans sa chambre et l'eut bien installé
dans son fauteuil, elle voulut le quitter pour
retourner auprès de Jean. Mais il l'arrêta.

« Restez un instant, ma fille, je vous en
prie, lui dit-il ; le petit ne manque pas de
gardes-malades. Je voudrais vous parler... »

Etonnée, Juliette prit une chaise et s'assit.
Il hésita un peu : il savait bien ce qu'il avait
à dire, mais il cherchait comment le dire.

« Je vous ai entendue tout à l'heure parler
à Jean, reprit-il. Vous avez compris que
j'étais honteux, à mon âge, de me sentir jugé
par un enfant... et qui ne jouit pas de toute
sa raison, encore... Ce que vous avez fait, je

inventée par les vieilles paresses. Pendant ces
dix jours j'ai beaucoup réfléchi ; j'ai compris, non pas vos vertus, je les connaissais,
mais l'indignité de ma conduite. J'ai été
lâche... non, ne protestez pas, j'ai été lâche en
abusant de votre délicatesse..., je vous ai
beaucoup fait souffrir et votre mari n'en a
jamais rien su, et vos enfants le moins possible... Si vous m'aviez résisté en face, cette
petite guerre à coups d'épingle que je vous
faisais n'aurait pas duré longtemps... et je
ne me suis jamais aperçu de ma lâcheté : il a
fallu que cet innocent me le montrât... Grâce
à lui, désormais vous aurez la paix, ma
pauvre Juliette... Plus tard vous me pardon-
nerez si vous pouvez...

— Oh ! père, que dites-vous là ? Est-ce que
vous me croyez si rancunière ? Si nous
n'avions pas un peu d'indulgence les uns
pour les autres, comment irait le monde ?
On sait bien que chacun a ses défauts, et que,
quand on souffre, on ne peut pas être toujours
de bonne humeur...

— Surtout quand on a un mauvais caractère... J'ai été gâté, voyez-vous mon enfant ;
ma pauvre femme ne m'a jamais contredit,
et elle a eu tort ; il n'est pas possible qu'un
homme ait toujours raison... Mais vous allez
voir ; je vais devenir doux comme un agneau,
et ce sera l'œuvre de notre cher petit Jean... »

On frappa à la porte.

« Madame, le médecin est là », dit Mariette.

Juliette se leva vivement.

« Je viendrai vous répéter ce qu'il aura dit ; j'espère que ce sera bon. »

Elle revint quelques minutes après. Jean était sauvé, il n'avait plus de fièvre, il entrait en convalescence ; on pouvait commencer à le nourrir, et dans quelques jours il se lèverait. Seulement, il faudrait de longues et minutieuses précautions : des vêtements de flanelle, un régime fortifiant, point de fatigue ; on aurait grand soin de le préserver des coups de vent, des courants d'air, des refroidissements subits, et de l'empêcher de se mouiller les pieds ; il faudrait aussi, quand viendrait l'hiver, éviter de le laisser dehors après le soleil couché. Le grand-père ne fit pas d'observations, mais il lui sembla que le médecin, s'il le déclarait guéri pour le présent, n'était pas absolument tranquille pour l'avenir.

Jean cependant se relevait à vue d'œil ; il reprenait ses forces et ses couleurs, et, s'il restait maigre, il n'y avait pas lieu de s'en inquiéter : on ne peut pas se développer à la fois dans tous les sens, et il avait tant grandi pendant sa maladie, que tous ses vêtements se trouvaient trop courts.

On revint à Nantes aussitôt que Jean put voyager ; le bord de la mer, avec ses variations brusques de température, ne lui valait plus rien, et sa convalescence marcherait plus vite sous le doux climat de sa ville natale. D'ailleurs, les vacances touchaient à leur fin ; les enfants avaient besoin de se remettre un peu au travail avant la rentrée des classes.

XXI

JUSQU'A LA SÉPARATION

CE fut la veille de la rentrée qu'on fêta le rétablissement de Jean. Antoine venait d'arriver, il apportait, de la part de son père, un grand panier de fruits, de volailles, d'œufs frais et autres produits des terres de M. Pénestin, à partager entre Mme Décherel et Mme Larousay, avec ses remerciements pour le bon accueil fait à son fils : quatre fois par an, on pouvait compter sur ces témoignages de sa reconnaissance.

Antoine trouva son petit ami très changé ; il ignorait qu'il eût été malade, et il se récria plus d'une fois en écoutant le récit de son aventure. Récit peu fidèle, du reste ; ni Juliette, ni M. Maxime Larousay n'avaient parlé de ce qui avait causé la fuite de Jean, et l'enfant n'était pas capable de le dire ; les choses s'embrouillaient un peu dans sa tête et il n'en suivait pas l'enchaînement. Il avait facilement adopté la version de sa mère : qu'il était allé trop loin en se promenant seul le long de la grève, qu'il s'était perdu, et que, arrivé à la baie du *Caillou-là,* il n'avait plus su comment revenir. Il avait mangé du cresson et bu de l'eau des sources, et puis, comme il était las, il s'était couché dans une grotte, sur le sable, et s'y était endormi ; il avait passé la nuit là, et des marins, le lendemain matin, l'avaient vu de leur bateau et étaient venus le chercher. Sa maladie, il l'avait prise à dormir dehors au froid. Tout cela était vrai, quoique le commencement y manquât. Jean conservait bien une idée vague que son grand-père avait été méchant ; mais était-ce même bien sûr ? Il était si bon à présent ! Il avait une manière si tendre de dire à Mme Larousay : « Ma chère fille ! » Certes il l'aimait beaucoup, cela se voyait bien.

Personne, dans la maison, ne connut donc la cause de la conversion de M. Maxime Larousay ; mais les effets s'en firent sentir à tous. Le vieillard avait beaucoup réfléchi pendant ces douloureuses journées où Jean, par sa faute, était à toute heure en danger de mort. Ce n'était pas un méchant homme, il avait seulement un mauvais caractère : cela revenait au même pour les gens qui dépendaient de lui, mais ce n'était pas un vice incorrigible. Gâté dans son enfance par sa mère, gâté plus tard par sa femme qui lui complaisait en toute chose et aurait voulu mettre toute la terre à ses pieds, il avait pris, presque sans s'en apercevoir, l'habitude de l'égoïsme. L'espèce humaine peut se diviser en deux catégories : les gens qui pensent aux autres avant de penser à eux-mêmes, et ceux, plus nombreux, qui pensent à eux-mêmes avant de penser à autrui. M. Maxime Larousay s'était rangé peu à peu parmi ceux-ci ; et comme il se sentait honnête, loyal, qu'il avait travaillé tant que l'âge et la santé le lui avaient permis, qu'il n'avait jamais fait de tort à personne et qu'il n'aurait pas fait de mal à une mouche, il se croyait de bonne foi irréprochable, quoiqu'il fût parfaitement désagréable dans son intérieur. Et voilà que la parole enfantine de Jean était venue bouleverser toutes ses idées et détruire en un instant l'échafaudage de son orgueil. Méchant ! l'*innocent* l'appelait méchant ! De tout autre, ce mot l'eût indigné ; mais Jean ne savait ce qu'il disait... Si pourtant il avait raison ? murmurait sa conscience réveillée de son long sommeil. Et à force d'y penser, pendant les insomnies que lui causait l'inquiétude, il finit par s'avouer à lui-même que l'enfant n'avait été que juste.

A présent ces angoisses étaient passées et l'*innocent* avait oublié sa colère ; il était tendre et caressant pour son grand-père ; Juliette était toujours aussi douce, aussi empressée à le servir et à le soigner que par le passé ; il n'eût tenu qu'à M. Maxime Larousay de redevenir le vieillard grincheux et taquin d'autrefois. Mais non, il était converti pour de bon, et Juliette ne devait plus avoir à souffrir de son humeur. Il eut d'abord un peu de peine à ne pas s'en prendre à elle de tout ce qui le gênait, du mauvais temps et de ses rhumatismes, du vent qui sifflait entre les portes, de son feu qu'il laissait éteindre ou de sa lampe qui fumait; mais il veilla avec soin sur sa langue et retint les paroles piquantes qui, à chaque instant, étaient sur le point de lui échapper.

Juliette ne crut pas d'abord à son bonheur; les aveux du vieillard l'avaient touchée, elle avait cru à leur sincérité, et était convaincue désormais qu'il l'aimait et lui rendait justice; mais elle n'avait point compté sur la paix qu'il lui promettait.

Elle pensait que, une fois son émotion passée, le naturel reprendrait le dessus et que les taquineries recommenceraient; seulement elle se sentait plus de courage pour les supporter, à présent!

A sa grande surprise, elle n'eut rien à supporter : mise en confiance, elle devint plus gaie, moins timide avec lui, et s'arrêta parfois à causer dans sa chambre. Plus de maladresses, plus de tremblements fâcheux; le vieillard, qui la croyait bonne, mais peu intelligente, était ravi de lui découvrir de l'esprit, et il la trouvait maintenant d'une aussi aimable société que Suzanne... Suzanne! en rassemblant ses souvenirs, il se rappelait un temps où la présence de cette petite fille lui était insupportable... Comme elle était sèche et dominatrice dans ce temps-là! toujours prête à prendre les autres en faute, et, pour lui, polie tout juste quand son père ou sa mère n'étaient pas là. Quel changement maintenant! Etait-ce l'âge qui l'avait amené? Non; il remontait loin déjà; c'était le malheur de Jean qui en avait été la cause... Pauvre petit être que les indifférents traitaient d'idiot, plaignant la famille affligée d'un tel fils! n'était-il pas, au contraire, la bénédiction de cette famille? l'ange de paix, cher à tous, qui ne savait qu'aimer et répandre l'amour autour de lui!

L'année s'écoula, paisible, dans la concorde et le travail. Jean était resté délicat, comme le médecin des Sables-d'Olonne semblait l'avoir prévu; il s'enrhumait facilement, et il fallait l'entourer de précautions pour que la toux ne le reprît pas; mais, en somme, il n'était pas malade et son intelligence faisait des progrès. Progrès fort inégaux du reste; il pouvait retenir une histoire qui l'avait frappé et la répéter mot pour mot, chanter un couplet sans y changer une note ni une syllabe; il se rappelait les noms des plantes et des bêtes qu'on lui avait nommées en les lui montrant; il aimait les images, les statues, les tableaux, sans se rendre toujours bien compte de ce qu'ils représentaient, et il écoutait la musique en disant : « Beau, cela! » Mais sa tête restait rebelle à toute combinaison, et rien de ce qui s'apprend méthodiquement ne pouvait y entrer. Il commençait à faire des raisonnements d'enfant de quatre ans, et il en avait sept.

A côté de cela, pour les choses de sentiment, il se montrait d'une pénétration au-dessus de son âge. Au Jardin des Plantes, il n'allait plus se jeter au milieu d'un pugilat en criant à l'agresseur : « Méchant, Jean ne t'aime pas! » La timidité lui était venue, et il n'osait plus se mettre en avant et attirer l'attention sur lui. Mais, s'il voyait un enfant avoir l'air triste, il allait à lui et le tirait à part pour le consoler, comme autrefois. Seulement il avait un peu changé sa manière : il avait sans doute compris que son naïf : « Jean t'aime! » n'était pas suffisant pour consoler les affligés, et il demandait : « Qu'as-tu? pourquoi as-tu envie de pleurer? qui est-ce qui t'a fait du chagrin? »

A tout âge on aime à verser ses peines dans un cœur compatissant; Jean apprenait bientôt le motif de la brouille. Il écoutait gravement, et le plus souvent il disait : « Reste-là, je vais te chercher ton ami. » Et il y allait; il s'acquittait de son ambassade avec un succès à rendre jaloux un diplomate de profession. Ses procédés n'étaient pourtant guère diplomatiques. Que de fois les mères, assises sur leurs pliants à l'ombre des tilleuls, sourirent avec émotion en écoutant ce dialogue : « Viens avec moi, ton ami pleure là-bas..., viens le consoler. — Eh! laisse-moi, petit

Jean ! tu ne sais pas ce qu'il m'a fait. — Viens, il pleure ! — Je te dis que c'est lui qui a tort ! — Oui, et il n'ose pas venir parce que tu es fâché contre lui ; viens lui dire que tu l'aimes, et il te demandera pardon. Est-ce que tu n'as pas de chagrin de ne plus l'aimer ? Viens ! »

Moitié riant, moitié grognant, l'enfant se laissait emmener ; l'autre faisait la moitié du chemin, et la réconciliation ne tardait guère ; alors Jean battait des mains et riait. Il était rare qu'on lui résistât. Les uns disaient : « C'est l'*innocent* » ; les autres : « C'est l'*idiot* ; » mais ils l'écoutaient, pensant qu'il n'aurait pas compris leurs raisons, et c'étaient eux qui se laissaient convaincre par les siennes. Et comme les enfants suivent facilement l'impulsion donnée, l'autorité de Jean finit par être reconnue par eux, et il devint une sorte de juge de paix chargé de régler leurs querelles. Il concluait toujours à la paix : les parties s'embrassaient et chacun s'en allait content. Les enfants le considéraient avec un certain respect ; quelques-uns même, qui étaient un peu superstitieux, disaient avec un air de mystère : « C'est un *innocent ;* ces êtres-là savent des choses que les autres ne savent pas... »

La fin de l'année fut attristée par le départ définitif d'Antoine Pénestin. Il venait d'être reçu à l'Ecole normale et devait se rendre directement, au mois de novembre, de Pontivy à Paris. On le regretta beaucoup, tant chez son oncle que dans la famille Larousay, quoique M. Décherel dit, moitié sérieusement, moitié par plaisanterie : « Consolez-vous, mes amis, il nous reviendra professeur dans quelques années ». Ce n'était pas impossible, assurément ; mais les choses qui sont lointaines, et incertaines par-dessus le marché, ne consolent point d'un chagrin présent, et dans les deux familles on répétait bien souvent, par la suite : « Si Antoine était là ! »

Louise, qui était quelque peu gourmande, fit à propos d'Antoine, une remarque qui excita l'indignation de toute la famille. « A présent, dit-elle avec un gros soupir, le papa d'Antoine ne nous enverra plus de ses bonnes poires et de ses bons marrons. » Louise se trompait : à la veille de Noël, on vit arriver la bourriche accoutumée pleine de pommes de reinette déjà ridées, de poires fondantes, de marrons savoureux accompagnant une dinde, des perdreaux et un cuissot de chevreuil. M. Pénestin y avait joint sa carte de visite avec ses compliments et les témoignages habituels de sa reconnaissance. « Voilà un honnête homme, dit M. Larousay à ses enfants ; s'il avait arrêté ses dons au moment où nous ne pouvions plus rien faire pour son fils, cela aurait eu l'air de se considérer comme quitte envers nous ; au lieu qu'il veut nous faire comprendre que ses envois n'étaient pas un payement, et que sa reconnaissance dure encore. »

Antoine aussi envoya sa carte au jour de l'An, de l'Ecole normale d'abord, puis du lycée où on l'envoya comme professeur ; il y écrivait toujours quelques mots de tendre et respectueux souvenir. Dans ses lettres à son oncle, il parlait aussi de leurs amis et demandait de leurs nouvelles ; mais une correspondance, pour durer, a besoin d'être très suivie, et Antoine n'avait pas le temps d'écrire longuement, pas plus que M. Décherel. Peu à peu donc, par la force même des choses, les lettres devinrent plus rares et finirent par se réduire à la lettre de souhaits du jour de l'an. Antoine ne fut plus, pour les jeunes Larousay, que le meilleur de leurs souvenirs d'enfance.

XXII

RETOUR D'UN ABSENT

LAISSONS-NOUS glisser, sur le fleuve du temps, dans la barque de la vie ; les années s'écoulent, nos amis ont grandi ; ne les laissons pas trop vieillir, et abordons pour voir ce qu'ils font de leur jeunesse. Nous voici sur le palier de M. Larousay ; la porte d'en face s'entr'ouvre pour livrer passage à Pouf, qui s'en va faire dans l'escalier et sur les toits sa promenade quotidienne, et Perrine sort à son tour chargée d'un panier à provisions ; la servante, le chat et leur maîtresse sont encore de ce monde. En ce moment une robuste fille, en costume nantais, monte lestement les quatre étages : c'est Mariette, qui tire une clef de sa poche et ouvre sa porte. Elle a grandi, la petite Mariette ; mais elle n'a point changé de condition, quoiqu'on lui ait offert souvent des places avantageuses.

Chez Mme Larousay elle a de la besogne, c'est vrai, mais ses maîtres sont bons pour elle et elle les aime : pourquoi en chercherait-elle d'autres ? Elle travaille de son mieux, pour faire honneur aux leçons de Madame ; était-elle maladroite quand Madame l'a prise, petite paysanne de quatorze ans, pour lui apprendre tout ce qu'elle sait, depuis la manière de tenir un balai, jusqu'à celle de repasser un plissé de mousseline ! A présent qu'elle est adroite et habile, elle irait porter ses talents à d'autres qui n'ont rien fait pour elle ? Il n'y a pas de risque ! elle a assez écorné de vaisselle, assez cassé de verres, assez roussi de linge, assez brûlé de sauces pour devoir maintenant de bons services à Madame ; il n'est que juste qu'elle la récompense, n'est-ce pas ? Son ouvrage est bien diminué, d'ailleurs ; les enfants ont grandi, ces demoiselles travaillent et M. Roger vient de partir militaire. Le vieux monsieur donne du mal, certainement, puisqu'il ne peut presque plus s'aider lui-même ; mais il est bien plus aimable qu'autrefois, ça fait qu'on a plus de plaisir à le soigner... Et Mlle Suzanne est si vaillante, si courageuse ! Elle voulait donner des leçons pour gagner de l'argent et en mettre de côté pour l'*innocent*, qui ne pourra jamais en gagner ; mais son père, dans ce temps-là, l'en a empêchée ; il la trouvait trop jeune pour sortir seule. Alors, qu'est-ce qu'elle a fait ? Elle savait l'anglais, qu'elle avait appris en pension ; elle a prié Mlle Durangin de lui chercher des contes anglais à mettre en français, et de les envoyer à une dame qu'elle connaît à Paris et qui les a mis dans un journal pour les demoiselles. Mlle Suzanne a continué, et elle gagne de l'argent de cette manière-là. Elle a même inventé une histoire qui n'était pas dans le livre anglais ; elle l'a envoyée à Paris, et on l'a trouvée plus belle que les autres. C'est Mlle Suzanne qui était contente ! Mlle Cécile voudrait bien faire comme elle, mais ça n'est pas donné à tout le monde d'avoir des idées qu'on peut écrire sur le papier. Elle est bien fière de sa sœur, toujours ; et d'ailleurs tout le monde est fier d'elle dans la famille ; Mariette aussi !

Toutes ces choses, que nous venons de lire dans la pensée de Mariette, sont la vérité même, et Suzanne est en train de gagner sa part dans les dépenses de la famille, en attendant que son père lui permette de sortir seule pour donner des leçons. Plus tard, si elle pouvait succéder à Mlle Durangin ! Car elle sait bien que des traductions, et même quelques jolies nouvelles publiées çà et là, ne font pas un moyen d'existence assuré pour deux personnes, elle et Jean. Le pensionnat Durangin, ce serait la sécurité, et combien ses parents seraient heureux de savoir que le pauvre *innocent*, qui ne gagnera jamais sa vie, lui, ne sera pas réduit à chercher un asile dans un hospice ! Suzanne ne veut pas le quitter ; elle ne se mariera pas, car quel mari accepterait de se charger de Jean ? Et elle s'est juré de ne jamais se séparer de lui. Elle est sûre de le rendre heureux, il a besoin de si peu de chose ! Un peu de musique, et au besoin il se contente d'un oiseau chanteur, une fleur devant ses yeux à la maison, et de temps en temps une promenade dans un endroit où il y ait de l'eau et de la verdure, et le voilà content : elle pourra toujours lui procurer cela. Elle vieillira à côté de lui, qui restera toujours enfant ; elle l'aimera, elle le protégera : voilà à quoi se bornent les rêves de Suzanne à vingt-deux ans.

Entrons dans la salle à manger ; le travail de Suzanne l'a embellie, lui a donné un air de gaîté et de jeunesse. C'est elle qui a payé ce papier où s'entrelacent tant de feuillages et de rameaux verdoyants ; Roger l'a collé avant son départ pour Saint-Cyr, avec l'aide de Jean, qui ne sait pas lire, mais qui est adroit de ses mains et peut exécuter des travaux d'intérieur où il n'y a rien à calculer et à combiner. Suzanne a acheté la moleskine verte qui recouvre les chaises, et la moquette dont on a habillé le fauteuil du grand-père ; ses frères ont fait les tapissiers, et ils sont allés loin dans la campagne déterrer les belles fougères qui garnissent cette jardinière de cuivre brillant. C'est encore Suzanne qui a ajouté au mobilier ces petits tabourets commodes à glisser sous les pieds des personnes qui cousent ; Cécile s'est chargée de les broder, et elle a tricoté le coussin où s'appuie en ce moment la tête du grand-père, qui s'est endormi doucement après le déjeuner.

Il est bien vieilli, M. Maxime Larousay ; ce n'est qu'avec l'aide de ses enfants qu'il peut désormais quitter son lit et venir s'asseoir à la table familiale. Après le repas, on le roule avec son fauteuil dans sa chambre s'il désire y retourner, ou bien à la meilleure place de la salle à manger, au soleil ou au coin du feu, selon la saison. Mais il faut qu'il soit bien fatigué pour désirer être seul : il est devenu sociable et reste volontiers dans la salle à manger à voir voltiger l'aiguille de la ménagère, et à échanger de temps en temps quelques propos avec elle et ses filles. Vous pouvez lui demander de ses nouvelles, il vous répondra qu'il va bien ; ses rhumatismes l'ont pourtant fait cruellement souffrir cette nuit, mais il sent moins ses maux depuis que son caractère s'est adouci et qu'il pense moins à lui-même.

En ce moment, il regarde Jean qui s'amuse à former sur la table différentes combinaisons avec des carrés de carton de diverses couleurs. Il vient de ranger, en les dégradant, toutes les nuances du bleu, et il bat des mains en s'écriant :

« Beau ! Vois, grand-père, comme c'est beau !

— Très beau, mon cher enfant ; fais-en autant pour le jaune et puis pour le violet... Quelle couleur mettras-tu après ?

— Le rouge... ; non, ce ne serait pas joli. Je mettrai le gris et puis le rouge, et puis le vert... Vois, Suzanne ! vois, maman ! »

Suzanne lève la tête de dessus son dictionnaire et Mme Larousay de dessus la paire de bas qu'elle reprise ; elles sourient à Jean et l'encouragent à continuer. Cécile entre avec une botte de fleurs et de feuillages, que Mariette vient de rapporter du marché. « Tiens, Jean, dit-elle, voilà de l'ouvrage pour toi ! » Et Jean, radieux, s'empare des fleurs et va remplir d'eau les potiches qui ornent le buffet.

Un coup de sonnette retentit.

« Vite, Jean, dit Suzanne, porte la potiche qui est prête sur la table du salon ; elle paraît vide depuis que le palmier est mort. »

Jean obéit. Mariette ouvre et l'on entend un bruit de voix qui se récrient. On entre dans le salon, puis Mariette vient en riant prévenir ces dames qu'il y a là une visite qui les attend. « Qui ? » demanda Cécile ; mais Mariette ne répond pas et se sauve en riant plus fort.

La visite, c'est d'abord Mme Décherel

avec son petit garçon, le joujou favori de Suzanne et de Cécile, et même de Jean, qui s'amuse avec lui comme s'il était de son âge. Puis il y a là un grand jeune homme qui doit avoir au moins vingt-cinq ans, et qui se lève avec empressement à l'entrée de Mme Larousay et de ses filles.

« Madame..., mesdemoiselles..., que je suis heureux !... il y a si longtemps que je ne suis venu à Nantes ! Mais je n'ai jamais cessé de penser à vous, je vous assure... Avez-vous de bonnes nouvelles de Roger ? Où est mon cher petit Jean ?

— Antoine ! monsieur Pénestin ! » s'écrient les trois voix presque en même temps. Et Mme Larousay tend les bras à Antoine, qui s'y jette comme dans ceux d'une mère ; Jean qui a entendu le nom d'Antoine, accourt vers son vieil ami, pendant que le vieux grand-père crie du fond de son fauteuil : « Antoine ! Antoine ! venez ici que je vous voie, mon garçon ! »

C'est bien Antoine Pénestin ; seulement il est sorti de l'âge ingrat et n'a plus la tournure d'un faucheux ; les taches de rousseur ont disparu de son teint un peu pâli par l'étude et la vie sédentaire, et une jolie moustache brune ombrage sa bouche et la fait paraître moins grande. Ce n'est pas un Adonis, mais c'est un homme de belle taille et de bonne mine, et ses yeux gris ont toujours la même expression de bonté et de gaîté. Il vient s'asseoir près du grand-père et répond avec déférence à ses questions.

« Oui, monsieur, je suis arrivé ce matin ; je serais venu tout de suite ici si je n'avais pas craint d'être indiscret ; d'ailleurs ma tante voulait venir avec moi, et elle ne pouvait pas sortir avant le déjeuner.

— Je voulais l'accompagner pour voir si on le reconnaîtrait, ajouta Mme Décherel ; c'est qu'il a bien changé depuis six ans ! et à son avantage, on peut le dire ! »

Antoine se tourne vers sa tante et lui fait un salut burlesque : on rit.

« Est-ce que vous rentrez au lycée ? demande en riant M. Maxime Larousay.

— J'y rentre en effet, monsieur, mais ce n'est plus comme élève : je viens d'y être nommé professeur de mathématiques.

— Professeur ! à votre âge ! mais c'est magnifique, cela ! Et... où étiez-vous auparavant ?

— J'ai passé trois ans à l'École normale, à Paris, en sortant du lycée ; et puis j'ai été professeur au lycée de Coutances et ensuite à celui de Rennes. Me voici à Nantes pour longtemps, peut-être pour toujours : c'est un grand lycée, pas trop éloigné de Pontivy, dans une belle ville que j'aime, où la vie est facile et où l'on trouve tout ce qu'il faut pour faire des travaux... J'ai un sujet de thèse en vue...

— Ah ! vous voulez être docteur ?

— Mais, oui, si je peux. M. Larousay se porte bien ? Que je suis donc content de me retrouver parmi vous tous ! Ce cher petit qui se souvenait de moi ! »

Jean, qui malgré ses treize ans et ses longues jambes agit toujours comme un petit enfant, s'est installé sur les genoux d'Antoine ; en s'entendant nommer « ce cher petit », il se serre tendrement contre le jeune homme et lève vers lui un bon regard de chien fidèle.

« Maman, qui est là ? » dit dans la chambre voisine une voix faible et douce, qui semble venir de très loin.

« Louise est réveillée », dit aussitôt Suzanne, qui se lève et sort, ainsi que Cécile. Elles reviennent au bout d'un instant : l'une traîne une sorte de petite chaise longue en osier rembourrée de coussins ; l'autre porte sur ses bras une enfant pâle, aux membres grêles, à qui l'on ne sait quel âge donner, car l'air vieillot de son visage dément sa petite taille. On l'étend sur la chaise longue, en face d'Antoine, pour qu'elle puisse bien le voir.

« Reconnais-tu ce monsieur, Loulou ? » lui dit Cécile en redressant ses coussins pour la mettre bien à son aise.

La petite fille regarde Antoine avec de grands yeux tristes ; Antoine est tout attristé, lui aussi ; pourtant il essaye de lui sourire, et ce sourire le fait reconnaître.

« Antoine ! s'écrie-t-elle en frappant l'une contre l'autre ses mains diaphanes. Oh ! je disais bien que tu reviendrais ! Je parlais de toi tous les jours avec Jean !

— Chère mignonne, moi aussi je pensais à vous tous, et je demandais de vos nouvelles quand j'écrivais à mon oncle. Je vous aurais apporté quelque chose, mes chers petits, si j'avais su ce qui pourrait vous plaire : une grande poupée ? des livres ? »

Antoine pourrait ajouter qu'il a songé aussi aux quilles, au ballon, au croquet et à d'autres jeux qui font courir ; mais il n'en parle pas ! il lui semble, en ce moment, que les petits pieds chaussés de pantoufles rouges que Louise allonge languissamment l'un près de l'autre ne pourront plus jamais la porter.

« Une grande poupée, non ; plusieurs petites, si tu veux bien, cela vaudra mieux ; qu'elles soient toutes petites : je leur fais jouer en comédie tous les contes que je lis, et cela amuse beaucoup Jean. Et puis tu me prêteras des livres si tu en as de jolis, comme autrefois. Te rappelles-tu, quand j'ai appris à lire, que tu m'avais apporté de Pontivy les livres que tu aimais quand tu étais petit ? Je me rappelle encore les histoires qui étaient dedans, et je les raconte à Jean, puisqu'il ne sait pas lire, lui ! »

Une ombre passa sur le visage d'Antoine : le pauvre petit est donc resté incapable de tout travail ! Mais Jean, à la constatation de son ignorance, ne paraît nullement confus ; et les autres ont évidemment perdu tout espoir de voir son intelligence se développer : ils sont résignés et ils aiment l'*innocent* tel qu'il est.

Antoine promet des poupées et de beaux livres, et une boîte de constructions à Jean. En attendant, tout en causant avec la famille, il dispose les cartons de couleur en rosaces, en arabesques, en grecques qui font la joie des deux enfants.

« Toujours le même, Antoine ! dit en lui tendant la main Mme Larousay touchée de sa complaisance.

— Toujours, madame ! Pourquoi donc aurais-je changé puisque personne n'a changé ici ?... Ah ! pardon, ces demoiselles ont changé, beaucoup changé. Elles pourraient me trouver bien aveugle si je n'avais pas l'air de m'en apercevoir... »

Ceci est un compliment qui fait sourire la mère et rougir les filles : il est clair qu'Antoine ne les trouve point changées en laid.

S'il les eût rencontrées dans la rue, il aurait bien pu ne pas les reconnaître. Cécile, qu'il avait laissée à onze ans avec de longs cheveux plats, une taille dégingandée, un teint blême et des dents trop grandes pour sa bouche, est grande, bien faite, fraîche comme une rose, coquettement coiffée, et ses traits se sont arrangés de telle façon qu'on prend plaisir à la regarder. Suzanne, qui, à seize ans, était encore une petite boulotte assez informe et qui, par amour exagéré de la régularité, se tendait outre mesure la peau du front en tirant ses cheveux en arrière pour en former une grosse natte bien serrée, a grandi, s'est élancée, et, si elle attire moins les regards que Cécile, elle les retient davantage avec sa fine taille de nymphe, sa délicate fraîcheur de rose pâle, son profil pur et la masse opulente de ses cheveux blonds. Elle a, de plus, une simplicité parfaite ; elle a arrangé son avenir et ne cherche point à plaire ; à quoi bon, puisqu'elle est décidée à ne pas se marier ? Mais, pour être une vieille fille en expectative, on n'en est pas moins sensible au compliment d'un ami d'enfance : il n'y a pas de mal à cela !

La causerie s'anime ; des deux côtés on a beaucoup de choses à se raconter, depuis tant d'années qu'on ne s'est vu ! Pourtant il faut en garder pour l'avenir ; il y a longtemps que la visite dure, et Mme Décherel se lève. M. Larousay n'était pas là, c'est dommage ! il regrettera bien de n'avoir pas vu Antoine, et Mme Larousay invite le jeune homme à revenir, surtout le soir, à l'heure où le chef de la famille est revenu de son bureau.

Antoine parti, on parle de lui, tel qu'il était autrefois et tel qu'on le voit aujourd'hui ; on constate les différences extérieures, qui sont toutes à son avantage, on se réjouit de son retour, et, pendant qu'on fait son éloge, il s'en va tout tristement, donnant le bras à sa tante.

« Pauvres gens ! dit-il en soupirant.

— Je t'avais prévenu ! répond Mme Décherel.

— Oui ; mais on ne se figure jamais les choses telles qu'elles sont... Ce cher petit Jean ! toujours aimant, toujours beau et gracieux ; mais j'espérais qu'il aurait fait plus de progrès...

— Il en a fait ; il raisonne assez bien ; seulement il ne peut rien apprendre. Que veux-tu ? c'est un fait contre lequel il n'y a pas à se révolter... Et Louise !

— Oui, Louise, qu'a-t-elle donc ?

— Une maladie de langueur. Elle n'a jamais été forte, et sa mère a eu toutes les peines du monde à l'élever ; elle était devenue assez vive jusqu'à quatre ans qu'elle a commencé à dépérir. Les bains de mer ont un peu enrayé le mal ; mais il aurait fallu la tenir au bord de la mer toute l'année et même aller dans le Midi, les côtes de l'Océan étant trop humides pour elle. La famille ne pouvait pas faire cela, tu penses bien ! On l'a soignée à Nantes du mieux qu'on a pu, on l'a fait durer jusqu'à présent ; mais mon mari est à bout de remède ; il ne croit pas que sa vie se prolonge longtemps désormais.

— Le savent-ils ?

— Mon mari ne le leur a pas dit, ce serait trop cruel ; mais ils s'en doutent. Ce sera un grand chagrin, mais leurs autres enfants leur donnent tant de joie ! Il n'y a pas au monde une jeune fille plus accomplie que Cécile, si ce n'est Suzanne ; celle-là, c'est la perfection.

— Je crois que vous avez raison, ma tante ! »

Puis Antoine Pénestin, saluant Mme Décherel qui était arrivée à sa porte, s'en alla voir son proviseur et prendre ses informations pour entrer en fonctions le lendemain.

XXIII

ELLE S'EN VA !

ANTOINE Pénestin était revenu à propos ; car quand est-ce qu'on a le plus besoin d'un ami ? N'est-ce pas quand un malheur vous menace et qu'il est inévitable, qu'on sent tout le prix d'une affection dévouée et fidèle ? Antoine reprit, dès le jour de son arrivée, sa place d'autrefois dans la famille Larousay. Naturellement gai, il réussissait à chasser par moment la triste pensée qui était au fond de tous les cœurs, sans pourtant forcer la mesure et rejeter les gens dans leur chagrin par l'excès du rire. Il était redevenu fraternel avec les jeunes filles, en ajoutant à ses façons d'autrefois une nuance de respect due à leur âge, et aussi au caractère et à l'esprit sérieux de Suzanne, qu'il aimait à appeler « ma cousine », lui rappelant ainsi leur première entrevue. Il l'aidait dans ses travaux, lui donnant des conseils littéraires et faisant des démarches pour lui procurer des traductions ; il causait avec Jean, le questionnant, le forçant pour ainsi dire à penser, à suivre le fil d'un raisonnement, espérant toujours que cet esprit confus finirait par se dégager des brouillards qui l'obscurcissaient; il lui racontait des légendes bretonnes qui le ravissaient, et qu'il tenait pour tout aussi véridiques que les événements qu'il voyait tous les jours s'accomplir. Jean n'avait jamais su distinguer le fantastique du vrai; et depuis que Louise, malade, ne pouvait plus sortir, il connaissait presque mieux le monde des contes que celui de la réalité. La petite fille aimait la lecture, distraction facile, à sa portée, qu'elle retrouvait toujours quand elle était lasse de jouer — et elle était vite lasse de ce qui demandait du mouvement; — mais elle avait besoin de faire partager son plaisir à quelqu'un, et, quand elle avait lu un conte, il fallait toujours qu'elle le racontât à Jean, son compagnon habituel. Elle avait dirigé la confection d'un petit théâtre dont Jean avait cloué les planches et collé les décors sur ses indications, et elle y jouait, avec Jean pour public, des pièces qu'elle tirait de ses livres. Jean avait fini par devenir capable de suivre les péripéties d'une histoire, et les acteurs (les vieilles poupées de Louise) lui faisaient l'effet de personnes vivantes, si bien qu'il lui arrivait de pleurer quand la pièce finissait mal. Antoine s'associa aux jeux des deux enfants; il perfectionna le théâtre et les acteurs, et ce fut lui qui en tint les ficelles et qui récita leurs rôles, quand la faiblesse croissante de Louise fit de ce plaisir une fatigue trop grande pour elle. A ses derniers jours, quand elle ne pouvait plus quitter son lit, elle souriait encore et soulevait avec effort sa tête débile pour tendre son front aux baisers d'Antoine : il savait la distraire de ses souffrances et la réveiller de sa langueur.

Mme Morain n'abandonnait pas non plus ses voisins; elle partageait les veilles de la mère et des sœurs, faisant son quart comme les marins, disait-elle, près de la petite malade, toujours attentive et soigneuse; et, de plus, elle avait presque entièrement cédé Pouf à Louise. Et Pouf était si doux, si moelleux, si chaud, si caressant! il faisait un si beau ronron et il se roulait si bien en boule sur le lit de Louise! Il ne remuait guère, il n'était pas fatigant, et c'était une distraction charmante de le voir faire sa toilette, étendre ses pattes ou se coucher sur le dos pour faire le beau. Louise l'aimait beaucoup, et il lui manquait quelque chose quand il n'était pas là.

Mme Morain eut à faire une absence de quelques jours; à peine de retour, elle se hâta d'aller sonner chez ses voisins, emportant le vieux Pouf qu'on n'était pas encore venu chercher ce jour-là, et qui sauta à terre dès que Mariette vint ouvrir, prenant tout seul, par habitude, le chemin de la chambre de Louise.

« Eh bien, comment se trouve-t-elle aujourd'hui? » demanda Mme Morain à Mariette.

Mariette secoua tristement la tête.

« Elle s'en va, madame, elle s'en va! Nous le savons tous; il n'y a que cet *innocent* de Jean qui ne s'en doute pas; quel coup cela va lui porter, le pauvre petit! »

Elle s'interrompit brusquement en apercevant Jean près d'elle; mais l'enfant ne paraissait pas l'avoir entendue. Il vint saluer Mme Morain et la conduisit près de Louise, qui caressait languissamment la fourrure de Pouf couché près d'elle et ronronnant amicalement.

Pourtant il l'avait entendue; et de toute sa phrase, selon sa coutume, il n'avait retenu qu'une idée formulée en trois mots : « Elle s'en va! » Qui est-ce qui s'en allait? où? pourquoi? Il s'assit dans un coin sur un tabouret bas, ses coudes sur ses genoux, sa tête dans ses mains, et se mit à chercher ce que Mariette avait voulu dire. Quand Mme Morain, qui avait à défaire sa malle et à revoir les comptes de Perrine, se leva pour s'en aller, Jean se leva et se rapprocha du lit de Louise.

« Tu vas rester avec ta petite sœur, n'est-ce pas, mon chéri? lui dit sa mère; il faut que je sorte, et Suzanne et Cécile sont occupées. Tu les appelleras si Louise avait besoin de quelque chose.

— Oui, maman, sois tranquille! répondit Jean; je la garderai bien. »

Il s'installa sur une chaise au pied du lit, de façon à bien voir le visage de Louise. Comme elle était blanche et comme sa figure était devenue petite! L'idée lui vint, sans qu'il sût pourquoi, que c'était peut-être bien Louise qui s'en allait. « Comment se trouve-t-elle aujourd'hui? » avait dit Mme Morain. Plusieurs personnes qui venaient savoir des nouvelles de Louise disaient précisément ces mots-là... C'était donc de Louise que Mme Morain avait voulu parler? mais qu'est-ce que cela voulait dire?

« A quoi penses-tu, mon petit? lui demanda Louise, qui le traitait toujours comme s'il eût été beaucoup plus jeune qu'elle, quoiqu'il fût son aîné.

— Je pense..., répondit l'enfant. Est-ce que c'est toi qui t'en vas?

— Moi! que veux-tu dire?

— Mme Morain a dit à Mariette : « Comment se trouve-t-elle aujourd'hui? » et Mariette a répondu : « Elle s'en va! » Sais-tu de qui elle parlait? Elle avait l'air de parler de toi! »

La petite malade eut un sourire résigné.

« Oui, cela doit être de moi, mon Jean. Tu as bien fait de me le demander à moi, mais n'en parle pas à papa ni à maman.

— Pourquoi? Ils ne le savent donc pas? Est-ce que tu partiras sans leur permission? C'est mal, cela, ma Loulou!

— Ne t'inquiète pas, mon chéri, je ne leur désobéirai pas, je les aime trop pour cela.

— Tu t'en vas! Où vas-tu? Tu m'emmèneras, n'est-ce pas?

— Pas tout de suite, mais tu viendras bientôt me retrouver.

— Où cela? Tu ne m'as pas dit où!

— Dans le ciel! » répondit la fillette d'un ton mystérieux et recueilli.

Jean ouvrit tout grands ses yeux bleus et demeura muet : il ne comprenait pas.

« Oui, reprit Louise, j'irai dans le ciel, le grand ciel bleu qu'on voit en l'air et qui est si beau en été quand il n'y a pas de nuages. C'est là qu'on va avec Dieu quand on n'a pas été méchant ; et les enfants y vont toujours, parce qu'ils n'ont pas eu le temps de faire du mal.

— Alors j'irai, moi ?

— Bien sûr, pauvre cher *innocent !* tu iras même si tu deviens très vieux, parce que tu ne pourras jamais rien faire de mal, toi !

— Pourquoi, Loulou !

— Parce que..., répondit la fillette un peu embarrassée, parce que tu es *innocent*...

ses questions ; et Antoine l'emmenait chez Mme Décherel, qui était triste et s'efforçait pourtant de l'égayer. Jean se rappelait ce que Louise lui avait dit : il voyait bien qu'elle s'en était allée, et il comprenait qu'il allait rester un peu de temps sans la voir : mais serait-ce long ? Un jour ou deux, peut-être ? Jean ne se faisait pas une idée bien nette de la longueur du temps. Il n'avait pas beaucoup de chagrin parce qu'il s'attendait à aller la retrouver. Mais où ? Dans le ciel, le beau ciel bleu où Dieu attire près de lui ceux qui n'ont pas été méchants..., et Louise avait dit qu'il était sûr d'y aller, parce qu'il ne pouvait rien faire de mal. Pourquoi ne pouvait-il rien faire de mal ? Il l'ignorait, en y pensant,

ANTOINE PERFECTIONNA LE THÉATRE

— Je sais ! j'ai entendu dire ce mot-là au Jardin des Plantes et ailleurs... On me regardait et on disait : « Pauvre *innocent !* » mais je ne sais pas ce que cela veut dire. Tu le sais, toi, ma Loulou ? Dis-le-moi !

— Eh bien..., on appelle *Innocents* ceux qui ne sont pas comme tout le monde... »

Jean regardait ses mains, ses jambes, il se tâtait la tête et ne comprenait pas.

« Comme tout le monde, reprit-il.

— Oh ! ils ont une tête et un corps, et des pieds et des mains..., mais c'est l'âme...

— L'âme ? répéta Jean.

— Non, ce n'est pas cela ; une âme, tu en as une, puisque tu nous aimes et que c'est avec l'âme que l'on aime... ; mais les *innocents* n'ont pas d'esprit..., ils ne peuvent pas apprendre à lire...

— Ah ! » fit Jean ; et il se tut. Le mot *innocent* présentait désormais à son esprit une idée à peu près nette, et il se mit à y réfléchir. Louise ne le troubla pas : elle était lasse d'avoir tant parlé, et elle se reposa en caressant Pouf, jusqu'à ce que le sommeil la prit.

Quelques semaines après, elle dormait d'un sommeil plus profond ; Mme Morain enfermait Pouf, qui voulait absolument venir près d'elle ; et Jean, qu'on habillait de noir, se voyait refuser l'entrée de sa chambre. On pleurait autour de lui. « Elle est partie ! Elle est dans le ciel ! » répondait-on à

en fouillant dans sa mémoire, il n'y trouvait le souvenir d'aucune punition, d'aucune réprimande ; puisqu'on ne l'avait jamais grondé, c'est donc qu'il n'avait rien fait de mal.

Jean roulait encore toutes ces pensées dans sa tête en suivant, vêtu de noir, un convoi blanc qui s'en allait de l'église au cimetière. Son père et Roger, arrivé en vacances la veille, marchaient devant lui ; on l'avait laissé un peu en arrière et Antoine lui donnait la main. Il avait écouté les chants d'église, qu'il aimait, sans les trouver plus tristes qu'à l'ordinaire ; l'uniforme de Roger avait excité son admiration et l'avait presque égayé ; ce convoi, avec des jeunes filles en longs voiles blancs, lui paraissait beau, et il se demandait quel rapport il avait avec Louise qui s'en était allée dans le ciel. Le ciel ! il levait la tête pour le regarder ; par ce beau jour d'été, il brillait de toute la splendeur de son azur ; et Jean se demandait dans quel endroit du ciel était Louise... Dieu ? où était-il ? On n'avait pas pu donner au pauvre *innocent* des notions religieuses bien compliquées : Dieu était pour lui un être très bon et très grand, le maître de tout, le père de tous les pères, qu'on devait aimer et remercier parce qu'on tenait tout de lui. Jean, regardant le ciel, se disait : « J'aime Dieu ! je serai content d'aller le voir ; Louise le voit, à présent ! »

Le convoi était entré dans le riant cimetière verdoyant et fleuri, où bourdonnaient tant de beaux insectes, où chantaient tant d'oiseaux mélodieux. Jean, qu'on n'y avait jamais amené, regardait autour de lui : quel beau jardin, quels grands arbres, que de belles fleurs ! On avait passé, pour y aller, devant la porte du Jardin des Plantes : est-ce qu'il en faisait partie ? Alors, il n'était donc pas ouvert tous les jours, puisque Jean ne le connaissait pas ? Ces grandes pierres blanches dans la verdure l'étonnaient : sans doute c'étaient de larges bancs, commodes pour s'asseoir...

Le convoi s'arrêta et Antoine, entraînant Jean avec lui, recula de quelques pas ; au bout d'un instant, il regarda autour de lui et, avisant un de ses collègues :

« Voulez-vous me rendre le service de garder un instant cet enfant ? » lui dit-il en mettant dans sa main la main de Jean. Et il ajouta en s'adressant à Jean : « Reste avec monsieur, je vais revenir tout de suite ».

Jean ne fit pas d'objection ; avant qu'il eût eu le temps d'en chercher, d'ailleurs, Antoine était loin en avant et s'enfonçait dans un groupe compact qui ne bougeait pas.

On causait autour de Jean.

« Quel est donc cet enfant en deuil ? disait une dame en le désignant ; au rang qu'il occupait tout à l'heure, j'aurais cru qu'il était de la famille.

— Il en est bien, répondait la personne à qui elle s'adressait ; mais vous comprenez qu'on ne va pas lui faire jeter de l'eau bénite sur la bière ; c'est le plus jeune de la famille et il est *innocent*.

— Ah !... pauvre petit ! »

Il y eut une pause ; puis une des deux femmes reprit :

« Bien sûr, le bon Dieu sait ce qu'il fait, mais est-ce qu'il n'aurait pas mieux valu que celui-ci s'en allât, au lieu de la petite, qui était si intelligente ?

— Oui..., il paraît que c'est un bon enfant ; mais il sera toujours une charge pour les autres, puisqu'il n'est bon à rien et ne pourra jamais gagner sa vie...

— Ah ! oui, c'est bien dommage que ce ne soit pas plutôt lui... »

Jean n'en entendit pas davantage ; Antoine revint, reprit sa main et l'entraîna. Son père et son frère venaient aussi ; ils s'arrêtèrent à la porte du cimetière avec Jean debout auprès d'eux. Tous les gens qui sortaient leur donnaient des poignées de main, regardaient Jean d'un air de pitié, et il entendait plusieurs femmes qui disaient : « Pauvre petit ! » Quand il n'y eut plus personne dans le cimetière, M. Larousay reprit, avec ses fils et Antoine, le chemin du logis.

La mère et les sœurs étaient assises dans la salle à manger avec Mme Morain et Mme Décherel ; elles avaient les yeux rouges et parlaient tendrement au grand-père, qui pleurait et répétait : « Il aurait bien mieux valu que ce fût moi ; je ne suis plus bon à rien... »

Jean fut frappé par ces paroles ; c'étaient presque les mêmes qu'il avait entendues au cimetière ; et il y pensa longtemps, cherchant à comprendre ce que cela voulait dire.

XXIV

LES QUESTIONS DE *L'INNOCENT*

ON s'était remis à vivre dans la famille Larousay : qu'on soit gai ou triste, le temps n'en marche pas moins, et les jours n'en amènent pas moins avec eux une série d'occupations, de travaux et de devoirs qui s'imposent et sont une distraction forcée. Mais Jean, qui ne travaillait point, sentit plus encore que les autres le vide que Louise laissait après elle : il y avait si longtemps qu'il ne la quittait presque plus ! C'était surtout avec elle qu'il causait, à elle qu'il demandait l'explication des choses qu'il ne comprenait pas, et il en rencontrait beaucoup en ce monde.

A présent il se trouvait tout dérouté. Il ne savait plus jouer seul, et il restait des heures assis dans un coin, jusqu'à ce que sa mère ou ses sœurs, qui craignaient qu'il ne se fatiguât le cerveau à penser, vinssent le chercher pour jouer avec lui ou le promener. Mais elles avaient à travailler et ne pouvaient pas toujours s'occuper de lui. Antoine, après la distribution des prix, était parti pour Pontivy, où sa famille l'attendait avec impatience. Restait Roger, assez bon garçon pour s'imposer la corvée de promener son petit frère ; mais Mme Larousay voyait que c'était une corvée et ne le lui demandait pas souvent. D'ailleurs, leurs promenades étaient assez silencieuses, Roger ne sachant pas de quoi on pouvait parler à Jean, et Jean n'osant pas questionner Roger. De temps en temps, le grand frère disait : « Vois-tu ce beau chien qui passe, petit Jean ? Vois-tu ce cheval arabe ? Ah ! j'entends une fanfare : ce sont les chasseurs à pied qui viennent, allons les regarder. Veux-tu que je t'achète un bâton de sucre ? Veux-tu que je te promène en canot sur l'Erdre ? Veux-tu venir au marché des oiseaux ? » Jean disait toujours oui, et Roger faisait de son mieux pour lui complaire ; mais ils ne se comprenaient pas, et n'éprouvaient aucun plaisir à être ensemble. Mme Décherel l'emmenait jouer avec son petit garçon ; c'était bon pour courir, mais non pas pour causer ; l'enfant s'étonnait des questions de Jean et, tout en disant : « Es-tu sot de demander cela ! » il n'était pas capable de lui répondre d'une façon satisfaisante. Restait Mme Morain, mais elle non plus ne savait pas se mettre au niveau de Jean et ne voyait pas nettement les **inégalités de son** cerveau : elle le traitait toujours comme un enfant de quatre ans, et ne devinait pas quel chemin son esprit avait fait pour arriver à lui adresser telle question à laquelle elle ne faisait qu'une réponse banale. Ah ! l'*innocent* regrettait bien sa petite Louise à qui il osait tout dire, et qui devinait tout ce qu'il ne savait pas lui expliquer.

Il osa pourtant un jour se risquer avec Suzanne. Il était resté seul avec elle, Mme Larousay étant sortie avec Cécile, et le grand-père, assez souffrant, n'ayant pas quitté sa chambre. Suzanne s'était installée auprès de la fenêtre de la salle à manger, et elle remettait en bon état la garde-robe de Louise, destinée à habiller de pauvres orphelins ; Jean faisait des châteaux de cartes sur la table.

« Sœur, lui dit-il d'un ton timide, je voudrais te demander quelque chose... »

Elle leva la tête et le regarda.

« Quelle mine tu me fais, mon chéri ! C'est donc quelque chose qui t'intéresse beaucoup ? Allons, viens ici ! »

Elle lui indiquait un tabouret sur lequel elle posait les pièces de linge à mesure qu'elle les raccommodait. Elle le débarrassa pour faire place à Jean, qui s'y assit aussitôt.

« Je voudrais savoir, reprit-il ce que c'est que gagner sa vie ? Sa vie !

— Ce mot-là a l'air de t'étonner, mon cher petit. Tu sais bien que pour vivre il faut manger, n'est-ce pas ?

— Oui, répondit Jean, qui comprenait vaguement.

— Eh bien, où prend-on le pain, la viande, les légumes, les œufs, tout ce qu'on mange ?

— Dans le buffet ! » répondit l'*innocent*.

Suzanne ne put s'empêcher de rire.

« Mais quand il n'y a rien dans le buffet, où va-t-on chercher de quoi le remplir ! C'est au marché : tu es bien allé au marché, tu as vu Mariette et maman se faire donner par des femmes qui sont assises là, toutes sortes de choses bonnes à manger et les emporter dans des paniers ?

— Ah ! oui, c'est vrai ! Et puis ?

— Eh bien, maman donnait des sous aux femmes, qui sont des marchandes : on appelle cela acheter. Quand on n'a pas de sous, on ne peut pas acheter, et alors on ne peut pas manger.

— Pourquoi ? pourquoi n'a-t-on pas de sous ? où les prend-on ?

— On travaille pour en gagner. Ainsi papa va tous les jours à la préfecture, où il écrit dans un bureau. Pour cela on lui donne de l'argent, et c'est avec cet argent-là que Mariette achète des choux et des gigots, que maman nous achète des souliers, des chapeaux, des robes, des vestes, tout ce qu'il nous faut. Et comme c'est avec l'argent de papa qu'elle paye tout cela, nous disons que papa nous gagne notre vie.

— Ah ! Et qu'est-ce que cela veut dire : Il n'est bon à rien, il ne pourra jamais gagner sa vie ? »

Suzanne commençait à comprendre où Jean voulait en venir, et, tout en voyant là une preuve d'intelligence et un grand progrès,

puisque jusque-là il avait vécu comme les oiseaux sans s'inquiéter d'où lui venaient la nourriture et le vêtement, elle hésitait à lui répondre, craignant de l'affliger s'il comprenait trop bien. Jean reprit : « Est-ce que grand-père gagne sa vie ?

— Non, mon chéri ; il l'a gagnée autrefois quand il était jeune ; à présent il est trop vieux, il ne peut plus travailler.

— Alors, quand on ne peut pas travailler, on ne gagne pas sa vie ? Comment est-ce qu'on vit alors ?

— Ne t'occupe pas de cela, petit Jean ! Les enfants ne gagnent jamais leur vie, ils ont des parents qui les nourrissent et les habillent ; quand on devient vieux, c'est la même chose : alors on a de grands enfants qui travaillent pour vous.

— C'est pour cela que grand-père disait : « Je ne suis plus bon à rien ! » Et moi aussi, Suzanne, je ne suis bon à rien, n'est-ce pas ? »

Suzanne l'entoura de ses bras et le serra contre son cœur.

« Tais-toi, mon enfant chéri ; tu es trop petit pour gagner ta vie ; mais tu es bon à quelque chose, puisque nous t'aimons et que nous sommes heureux de t'avoir. Tu le sais bien, dis que nous t'aimons ?

— Oh oui ! » murmura l'enfant. Et il resta blotti contre Suzanne, ne disant rien, heureux de se sentir aimé et pourtant vaguement inquiet. Suzanne trouva bientôt qu'il réfléchissait trop longtemps, et elle alla se mettre au piano, où elle lui joua ses airs préférés. Il reprit sa sérénité pour ce jour-là, et Suzanne crut qu'il ne se préoccupait plus de gagner sa vie et d'être bon à quelque chose.

Suzanne se trompait. La mort de Louise avait éveillé chez l'*innocent* une foule de pensées qui l'avaient en quelques mois vieilli de plusieurs années. Plus d'insouciance, plus d'ignorance ; son bonheur était fini ! Prenant à la lettre les paroles de sa petite sœur : « Tu viendras bientôt me retrouver », il n'avait cru qu'à une séparation de quelques jours : mais les jours se succédaient et la séparation ne cessait pas... Et, s'il allait retrouver Louise, emmènerait-il avec lui Suzanne, sa mère, tous ceux qu'il aimait ? Il écouta désormais ce qui se disait autour de lui : il comprit que si l'on pleure ceux qui sont allés « dans le ciel », c'est qu'il se passera peut-être un temps bien long avant la réunion désirée. Il réfléchit à la plainte du grand-père : « Je ne suis plus bon à rien ; il aurait bien mieux valu que ce fût moi ! » Au cimetière, Jean avait entendu les mêmes paroles, cette fois à propos de lui... On le plaignait ; on disait : « Il sera toujours une charge pour les autres, puisqu'il n'est bon à rien et ne pourra jamais gagner sa vie... » Une charge ? il ne comprenait pas bien cela ; mais les personnes qui l'avaient dit paraissaient trouver que c'était un malheur. Elles avaient ajouté : « Il aurait mieux valu que ce fût lui qui s'en allât... ». Oui, parce qu'il n'était bon à rien : Louise, elle, aurait pu gagner sa vie si elle était devenue grande...

Il s'était pourtant laissé distraire de ses

pensées, un jour qu'il accompagna sa mère dans le faubourg Saint-Jacques. Mme Larousay voulait faire tisser de la toile avec le fil que Mariette filait les soirs d'hiver, car Mariette ne perdait jamais son temps, et c'était sa récréation, disait-elle, de s'asseoir, après son ouvrage fini, dans sa cuisine bien chaude et de filer une quenouillée avant d'aller se coucher. A la fin de l'hiver, les écheveaux de fil faisaient un joli tas, et on les portait chez le tisserand, qui en faisait des draps et des torchons.

De tout temps, les promenades chez le tisserand avaient été pour les enfants des parties de plaisir, surtout les jours où l'on allait voir la toile étendue à blanchir sur le pré, et où l'on déjeunait sur l'herbe à l'ombre d'une haie d'aubépine. Depuis qu'ils avaient grandi, le tisserand et le bruit de son métier avaient perdu de leurs charmes, mais il restait toujours le plaisir d'une promenade à la campagne.

Ce jour-là, on devait rapporter toute une moisson de coquelicots et de marguerites, et cette perspective rendait Jean gai comme un pinson : il adorait les fleurs des champs. Il ne prêta nulle attention à la conversation de sa mère avec le tisserand : peu lui importait qu'on tirât des écheveaux de Mariette des nappes ou des draps, et il avait hâte de dépasser le noir faubourg et d'arriver dans les prairies. Il prit à son aise un bain d'air et de soleil; sa mère et ses sœurs se réjouissaient de le voir sauter les fossés et courir sur l'herbe fauchée. « Cette journée lui fera du bien, disait la mère; il a l'air tout languissant depuis quelque temps. »

Jean était donc très gai lorsque sa mère le rappela pour retourner à Nantes; et il revint, haletant, chargé d'une botte de fleurs qu'il venait de cueillir sur le revers des fossés. Pour regagner la rue Saint-Jacques, on dut passer devant plusieurs petites maisons basses d'ouvriers ou de paysans : les unes, vides et fermées à cette heure où l'on travaillait aux champs; les autres, habitées par des tisserands qui faisaient manœuvrer leurs métiers pendant que leurs femmes pliaient ou roulaient les pièces de toile ou triaient par grosseurs les écheveaux de fil. Les enfants accouraient aux portes pour voir passer les promeneurs, et plusieurs petites mains se tendirent vers Jean, en même temps que des voix émues de convoitise lui disaient : « Un petit bouquet, s'il vous plaît ! »

Jean n'avait jamais rien refusé à personne : il s'arrêtait et donnait ses fleurs. Il tendait une poignée de marguerites à une petite fille, lorsqu'il remarqua près d'elle, assis au seuil d'une pauvre maison, un jeune homme dont les mains ne dépassaient pas les manches de sa veste; ces manches n'étaient pas plus longues qu'il ne fallait, pourtant !

« Tiens, frère Louis, vois les belles fleurs ! lui dit la petite fille. C'est pour toi : es-tu content ? Ris, frère Louis ! »

Le jeune garçon sourit à la petite, qui posa les fleurs sur ses genoux. A ce moment une femme avança la tête en dehors de la porte.

« Madame Larousay ! dit-elle avec un air joyeux. Que je suis contente de vous revoir, madame ! Ces demoiselles ont bien grandi... et comme elles sont jolies !... Vous ne vous souvenez pas de moi ? Marion, la porteuse de pain de Guérande ? »

La mémoire revint à Mme Larousay. Marion, la jolie Guérandaise, avait, bien des années auparavant, apporté le pain pendant longtemps chez Mme Larousay, dont elle avait vu les enfants tout petits; elle s'était ensuite mariée à un tisserand du faubourg Saint-Jacques, et il n'avait plus été question d'elle. Mais elle était contente de renouveler connaissance, et il fallut entrer chez elle et voir son mari et ses enfants.

« Et ce jeune garçon qui est à la porte, est-il à vous ? demanda Juliette.

— Hélas ! madame, c'est mon aîné : il a quinze ans et c'est un si bon garçon ! Il était placé depuis l'an dernier dans l'usine de M. Varin et il gagnait déjà sa vie : il a été pris dans un engrenage et il a perdu les deux mains. Heureusement encore qu'il n'a pas été écrasé... Ce n'est pas ce qu'il dit, lui ! il répète toujours qu'il aimerait mieux être mort, puisqu'il n'est plus bon à rien. Pauvre enfant ! ç'a beau être une lourde charge pour de pauvres gens comme nous, nous ne lui reprochons point le pain qu'il mange, bien sûr ! Mais qu'est-ce qu'il deviendra quand nous n'y serons plus ? »

Mme Larousay étouffa un soupir et regarda Jean à la dérobée : il était bien pâle, lui si rouge tout à l'heure. Juliette craignit qu'il ne se refroidît à rester tranquille, et elle prit congé de Marion avec quelques paroles de sympathie.

« Cours, mon Jean, dit-elle à son fils, tu as l'air d'avoir froid. Donne-moi ton bouquet pour être plus leste : tu peux marcher plus vite que nous, tu iras nous retenir des places dans l'omnibus. »

Jean obéit, mais il ne s'égaya plus de toute la journée. Et le soir, quand sa sœur aînée alla le border dans son lit et lui dire bonsoir, elle le trouva en larmes.

« Qu'as-tu, mon cher petit ? mon pauvre petit ! lui dit-elle tout émue.

— Oh ! Suzanne, j'ai beau être un *innocent*, j'ai compris ! je ne sais rien faire, je ne serai jamais bon à rien et je ne pourrai jamais gagner ma vie. Et je serai une charge pour vous comme le garçon du tisserand... Il aimerait mieux être mort..., moi aussi ! Mort, c'est comme Louise, n'est-ce pas ? On s'en va dans le ciel ! mais il faudrait te quitter, et maman, et vous tous ! »

Jean se remit à pleurer, et Suzanne, aussi désolée que lui, essaya de lui persuader qu'il ne pourrait jamais être une charge pour ses parents qui l'aimaient si tendrement; elle lui dit qu'il était son cher petit Jean, son frère, son enfant, qu'elle ne le quitterait jamais et qu'ils seraient toujours heureux ensemble. Jean sanglota longtemps sur son cœur. Il finit par s'apaiser, quoique sa poitrine fût encore soulevée par de gros soupirs; et Suzanne, le croyant bien endormi, lui remit doucement la tête sur son oreiller. Mais il rouvrit les yeux et murmura tout bas :

« Suzanne.., ne dis pas à maman que j'ai du chagrin..., ni à personne... Je ne veux pas qu'ils aient encore plus de peine à cause de moi...

— Je te le promets, mon cher cœur... Dors et ne pense plus à tout cela. »

Jean referma les yeux et s'endormit. Suzanne resta longtemps près de lui, toute songeuse.

Sa tâche était plus lourde qu'elle ne se l'était imaginé.

Elle avait cru garder toujours Jean enfant joyeux et sans souci, et voilà qu'il commençait à comprendre son état et à en souffrir.

XXV

A QUOI ON POUVAIT S'ATTENDRE

L'HIVER passa, et le printemps vint faire fleurir le lilas blanc dont des mains pieuses avaient ombragé la tombe de Louise. Jean n'avait pas repris sa gaîté ; à présent qu'il savait ce que voulait dire « gagner sa vie », il cherchait sans cesse de quelle manière telle ou telle personne gagnait la sienne, et il n'arrivait pas à trouver quelque chose qu'il pût faire, lui qui ne savait rien. Il apprit un jour que Roger, quand il serait sous-lieutenant, c'est-à-dire à la fin de l'été, irait dans un régiment faire manœuvrer des soldats et que pour cela on lui donnerait de l'argent ; il vit Suzanne toute joyeuse un jour qu'elle reçut de Paris un petit papier à dessins bleus que le boulanger lui échangea contre des pièces d'or, Roger et Suzanne gagnaient donc leur vie tous les deux ? Et lui, il ne la gagnerait jamais ! Le pauvre garçon se désolait de n'être bon à rien. Il ne parlait de son chagrin à personne, pas même à Suzanne ; mais il y pensait toujours, et sa mère, le voyant rechercher la solitude et demeurer des heures assis dans un coin, les mains sur ses genoux, alangui et mélancolique, crut qu'il s'ennuyait depuis qu'il n'avait plus Louise pour jouer avec lui, et chercha à le distraire. Il lui fallait un camarade, mais où le prendre ? Ceux de son âge eussent fait fi de sa société, et les petits enfants, le jugeant sur sa taille, l'auraient pris pour une grande personne chargée de les amuser et l'auraient tyrannisé. Le seul enfant que la famille connût un peu intimement était Georges Décherel, le fils du médecin, un petit bonhomme d'une dizaine d'années, fort intelligent, qui aimait à se faire valoir et s'attachait toujours aux pas de camarades plus âgés que lui. Il ne se souciait nullement de la société de Jean ; aussi les deux enfants se voyaient-ils à peine, malgré la liaison de leurs familles.

Ce fut pourtant à lui, faute d'autres, que Mme Larousay eut recours pour rendre à Jean la gaîté et la santé. Par un jour de pluie, où il ne pourrait regretter aucune partie de plaisir, elle alla le prier de venir goûter avec Jean ; elle lui parla du théâtre perfectionné par Antoine, des acteurs, des décors, et le petit garçon se laissa tenter. Sa mère, en le conduisant, lui dit qu'il faudrait être bien doux avec Jean et ne pas se moquer de lui quand il ne comprendrait pas les jeux, parce que ce ne serait pas sa faute. Georges était incapable de se contenter de si peu ; il demanda pourquoi, et il fallut lui expliquer ce que c'était qu'un *innocent*. Mme Décherel en profita pour faire appel à son bon cœur en faveur du pauvre garçon, qui devenait malade de tristesse et d'ennui depuis qu'il avait perdu sa petite compagne.

Georges comprit très bien ; il accepta d'enthousiasme ce rôle, qui lui donnait une supériorité marquée sur un camarade beaucoup plus âgé que lui. « Sois tranquille, maman, dit-il, je ferai tout ce qu'il voudra et je ne lui dirai plus qu'il est sot. Je ne savais pas que ce n'était pas sa faute. Tu dis qu'on ne peux pas lui apprendre à lire ? C'est ça qui est étonnant ! Il parle pourtant, et il sait des chansons... Il sait même des contes, qu'Antoine lui a appris. Comme c'est drôle qu'il ne puisse pas apprendre à lire ! »

Puis, redressant sa petite taille et faisant sonner ses talons sur le pavé, Georges pressa le pas pour arriver plus tôt près de Jean et faire acte de générosité en jouant avec lui. Rendons-lui justice, il ne comptait pas s'amuser : il se contentait du plaisir de rendre service.

Il avait compté sans les joujoux, dont il n'avait jamais rencontré les pareils ; les plus beaux joujoux achetés chez les marchands ne vaudront jamais ceux qui ont été confectionnés en famille, et Antoine avait peint et découpé pour les pièces de Louise une collection de décors variés, comme on n'en trouve point dans le commerce. Et quels beaux acteurs habillés par Suzanne et Cécile !

Georges en fut dans l'admiration, et, comme Jean put lui raconter à peu près quelques-unes des pièces que jouait Louise, il trouva que l'*innocent*, après tout, n'était pas si bête et qu'on pouvait très bien s'amuser avec lui.

Il demanda de lui-même à revenir et il ne lui fallut pas longtemps pour déclarer que Jean était son ami. Comme il était très démonstratif, il accabla le pauvre garçon des témoignages de son amitié ; et Jean, qui avait toujours à sa disposition de la tendresse pour quiconque lui en demandait, fit à Georges une grande place dans son cœur ; il s'égaya un peu dans sa société et sa santé s'en trouva bien. Mme Larousay se rassurait : Jean ne se plongeait plus dans ses rêveries ; il jouait et causait gaîment avec Georges et parlait de lui quand il n'était pas là. C'était encore un bonheur que ce pauvre esprit fût si facile à distraire.

Cette année-là, Pâques tomba très tard, à la fin d'avril, et mai rayonnait, couvrant de fleurs la campagne et les jardins, lorsque Antoine revint de Pontivy après les congés.

Il paraissait aussi rayonnant que le soleil sans nuage, le bon Antoine, et il ne s'attarda à défaire sa malle, dans sa modeste chambre de garçon, que juste le temps nécessaire pour y prendre une chemise blanche et un élégant *complet* de drap gros bleu. Il fit sa toilette avec soin, lissa ses moustaches et peigna sa barbe frisée, donna un coup d'œil au miroir, et, se trouvant aussi bien qu'il pouvait être, il descendit en sifflotant son escalier et prit le chemin de la place Saint-Pierre.

Mme Décherel était sortie et son mari aussi ; mais ils rentreraient sûrement dans l'après-midi. M. Pénestin voulait-il les attendre ? faudrait-il mettre son couvert pour le dîner ? Antoine demeurait perplexe, caressant sa bottine du bout de sa petite canne. Enfin il prit son parti, et, répondant à la femme de chambre : « Oui, oui, je reviendrai ! » il dégringola les marches en se disant à lui-même : « Ma foi, tant pis, j'y vais tout seul ; quand même je ne parlerais pas, je la verrai toujours ! »

Il grimpa par quatre marches à la fois les étages de M. Larousay et sonna. Ce fut Mme Larousay qui vint lui ouvrir ; Mariette était sortie avec les jeunes filles et Jean.

« Ah ! Antoine. Vous avez écourté vos vacances, mon cher ami : ce n'est qu'après-demain la rentrée, je crois ? Je suis bien aise de vous voir pendant que Suzanne n'est pas là ; j'ai un conseil à vous demander à propos d'elle. »

Antoine fit la grimace en suivant Mme Larousay. « Est-ce que quelque autre aurait pris les devants ? » se dit-il.

« Voici ce qui arrive, reprit Mme Larousay quand il se fut assis auprès de sa table à ouvrage. La maîtresse de pension qui a élevé mes filles, Mlle Durangin, pense à se retirer et à céder son pensionnat. Elle nous a fait proposer de prendre Suzanne comme associée, de la mettre au courant des affaires, de lui apprendre à diriger la maison. Pour ce qui est de faire les classes, elle a passé plus d'examens qu'on n'en demande ; elle est douce et ferme, elle sait se faire respecter et obéir, elle réussirait donc certainement très bien. Dans trois ans, son stage d'institutrice étant fait, elle prendrait la maison à son compte et payerait en partie l'établissement avec sa part des bénéfices pendant ces trois années : elle s'acquitterait du reste plus tard en différents payements. Suzanne trouve que c'est très avantageux, elle veut accepter et entrer tout de suite chez Mlle Durangin. Elle dit que, comme elle a depuis des années l'intention d'adopter Jean, elle est bien heureuse de trouver là un moyen d'existence suffisant pour elle et pour lui ; que dans trois ans, quand Mlle Durangin se retirera, nous pourrons venir demeurer tous avec elle, et que ce sera encore un bonheur de n'avoir jamais à nous quitter. Tout cela est très raisonnable et je n'ai pas d'objections à faire, étant donné que les filles sans dot n'ont guère de chances de se marier ; mais si peu qu'elles en aient... une fois Suzanne chez Mlle Durangin, personne n'ira l'y chercher... Et puis cela fait trois ans où nous la verrons à peine, puisqu'elle sera occupée du matin au soir et ne demeurera même plus chez nous... C'est un enfantillage de ma part, je le sais ; aussi je tâche de convaincre mon mari, qui ne peut pas se faire à l'idée de voir sa fille quitter la maison pour aller gagner sa vie chez des étrangers. « Ne suis-je donc pas capable de « nourrir mes enfants ? dit-il ; il sera bien « temps quand je ne serai plus de ce « monde ! » Voilà où nous en sommes, mon ami ; que pensez-vous qu'il faille faire ? Moi, je voudrais persuader à Mlle Durangin d'attendre encore quelques années, cela nous donnerait le temps d'y penser et Suzanne prendrait de l'âge. »

La figure d'Antoine s'était épanouie.

« Vous me demandez mon avis, madame ? Eh bien, laissez Mlle Durangin céder son pensionnat à qui elle voudra..., à moins qu'elle ne prenne pour associée Mlle Cécile.

— Comment, Cécile ? Mais Cécile est encore bien plus jeune que Suzanne !

— Je sais bien. Mlle Suzanne a vingt-quatre ans ou peu s'en faut, et Mlle Cécile n'en a que dix-neuf. C'est pour cela qu'elle a bien le temps de se marier ; elle peut, en attendant, prendre le pensionnat : et plus tard, quand elle se mariera, si elle ne le garde pas, elle le vendra, et cela lui fera une petite dot. Ne suis-je pas un homme d'affaires entendu ?

— Pas trop. Il me semble même que vous êtes à côté de la question.

— C'est que vous ne savez pas ce que je suis venu... ce que mon oncle devrait être venu vous dire... Il n'était pas chez lui, mon oncle, ni ma tante non plus : c'est insupportable ! Et il paraît que les usages s'opposent à ce que je fasse ma commission moi-même ! »

Juliette regardait le jeune homme, se demandant s'il n'avait point attrapé une insolation dans les champs paternels pendant les vacances de Pâques. Mais Antoine reprit :

« Vous croyez que j'ai perdu la tête, madame, vous vous trompez. Vous allez comprendre, quand vous aurez lu cette lettre que j'apporte de Pontivy... Je devais prier mon oncle ou ma tante de vous la remettre ; mais, puisqu'ils sont sortis à l'heure où j'ai besoin d'eux... Lisez, madame, je vous en prie. »

Juliette prit la lettre qu'on lui tendait, une belle lettre, dont l'adresse : « A Monsieur et Madame Larousay », était calligraphiée avec le plus grand soin. Elle la lut pendant qu'Antoine demeurait immobile, les yeux fixés sur son visage pour deviner ce qu'elle en pensait.

La lettre était signée Pénestin, propriétaire à la Chênaie, arrondissement de Pontivy. Dans ce document, dont l'écriture était superbe et dont M. Pénestin avait aligné les phrases à la sueur de son front, car il était plus accoutumé à écrire ses comptes et sa correspondance d'affaires qu'à tourner des lettres délicates, le père d'Antoine disait que, tenant, après informations prises, M. Larousay et sa femme pour des gens d'honneur et de mérite et leur fille aînée pour une jeune personne accomplie, telle qu'il pouvait souhaiter une bru, il avait l'honneur de solliciter la main de ladite demoiselle, Suzanne Larousay, pour son fils, Antoine Pénestin, professeur au lycée de Nantes. Son fils ne demandait point de dot, s'estimant trop heureux s'il l'obtenait pour femme, et trouvant gagner assez pour faire vivre une famille. Suivait un état des biens de M. Pénestin, sur lesquels il était prêt à verser à Antoine, pour son entrée en ménage, la part qui lui revenait de l'héritage de sa mère, et le chiffre approximatif de ce qui pourrait lui revenir plus tard après le décès du signataire.

Enfin, en post-scriptum, M. Pénestin ajoutait une liste des personnes chez qui M. Larousay pourrait s'informer de son honorabilité, ainsi que de celle de ses enfants et de leurs ascendants, en remontant à beaucoup de générations; il y avait aussi l'adresse du notaire qui faisait ses affaires, pour le cas où M. Larousay désirerait contrôler ses affirmations par rapport à sa fortune et à ce qu'il devait à son fils.

La lettre n'était pas d'un diplomate souple et gracieux, mais elle était d'un honnête homme, et remplit de joie le cœur de Mme Larousay. A qui pouvait-elle se fier mieux qu'à Antoine pour rendre heureuse sa chère Suzanne? Et puis, il aimait Jean; quand l'*innocent* serait orphelin, il ne lui refuserait pas une place à son foyer... Mme Larousay ne comptait pas lui imposer Jean comme une charge onéreuse : depuis que Roger était placé et la pauvre petite Louise partie, les dépenses de la maison avaient diminué et Juliette pouvait faire quelques économies. Ce serait pour Jean : il apporterait avec lui assez pour le faire vivre. Ce qu'Antoine lui donnerait, ce qui ne se paye pas, c'était la protection, la tendresse, le bonheur de vivre entouré de visages amis.

Quelle joie pour la mère de penser que, après elle, son pauvre enfant serait encore heureux sans que Suzanne eût besoin de se sacrifier pour lui !

Elle tendit la main à Antoine.

« Je ne ferai pas de fausse dignité, mon cher enfant, lui dit-elle; je ne demanderai pas le temps de réfléchir ni d'en parler à mon mari; je sais qu'il sera aussi heureux que moi. C'est *oui*, avec joie ! Reste Suzanne...

— Ah ! oui ; je sais l'objection qu'elle va faire, et je compte sur mon éloquence pour la détruire, si vous voulez lui en parler devant moi... Mais cela ne se fait pas, je crois, c'est comme de faire sa demande soi-même... Excusez-moi ; j'avais la bonne intention de vous envoyer mon oncle; pourquoi n'était-il pas chez lui !

— Vous oubliez une troisième irrégularité, qui serait d'en parler à la fille avant d'en prévenir le père... Mais je vous ai dit que mon mari et moi ne faisions qu'un. Et, d'ailleurs le voilà qui rentre. »

Mme Larousay avait raison, et M. Larousay ne se fit pas prier pour appeler Antoine son fils. Puis Suzanne rentra à son tour et sa mère lui fit part de la demande du jeune homme. Elle rougit d'abord et ses yeux brillèrent; mais presque aussitôt une ombre passa sur son visage et effaça son sourire.

« Je ne peux pas, maman ! murmura-t-elle; et Jean ?

— Jean ! interrompit Antoine, qui répondit à la place de Mme Larousay. Quelle question ! nous l'adoptons, c'est tout simple, puisque vous m'avez dit que vous ne vouliez pas le quitter. »

Il s'éleva ici une petite discussion à propos de Jean : Antoine voulait s'en charger tout de suite et ses parents refusaient de le laisser aller. Enfin on convint que l'*innocent* resterait dans sa famille, mais qu'Antoine et sa femme auraient un appartement tout près pour qu'il pût y venir seul tant qu'il voudrait.

Jean rentra avec Cécile, pendant qu'on parlait de lui; Suzanne était remontée la première, pendant que les autres s'en allaient faire une commission oubliée. Il apprit que sa sœur allait se marier et qu'Antoine deviendrait le mari de Suzanne : il ne se rendit pas bien compte tout de suite des changements que cela pourrait apporter dans son existence, mais il vit autour de lui des visages si joyeux qu'il en fut tout réjoui, lui aussi. Cécile riait et sautait de joie, disant qu'elle avait toujours pensé que cela arriverait; et le grand-père, à qui on alla présenter son petit-fils, déclara qu'il était heureux d'avoir vécu assez pour voir ce jour. Enfin Mme Larousay mit presque à la porte son futur gendre qui ne pouvait se décider à s'en aller. Une fois dans la rue, il s'avoua à lui-même qu'elle avait bien fait de le renvoyer, et qu'il ne lui restait pas trop de temps pour ce qui lui restait à faire. Primo, expliquer à son oncle et à sa tante la commission dont il avait eu l'intention de les charger, commission qu'il avait fini par faire lui-même, et les inviter à dîner le soir même, avec lui et Georges, avec la famille Larousay; secundo, prier Mme Décherel de l'accompagner chez la fleuriste pour commander un joli bouquet, et chez le bijoutier pour choisir une bague. Suzanne avait dit un jour qu'elle aimait les émeraudes : elle aurait pour bague de fiançailles une émeraude entourée de petits diamants. Antoine avait de quoi la payer; il y avait assez longtemps — depuis qu'il était revenu à Nantes — qu'il faisait des économies pour son mariage. Mais le père Pénestin n'aimait pas qu'on se mariât trop jeune et n'avait donné son consentement que le jour où Antoine avait atteint ses vingt-sept ans.

XXVI

UN COUP DE MISTRAL

Nous sommes en août, au commencement des vacances. Antoine Pénestin n'est point parti pour aller les passer à Pontivy; il ne faudrait pas lui parler de quitter Suzanne. Le mariage aura lieu dans quinze jours; l'appartement est à demi meublé; on peut déjà l'habiter, quoique les grands rideaux ne soient pas posés; mais c'est la faute de Cécile qui n'a pas encore terminé la guirlande de broderie dont elle les orne. D'ailleurs, les grands rideaux n'ont pas besoin d'être posés quinze jours d'avance; les gens qui vont demeurer là en attendant les vrais locataires se contenteront des petits rideaux, bien suffisants pour arrêter les regards indiscrets. Mais tous les meubles sont apportés; il y a de la vaisselle dans le buffet, et dans les armoires des piles de bon linge tissé au faubourg Saint-Jacques; la cuisine est garnie de casseroles brillantes, auxquelles Mariette viendra donner un dernier lustre la veille du grand jour. Depuis qu'il est en vacances, Antoine passe une partie de ses journées en travaux d'aménagement et d'embellissement; il a collé des papiers frais, rafraîchi les peintures, planté des clous ici et là, posé des portemanteaux; on dirait un appartement tout neuf. Comme le salon est gentil! C'est un salon si l'on veut; il en fera en même temps son cabinet de travail et l'on y voit une grande table à écrire et une bibliothèque; cela n'empêche pas le canapé et les fauteuils, ni même le piano, un piano presque neuf, que Mlle Durangin a acheté pour Suzanne à très bon compte, la faisant profiter d'une occasion qu'on lui offrait pour son pensionnat. Elle lui a aussi fait des cadeaux : ces lampes et ce coussin viennent d'elle, et elle a expliqué à Suzanne qu'elle voulait lui marquer combien elle regrettait de ne pas l'avoir pour associée, tout en se réjouissant de son bonheur. Elle s'arrangera peut-être de Cécile, Mlle Durangin, à moins que son beau-frère ne trouve à la marier; mais on a du temps devant soi pour tout cela.

Qui donc va venir habiter l'appartement avant les mariés? C'est M. Pénestin, qui veut faire connaissance avec Suzanne et sa famille; il a terminé la moisson hier, et il arrive ce soir avec Jenny. Yves ne viendra que juste pour le mariage: on ne peut pas laisser longtemps la maison livrée aux domestiques. Jenny a échangé plusieurs lettres avec Suzanne; les deux belles-sœurs sont toutes disposées à s'aimer, d'autant plus que Jenny, cœur incliné à la pitié, s'est exprimée avec tendresse sur le compte de Jean : Suzanne en a été touchée et elle est impatiente de connaître Jenny.

En ce moment, on est très agité dans la famille Larousay. La mère est à la cuisine, où elle surveille la confection d'une crème et d'une tarte aux prunes; Suzanne et Cécile, les joues enflammées par le charbon, apportent sur leurs bras de hautes piles de linge qu'elles viennent de repasser en y mettant tous leurs soins; c'est le linge du trousseau de Suzanne, cousu et brodé dans la maison: du joli linge et qui durera longtemps. Elles le déposent sur la table.

« Ouf! que j'ai chaud! dit Cécile en riant. Jean, évente-moi! »

Jean prend un grand éventail et l'agite entre ses deux sœurs.

« Merci, cela fait du bien. Assez; tu vas nous aider à faire des paquets de douze et à les attacher avec des rubans roses. »

Jean prend les mouchoirs, les range par douzaines; il a bien de la peine à compter jusqu'à douze et l'effort lui fait froncer les sourcils. Une faveur rose en croix, un joli nœud : voilà un paquet de fait!

« Est-ce bien comme cela, Cécile?

— Très bien, mon chéri, continue. Quand nous aurons débarrassé la table, nous mettrons le couvert; tu arrangeras dans les coupes et dans la jardinière les fleurs que nous avons rapportées du marché ce matin. Il faut que notre table ait bon air.

— Qui avons-nous à dîner? Je ne me rappelle plus!

— Le père d'Antoine et sa sœur.

— Ah! oui, j'avais oublié. Il faut bien les soigner et leur donner un bon dîner pour faire plaisir à Antoine. J'aime Jenny; elle a écrit à Suzanne qu'elle aimerait son petit Jean. Elle est bonne, Jenny! Et son père, est-il bon?

— Certainement. Tiens, fais-moi ce nœud-là, tu les fais très bien. Ah! un coup de sonnette : c'est celui d'Antoine. Va lui ouvrir, Mariette doit avoir les mains dans la farine. »

Jean court ouvrir la porte et Antoine entre.

« Je vais au-devant des voyageurs; mais le train n'arrive que dans deux heures et je suis monté vous dire un petit bonjour...

— Un petit bonjour de sept quarts d'heures? demande Cécile, railleuse.

— Précisément. Ce soir ils seront pressés d'aller se coucher : mon père se couche de bonne heure, de sorte que je serai obligé de vous quitter plus tôt qu'à l'ordinaire; il faut bien que je me dédommage.

— Pauvre petit! Tenez, dédommagez-vous tout à fait et allez-vous-en causer avec Suzanne; Jean et moi, nous finirons les paquets de linge. Admirez la blancheur de notre lessive!

— Une vraie neige! » dit Antoine en riant. Et il va s'asseoir avec Suzanne dans l'embrasure de la fenêtre. Suzanne prend une ficelle et entoure un petit paquet de papiers.

« Voudrez-vous me mettre ces épreuves-là à la poste en vous en allant ? dit-elle. Ce sont les dernières de ma traduction ; le volume va bientôt paraître.

— Vous n'aurez bientôt plus besoin de travailler ainsi, *ma cousine !*

— Oh si, vous me laisserez continuer, vous me l'avez promis ! Cela ne prendra pas sur mes devoirs de ménagère ; la journée est longue, et je serai si contente de gagner un peu d'argent, moi qui ne vous apporte pas de dot ! Et puis il faut penser à l'avenir ; vous voulez bien servir de père à mon pauvre Jean, mais je ne voudrais pas qu'il fût une charge pour vous. Je ne vous demande pour lui que votre amitié ; laissez-moi le soin de le nourrir.

— Vous ferez ce que vous voudrez, tout ce que vous voudrez, rien que ce que vous voudrez ; je sais que vous êtes la raison même et je n'ai pas la prétention de diriger votre conduite. Ah ! *ma cousine,* que je suis heureux ! Quand je pense qu'il y a des gens qui, en se mariant , se croient obligés de prendre mille précautions contre la frivolité, le désordre, l'égoïsme, le gaspillage de leur femme ! Dans ces conditions-là, je trouve, moi, qu'ils feraient tout aussi bien de ne pas se marier. Moi, je me remets en toute confiance entre vos mains et je suis tranquille. Mais voilà, c'est qu'il n'y a qu'une Suzanne au monde ! »

Suzanne sourit ; ce que dit son fiancé n'est pas pour lui déplaire ; elle se croit pourtant obligée de protester.

« Je crois, moi, qu'il n'y a au monde qu'un Antoine Pénestin pour se faire des illusions pareilles. C'est à trembler pour l'avenir quand vous découvrirez mes défauts.

— Oh ! vos défauts, depuis plus de dix ans que je vous connais ! Je ne sais pas si vous en avez jamais eu, mais vous n'en aviez déjà plus quand je suis arrivé ici et que vous m'avez reçu chez mon oncle. Vous rappelez-vous ? »

Vous rappelez-vous ? entre gens qui ont des souvenirs communs, est toujours un coup de tremplin donné à la conversation : voilà Antoine et Suzanne repartis sur le chapitre des souvenirs. Là il est encore question de Jean.

« Cher petit ! dit Suzanne, vous ne savez pas ce que vous lui devez. C'est lui qui m'a corrigée de mes défauts... pas tous, mais les plus gros, au moins !

— Et comment étaient-ils faits vos grands défauts ?

— Ah ! voilà ! J'étais très égoïste d'abord.

— Oh ! ! !

— Et puis j'avais un tel amour de l'ordre et de la régularité, que tout ce qui s'en écartait me mettait hors de moi, et Roger s'en écartait souvent, Cécile encore davantage, sans compter Mariette qui n'était presque qu'une petite fille elle-même. Je passais ma vie à réparer leurs méfaits pour ma propre satisfaction, et, par esprit de justice, je les gron-

dais et je rapportais contre eux. Aussi ils ne pouvaient pas me souffrir, et je prenais l'habitude d'être toujours hérissée comme un porc-épic.

— Comme on change ! dit Antoine en riant.

— C'est Jean qui m'a changée. Pas tout de suite ; je ne m'occupais pas de lui, je n'aimais pas les enfants. Mais j'ai cru d'abord qu'il était sourd-muet, et cela m'a fait pitié ; et un jour qu'on l'avait chassé d'un jeu qu'il ne comprenait pas, j'ai tâché de le consoler. Comme il m'a rendu mes caresses ! Je sens encore ses petits bras autour de mon cou. Il m'a pris le cœur ce jour-là, et depuis je l'ai aimé, et cela m'a toute changée.

— Il est donc bien juste que je l'aime aussi, moi ! Mais, Suzanne, vous oubliez une chose : c'est que nous ne le prendrons avec nous que dans bien longtemps, puisque vos parents veulent le garder. Dans ce temps-là, je serai peut-être un haut et puissant seigneur, un recteur ou un inspecteur général, ou bien un professeur à la Sorbonne ou au Collège de France, et je toucherai de gros appointements. Vous n'avez donc pas besoin de vous fatiguer à amasser de quoi payer la dépense de Jean chez nous, puisque nous serons trop riches ! »

A cette idée d'être trop riches, Suzanne se mit à rire de si bon cœur, que Cécile et Jean accoururent pour voir ce qui la mettait en gaîté. Antoine riait aussi ; mais un coup d'œil qu'il jeta à la pendule le fit redevenir sérieux.

« Allons, dit-il, voilà les sept quarts d'heure qui touchent à leur fin ; il faut que j'aille au chemin de fer. Nous vous arriverons à six heures précises ; mon père est l'exactitude même. Une demi-heure de conversation avant le dîner, pour faire connaissance ; un peu de musique après le café (je lui ai dit que vous étiez bonne musicienne et il demandera à vous entendre), et le départ à neuf heures et demie : il tient à être au lit à dix heures. Mais demain Jenny viendra passer la journée avec vous, si cela ne vous gêne pas.

— Oh ! pas du tout, au contraire. Je serai si contente de causer avec elle en tête à tête ! Je suis sûre que nous nous aimerons. Je la connais déjà par ses bonnes lettres, celles qu'elle m'a écrites et celles que vous m'avez lues. Allons, partez ; à tout à l'heure. »

Antoine sortit en courant et Suzanne alla aider Cécile, qui achevait de mettre le couvert.

« Nous avons porté tout ton trousseau dans la grande armoire, dit Cécile à sa sœur ; va voir comme c'est bien rangé ; tu ne diras plus que je manque d'ordre, comme autrefois. Les douzaines empilées avec leurs rubans roses font un effet !... Je me réjouis de les montrer à ta future belle-sœur : elle est si aimable, à ce que dit Antoine... Mais n'as-tu pas peur un peu du beau-père ?

— Moi ? Non ! Je sais que c'est un homme sévère et minutieux et qu'il a mis du temps à se décider avant de donner son consentement ; mais je sais aussi que c'est un homme d'honneur qui ne reviendra pas sur sa parole. Et puis je suis bien décidée à faire tout ce qu'il faudra pour lui plaire.

— Alors, allons donner un petit coup de main à notre toilette; quoique je ne me marie pas, je n'ai point envie de faire peur; et toi, il faut que tu sois belle. »

Les deux jeunes filles sortiront gaîment de la salle à manger, dont la toilette avait été la première faite; et, fraîchement recoiffées et parées de rubans neufs, elles venaient de rejoindre leur mère au salon, lorsque la famille Pénestin arriva.

M. Pénestin était un petit Breton entre cinquante et soixante ans, net, sec et rigide d'aspect, avec des yeux perçants et une bouche aplatie par le départ des dents de devant. Il arrivait avec les intentions les plus aimables, car il appela tout de suite Suzanne « ma chère fille » et l'embrassa sur les deux joues. Il n'avait rien de sémillant ni d'onctueux dans ses façons et dans ses paroles, mais il se montra très poli avec toute la famille, félicita M. Larousay d'avoir un fils à Saint-Cyr, et demanda à quoi se destinait le second. La réponse évasive qu'il reçut parut le surprendre, et, à partir de ce moment-là, il regarda Jean avec une attention de plus en plus marquée. Jean ne s'en apercevait pas; mais Suzanne s'en apercevait, et cela lui causait un malaise qu'elle ne s'expliquait pas, mais qu'elle ne pouvait parvenir à secouer. Pour Jenny, c'était une bonne fille sans prétentions, qui arrivait les mains ouvertes et le cœur aussi, disposée à aimer la future femme de son frère; toute la famille fut bientôt à l'aise avec elle, y compris Jean, qui l'accabla des témoignages de sa tendresse, témoignages un peu enfantins pour sa taille et pour son âge : Suzanne en fut gênée pour la première fois de sa vie.

M. et Mme Décherel arrivèrent avec Georges, et presque aussitôt on se mit à table. Georges, fut placé près de Jean et Suzanne ne put s'empêcher de remarquer que M. Pénestin, quoiqu'il fût loin d'eux, prêtait l'oreille à leur conversation.

Après le café, M. Pénestin demanda de la musique. Jenny joua du piano : elle n'était pas forte, mais jouait simplement et d'une manière aimable; Suzanne prit plaisir à l'entendre et lui montra plusieurs jolis morceaux qui pourraient lui convenir. Puis elle joua, et M. Pénestin lui fit de grands compliments sur son talent; mais il lui sembla qu'il ne mettait plus dans son accent la nuance bienveillante et presque tendre qu'elle y avait trouvée d'abord. Le reste de la soirée, il parut préoccupé; il ne parlait pas et regardait sans cesse Jean, et neuf heures et demie sonnèrent sans qu'il donnât le signal du départ.

« Qu'a donc mon père? demanda tout bas Antoine à Jenny, en voyant M. Pénestin qui ne s'occupait généralement pas des enfants, aller s'asseoir près d'une table où Georges et Jean feuilletaient des albums.

— Je ne sais pas, répondit-elle; il était de très bonne humeur en arrivant, très content, bien disposé, et il change à vue d'œil. J'ai beau chercher, je ne vois rien ici qui ait pu lui déplaire. »

M. Pénestin se faisait montrer par Jean les Aventures merveilleuses du baron de Munchhausen, et paraissait s'y intéresser beaucoup.

« C'est très drôle, cela, dit-il, et je voudrais bien connaître toute l'histoire. Lisez m'en donc un peu, mon petit ami : l'explication de cette image-là, tenez! »

Il désignait une feuille représentant le baron à cheval au bord de la rivière. Georges voulut tourner le livre de son côté pour obéir au désir de son oncle; mais M. Pénestin l'arrêta avec un geste d'autorité, et, repoussant le livre sous les yeux de Jean:

« Lisez-moi cela, mon garçon! Vous savez lire, je suppose? »

Jean ouvrit tout grands ses yeux étonnés. Comment, il y avait au monde des gens qui ignoraient qu'il était innocent et n'avait pas pu apprendre à lire! Il n'était d'abord qu'étonné; mais il fut bientôt effrayé en voyant la manière dont M. Pénestin le regardait. Jamais on ne l'avait regardé comme cela!

« Il ne sait pas lire, mon oncle! » dit Georges; et, voulant expliquer que ce n'était pas la faute de son camarade, il ajouta: « On n'a pas pu lui apprendre, parce qu'il est innocent.

— Ah! » fit sèchement M. Pénestin. Et se levant tout d'une pièce : « Dix heures moins le quart! nous devrions être partis! »

Et, pour rattraper le temps perdu sans doute, il marcha vivement vers la porte, enfila les manches de son pardessus comme s'il avait eu peur de manquer le train, dit d'un ton bref à Jenny, qui se hâtait de mettre son chapeau: « Eh bien, est-ce fait? » et ouvrit lui-même la porte du palier. Là, il fit passer sa fille devant lui et, saluant la famille Larousay, il fit des adieux aussi laconiques que possible. Et comme Suzanne, atterrée, essayait de lui sourire en lui disant au revoir, il lui répondit sans se retourner : « Adieu, mademoiselle! » et descendit rapidement l'escalier.

« Mon Dieu, qu'y a-t-il? demanda tout bas Mme Larousay à Antoine.

— Je n'y comprends rien! Ne vous troublez pas : ce ne sera rien sans doute... Je reviendrai vous voir demain matin... Au revoir, ma chère Suzanne! au revoir tous.

— Antoine! » appela M. Pénestin du bas de l'escalier. Et le jeune homme descendit en courant pour le rejoindre.

XXVII

ADIEU L'ESPERANCE

EXCEPTÉ Jean, dont aucune inquiétude ne troubla le sommeil, on ne dormit guère cette nuit-là chez M. Larousay. Le père et la mère de famille, blessés et attristés, s'entretinrent longtemps des événements de la soirée, cherchant en vain à eux deux ce qui avait pu changer ainsi brusquement l'humeur de M. Pénestin. Antoine leur avait bien présenté son père comme un homme sévère, jaloux de son autorité et des égards qui lui étaient dus ; mais il n'avait jamais dit qu'il fût injuste, capricieux ou susceptible. D'où pouvait venir cette différence entre son accueil à l'arrivée et ses adieux au départ. M. et Mme Larousay ne trouvaient rien qui eût pu le blesser dans ce qui avait été dit ou fait. Avait-il été pris d'une lubie étrangère à ses habitudes ? En aurait-on une explication satisfaisante, et le verrait-on le lendemain, gai et affable, appelant Suzanne sa chère fille ? Ils l'espéraient, car enfin il n'y avait pas de raison pour qu'il en fût autrement ; mais une inquiétude indéfinissable leur serrait le cœur et les empêchait de fermer les yeux.

Cécile était furieuse contre ce méchant vieillard.

« A qui en a-t-il ? se demandait-elle en se retournant dans son lit où le sommeil ne venait pas la prendre. Est-ce qu'il va faire cette mine-là jusqu'au mariage ? Suzanne a beau être contente d'épouser Antoine, elle a tout de même un peu de chagrin de nous quitter, et elle ne peut pas s'empêcher d'être préoccupée : c'est toujours comme cela quand on se marie. Elle en a maigri, je le vois bien, moi qui lui essaye ses robes ; il a fallu repincer le patron du corsage ; si ce vilain beau-père se met à la tourmenter, avec cela, il est capable de la rendre malade. Heureusement qu'il demeure à Pontivy, où il n'y a qu'un petit lycée : il n'y a pas de risque qu'Antoine y soit envoyé. C'est dommage qu'il soit si désagréable : sa fille est si aimable ! Elle paraissait si heureuse de recevoir Suzanne à la campagne ! et nous aussi, car nous étions tous invités à y aller. Je m'en faisais une fête ; et voilà que je n'ai plus du tout envie d'y aller, à présent !... Suzanne ne dort pas : je suis sûre qu'elle a du chagrin, et je n'ose pas lui parler, car je ne sais pas du tout ce que je pourrais lui dire pour la consoler... Et grand-père ! il avait l'air de trouver ce monsieur bien malappris... Il n'était pas toujours aimable autrefois, grand-père ; mais il n'aurait jamais été aussi malhonnête... »

Ce qui dominait chez M. Maxime Larousay, c'était l'indignation ; il voyait dans la brusque sortie de M. Pénestin un affront fait à toute la famille. Etait-ce une rupture que ce monsieur cherchait ? Il n'avait certes rien pu découvrir contre Suzanne, ni contre ses parents ; il savait bien qu'elle n'avait pas de dot, mais c'était surtout l'affaire d'Antoine, cela ! et d'ailleurs, il devait en avoir pris son parti, puisqu'il avait lui-même fait la demande par écrit et qu'il arrivait pour le mariage. Suzanne lui avait-elle déplu ? Il aurait fallu qu'il fût bien difficile, en vérité ! M. Maxime Larousay enrageait de ne pas pouvoir dire sa façon de penser à cet insolent personnage.

Et Suzanne ? Pauvre Suzanne, habituée à tant de tendresse, si dévouée aux siens, et qui ne demandait qu'à porter à sa nouvelle famille une part de son cœur et de son dévouement ! Le sec « adieu, mademoiselle ! » de M. Pénestin, l'avait glacée ; Antoine n'avait pu l'expliquer, et il semblait en être aussi inquiet qu'elle-même. Demain ! il viendrait demain ? Oh ! quand demain arriverait-il ? Et la pauvre fille regardait à travers les rideaux de gaze le ciel où brillaient les étoiles, cherchant s'il ne commençait point à s'éclairer des premières lueurs de l'aube. Mais l'impatience des humains ne hâte point la marche des horloges ; et les heures, les demies et les quarts sonnaient à leur moment, comme à l'ordinaire : le jour avait bien le temps de venir !

Hélas ! le jour parut enfin, le soleil se leva éblouissant, la vie recommença dans les rues, Suzanne se leva et se livra à ses travaux ordinaires ; mais il n'y avait pas de gaîté dans la maison, et tous les yeux se tournaient du côté du vestibule, toutes les fois que la sonnette résonnait. C'était la boulangère, le pâtissier qui venait chercher ses moules de la veille, l'épicier qui apportait une commande, une pauvre femme à qui on donnait les restes et le marc de café : Antoine ne paraissait point.

Il ne vint pas le matin, on n'eut aucune nouvelle de lui dans la journée. L'explication, ce fut M. Larousay qui la donna, quand il rentra à quatre heures, courbé, pâle, défait, vieilli de dix ans, tant sa peine était profonde. Il prit à part Mme Larousay et s'enferma avec elle dans le salon ; un peu plus tard Mme Larousay ouvrit la porte et appela Suzanne d'une voix altérée. Quand ils se séparèrent, Suzanne était pâle comme un linge, et elle courut se réfugier dans sa chambre. Cécile alla l'y rejoindre, et Suzanne, qui pleurait la figure cachée dans son oreiller, se jeta dans ses bras en sanglotant.

Les deux sœurs causèrent longtemps ensemble.

« Que veux-tu ? dit Suzanne, c'était un rêve qui m'a rendue bien heureuse pendant plusieurs mois. . Nous ne pouvons pas accepter

qu'il désobéisse à son père, n'est-ce pas ? »
Elle s'essuyait les yeux en soupirant, lorsque
Jean vint prévenir ses sœurs que Mariette
apportait la soupière. Il fut tout surpris des
yeux rouges de Suzanne, et l'entoura de ses
bras en lui disant tendrement : « Ma Suzanne
chérie, qu'as-tu ? » Alors elle l'embrassa en
l'appelant son cher petit, son frère, son
enfant, et elle se leva en disant à Cécile :
« Qu'il ne sache rien, surtout ; s'il comprenait
cela lui ferait trop de peine ».

Si bas qu'elle eût parlé, Jean l'avait
entendue ; il avait l'oreille fine, et son attention était éveillée par l'air de tristesse qui
régnait dans la maison ce jour-là. Il ne
demanda plus à Suzanne ce qu'elle avait,
mais il chercha dans sa tête qui pourrait bien
le lui dire.

Après le dîner, qui fut triste, il demanda
à sa mère la permission de sortir un peu. Il
aimait à aller sur le quai de l'Erdre ou sur
le cours Saint-André, fort désert à cette
heure où les promeneurs se portaient de préférence au Jardin des Plantes, et où il pouvait à son aise lancer son ballon. Mme Larousay le laissa sortir ; il valait mieux qu'il fût
hors de la maison, que de remarquer le chagrin de ses parents et de faire des questions
embarrassantes.

Jean alla droit chez M. Décherel. Le dîner
était fini, et la famille était sortie ; seulement,
on avait laissé à la maison Georges, qui avait
eu mal aux dents pendant la journée et qu'on
n'avait pas voulu exposer à l'air frais du
soir. Georges, qui ne souffrait plus, fut
enchanté de voir arriver son camarade. Il
savait des choses qui lui donnaient de l'importance, pensait-il, et il avait hâte de les
communiquer à quelqu'un.

Il emmena Jean dans sa chambre, et tout
en rangeant sur le plancher les soldats et les
canons d'un escadron d'artillerie, il lui
demanda d'un air mystérieux ce qui se passait
chez lui.

« Je ne sais pas ! répondit Jean. Personne
ne rit et Suzanne pleure ; grand-père a l'air
fâché. Tout à l'heure Suzanne m'a embrassé
bien fort, comme je fais quand j'ai du chagrin et que je veux qu'on me console. Sais-tu
ce qu'elle a, toi ?

— Je crois que oui ! Mon oncle Pénestin
ne veut pas qu'Antoine se marie avec elle.

— Il ne veut pas ! Pourquoi ? Il voulait
bien, et puis il ne veut plus ! Qu'est-ce que
Suzanne lui a fait ? Elle n'a jamais fait de
mal à personne, Suzanne !

— Oh ! bien sûr ! il n'en veut pas à
Suzanne non plus. C'est à cause de toi.

— De moi !

— Oui, parce que tu es *innocent*... Il était
dans une belle colère hier soir, mon oncle,
en s'en allant de chez toi ! Il gesticulait des
bras et de la tête, il s'en prenait à Antoine,
à papa, à maman, à tout le monde : ma cousine Jenny, qui est très bonne, elle, a voulu
lui parler, il lui a dit d'un ton ! mais d'un
ton ! « Mêle-toi de ce qui te regarde, toi !
« Je suis le maître dans ma famille ! » Elle
n'a plus rien dit ; mais j'ai vu qu'elle serrait

la main d'Antoine, pour le faire taire et
l'empêcher de se fâcher, lui aussi.

— Et puis, Georges ? qu'est-ce qu'il disait ?

— Il disait — il criait assez fort, on pouvait bien l'entendre : « C'est une infâme
« tromperie ; vous vous êtes tous entendus
« pour me cacher qu'il y avait un idiot dans
« la famille ! — Mais non, répondait papa,
« il n'est pas idiot, il a seulement le cerveau
« faible. — Eh ! c'est la même chose ; il sera
« toute sa vie à charge aux autres, et c'est
« sur mon fils que cela retombera. Le fils
« aîné... c'est à peine payé, les officiers, il
« ne pourra rien faire pour l'idiot ; la plus
« jeune... elle aura déjà assez de s'occuper
« d'elle-même... Et cette fille, qui n'a pas
« de dot, apportera une charge pareille dans
« la maison de mon fils ! »

Jean écoutait, blême et les yeux dilatés par
l'épouvante de ce qu'il comprenait. C'était
lui ! c'était lui ! Oh ! comment Suzanne pouvait-elle l'aimer ? Et elle l'aimait, pourtant !
elle l'avait embrassé si tendrement !

Georges se taisait. Jean reprit.

« Et puis, Georges ? a-t-il dit autre chose ?
Rappelle-toi bien !

— Papa a tâché de le calmer ; je n'ai pas
compris ce qu'il disait. Mon oncle l'a écouté ;
il a fini par répondre : « Tu as beau dire,
« ce garçon sera toujours une lourde charge.
« Un garçon de quinze ans qui n'a jamais pu
« apprendre à lire ! Pour moi, c'est un véri-
« table idiot : et s'il ne l'est pas, c'est un
« paresseux qui profite de la faiblesse de sa
« famille. Dans tous les cas, il ne sera jamais
« bon à rien. » Il voulait partir tout de suite,
mais il n'y avait plus de train pour Pontivy.

— Et à présent, est-ce qu'il est parti ?

— Non, maman est allée chez lui dès ce
matin, elle s'est levée à cinq heures pour cela,
et elle lui a persuadé de ne pas partir, puisqu'il s'était arrangé pour rester quinze jours ;
on lui fera voir Nantes et ses environs. Mais
il n'est resté qu'à condition qu'on prévien-
drait dès aujourd'hui ton père de ne plus
compter sur Antoine. C'est comme cela que
maman l'a raconté à papa ; cela veut dire
qu'il n'y aura pas de noce. Comme c'est
ennuyeux ! nous devions tant nous amuser !

— Et Antoine ?

— Antoine ! il est venu à la maison ce
matin, il était comme fou. J'ai entendu qu'il
disait : « C'est mon affaire, à moi ! puisque
« je m'en charge, personne n'a rien à y voir !
« Après tout, j'ai vingt-sept ans, je n'ai
« besoin de la permission de personne !
dites-le bien à M. Larousay. » Et papa est
parti pour aller parler à ton père à son
bureau.

— C'est pour cela que Suzanne disait :
« Nous ne pouvons accepter qu'il désobéisse
« à son père... » Si je savais lire, crois-tu
qu'il voudrait bien ?

— Ah ! peut-être, puisqu'il revenait toujours
là-dessus.

— Je dirai à Suzanne de m'apprendre à
lire !

— Elle ne voudra pas. Il paraît qu'on a
essayé autrefois, quand tu étais petit, et que

tu as manqué mourir. Ils ont dit cela, et bien d'autres choses ; je ne peux pas me rappeler tout..., je sais seulement qu'on ne doit pas te fatiguer, ni te faire de chagrin...

— Du chagrin ! » répéta Jean, et il demeura silencieux et se mit à ranger ses pièces d'artillerie d'un air rêveur. Du chagrin ! ses parents ne lui en faisaient pas, bien sûr ; mais il lui en venait d'ailleurs... On avait essayé de lui apprendre à lire, et il avait manqué mourir... Il était petit, dans ce temps-là : peut-être qu'à présent qu'il était grand, il pourrait apprendre sans mourir...

« Allons, monsieur Georges, il est temps de vous coucher, dit en entrant Marguerite, la bonne qui avait élevé Georges. Dépêchez-vous ; après cela, j'irai reconduire M. Jean : il fait nuit, il ne faut pas qu'il s'en aille seul. »

Georges chercha ce qu'il pourrait inventer pour retarder son coucher, et il pria sa bonne de lui faire réciter ses leçons pour voir s'il les savait bien : il n'aurait peut-être pas le temps de les répéter le lendemain matin. Marguerite y consentit : elle faisait toujours ce qu'il voulait.

Les leçons de Georges se composaient d'une règle de grammaire, de six vers d'une fable de Florian et de quelques lignes de l'Evangile.

Il récita les deux premières sans y mettre d'inflexions, enfilant sans s'arrêter les mots les uns au bout des autres, preuve qu'il savait très bien. Comme il savait un peu moins l'Evangile, il prononça plus lentement, pour se donner le temps de trouver la suite de ses phrases : ce qui les rendit compréhensibles. Jean l'écoutait. Son pauvre esprit ne pouvait jamais suivre deux idées à la fois ; quand un mot le frappait, il se mettait à y

penser et n'entendait plus ce qui pouvait venir ensuite.

Ce soir-là, ce qui le frappa dans la leçon de Georges, ce fut cette parole : « Nul ne peut donner une plus grande preuve d'amour que de mourir pour ses amis. »

« Comprenez-vous cela, monsieur Georges, demanda Marguerite, qui faisait volontiers un peu de morale au petit garçon. Il y a des personnes qui se font tuer pour quelqu'un qu'elles aiment : comme cette femme qu'on a mise dans le journal, qui s'est battue contre un loup pour défendre son enfant. Vous ne feriez pas ça, vous ! Vous êtes si douillet, que vous ne toucheriez pas une épine pour l'empêcher de piquer votre maman. Vous dites que vous l'aimez, pourtant ! mais vous ne lui en donnez guère de preuves.

— Ah ! bah ! dit Georges, je suis trop petit ! Quand je serai grand, j'aurai bien le temps de mourir pour mes amis ! »

Mourir pour ses amis ! Qui étaient ses amis, à lui, Jean ? Son père, sa mère, Suzanne... oh !... Suzanne !... S'il savait lire, elle pourrait se marier avec Antoine, le vieux monsieur ne le défendrait plus... Quand il était petit, il avait manqué mourir, parce qu'on avait voulu lui apprendre à lire... Il aimait tant sa sœur ! il lui donnerait la plus grande preuve d'amour... Il voulait apprendre à lire ! Elle ne voudrait pas ; mais il ne lui dirait rien... Georges savait lire, il pourrait bien lui montrer...

Telles étaient les pensées qui occupaient Jean, l'*innocent*, pendant que Marguerite le reconduisait chez lui, et pendant qu'il se mettait au lit. Il s'endormit en se répétant dans son cœur : « Nul ne peut donner une plus grande preuve d'amour que de mourir pour ses amis ».

XXVIII

LEÇONS CLANDESTINES

L E lendemain, Jean, selon sa coutume, ne se souvenait plus de ses pensées de la veille, quand Suzanne vint l'éveiller avec un baiser, comme elle faisait tous les matins. La vue de son visage pâle et de ses yeux rougis lui rendit la mémoire, et avec la mémoire, la résolution qu'il avait prise. Il se leva bien vite et descendit dans la rue en disant à sa sœur qu'il avait envie de voir le beau temps. Suzanne ne l'en empêcha pas : il connaissait bien le quartier et n'allait jamais loin.

Ce jour-là, il n'avait nulle envie de se promener. Il alla droit à la place Saint-Pierre et attendit Georges, qui parut bientôt avec son sac d'écolier : il allait à sa pension, située tout près du lycée dont une partie des élèves suivaient les cours. Georges fut très étonné de voir Jean.

« Comme te voilà de bonne heure ce matin, lui dit-il. Tu veux savoir s'il y a du nouveau ? Je ne dormais pas quand papa et maman sont

rentrés, je les ai entendus causer, maman disait : « C'est désolant, pauvre petite « Suzanne ! » Et papa répondait : « Je croyais « qu'Antoine lui avait parlé de cela ; Larou- « say le croyait aussi ; il aurait dû le faire ». Il paraît que mon oncle est toujours furieux, il cherchera à faire envoyer Antoine dans un autre lycée pour qu'il ne voie plus Suzanne. Voilà tout ce que j'ai pu entendre.

— Ce n'est pas cela que je voulais... Tu sais lire, Georges ? »

Le petit garçon s'arrêta pour rire plus à son aise et regarda Jean avec des yeux tout ronds.

« Es-tu bête ! Bien sûr, que je sais lire !

— Mais lire comme un maître, sais-tu ?

— Tout le monde sait lire comme un maître ; il n'y a pas deux manières de lire.

— Alors, tu pourrais m'apprendre à lire ?

— Ça n'est pas difficile, j'ai vu ça dans la classe des petits. On leur apprend les lettres et puis les syllabes, et puis les mots, et on fait des phrases. J'ai encore mon vieil alphabet dans ma bibliothèque, il est plein d'images.

— Apprends-moi à lire, Georges, pour que ma Suzanne se marie avec Antoine !

— Je veux bien ; mais tu n'étais pas déjà si content quand Antoine l'a demandée pour être sa femme ; tu me disais qu'elle te quitterait et que tu étais bien malheureux.

— C'est que je ne l'avais pas vue pleurer... Apprends-moi à lire, Georges.

— Mais si cela te fait mourir ?

— C'était quand j'étais petit ; à présent, cela ne me fera rien. Tu veux bien ? »

Georges aimait tout ce qui pouvait lui don-

— C'est promis ! Tope là ! »

Il tendit sa main droite à Jean, qui y frappa en répétant : « C'est promis ! » Nulle parole d'honneur ne les eût enchaînés davantage.

« C'est dommage que tu n'aies pas ton alphabet, disait Jean, tu m'aurais montré tout de suite.

— Je peux toujours te montrer des lettres dans mes livres... Tiens, ce mot-là, c'est *Évangiles;* la première lettre s'appelle *E*. Tu la reconnaîtras bien ? Cherches-en une pareille dans le même mot. »

Jean chercha et trouva ; il apprit ainsi en quelques minutes un certain nombre de lettres, et il aurait volontiers prolongé la

ner de l'importance, et l'idée de devenir le maître de Jean, qui était deux fois grand comme lui, sourit à sa vanité. Il consentit à la demande de son camarade.

« J'irai chez toi après la classe du soir et j'emporterai mon alphabet pour te donner ta première leçon. J'ai aussi des dominos avec les lettres dessus ; mais il doit y en avoir chez toi ? Quand j'apprenais à lire, je me rappelle que Louise s'amusait à me faire écrire mon nom et le sien, et beaucoup d'autres mots, avec des petits carrés de bois où il y avait des lettres et des numéros. Tu pourras les demander à ta mère.

— Non ; mais je sais où ils sont, avec les anciens joujoux, au grenier. J'irai les chercher quand Mariette montera étendre son savonnage : c'est justement le jour. Mais promets-moi que tu n'en parleras à personne !

— Comment, tu ne veux pas le dire chez toi ?

— Non..., je veux leur faire une surprise. Tu me donneras ton alphabet, je l'aurai toujours dans ma poche, et toutes les fois que nous serons seuls, tu me feras lire. Il faut que je sache dans quinze jours.

— Oh ! quinze jours, c'est impossible ! On y met beaucoup plus de temps que cela.

— J'apprendrai très vite, tu verras... Tu me promets de ne rien dire ni chez toi, ni chez moi ?

leçon ; mais l'horloge vint rappeler à Georges qu'il lui faudrait jouer des jambes pour arriver à sa pension à l'heure de la classe ; et les deux camarades se donnèrent rendez-vous pour le soir.

Jean alla s'asseoir sur un banc à l'ombre des platanes du Port-Communeau ; il ne s'y trouvait personne à cette heure et il pourrait s'y reposer et réfléchir à son aise. C'était donc vrai qu'il avait commencé à apprendre à lire ! Quand il saurait lire, il mourrait... et il voulait savoir lire dans quinze jours ! Il savait ce que c'était qu'un jour : quinze, c'était beaucoup pour qu'il pût s'en faire une idée nette. Mais enfin il savait que ce n'était pas bien long, car on disait encore dans sa famille, deux jours auparavant : « Suzanne va nous quitter, Suzanne va se marier dans quinze jours ! » et on avait l'air de trouver que ce serait bien vite venu... Dans quinze jours donc il irait retrouver Louise dans le grand ciel bleu, et sa mère, son père, Suzanne, Cécile, le grand-père, pleureraient comme ils l'avaient fait quand Louise était partie... Oui ; mais Suzanne se marierait avec Antoine ; et puis d'ailleurs, est-ce que ce ne serait pas heureux qu'il s'en allât, puisqu'il n'était bon à rien ? puisqu'il n'aurait jamais pu gagner sa vie ?

Il se tâtait pourtant et ne se trouvait pas malade : si cela continuait, ce ne serait

IL ÉTUDIAIT TOUTE LA JOURNÉE

pas bien pénible de mourir ! Du banc où il était assis, une affiche placardée contre un mur attira son attention ; il reconnut un **V** en tête du premier mot (il s'agissait d'une vente). « Ah ! voilà une lettre que je sais ! » se dit-il triomphant, et il s'élança vers l'affiche. Il resta là longtemps, cherchant les lettres que Georges lui avait montrées ; et il y mit tant d'attention que, lorsqu'il rentra, sa mère, le voyant en nage, lui reprocha de s'être trop échauffé à jouer.

Le soir il alla attendre Georges à la sortie de la classe, et entra en possession du bienheureux alphabet. Georges fut très étonné de ce qu'il se rappelait presque toutes les lettres qu'il avait apprises le matin. « Il n'est pas si idiot qu'on le dit, pensa-t-il ; peut-être que mon oncle a raison et que ce n'est qu'un paresseux ; alors il n'y a pas de mal à le faire un peu travailler. » Georges occupait un bon rang dans sa classe, ce qui lui donnait un grand mépris pour les paresseux. Il chassa tout à fait la crainte de faire mourir Jean, qui le tracassait un peu, et mit le plus grand zèle à l'instruire. Avoir un secret à garder et apprendre à lire à un garçon de quinze ans, à qui personne n'avait rien pu apprendre, que de sujets de gloriole ! Georges s'admirait lui-même en y songeant. Quels beaux projets il formait pour l'avenir ! il ne se proposait rien moins que de faire toute l'éducation de Jean, en la reprenant par le commencement.

Pendant quinze jours, les deux complices trouvèrent sans cesse des occasions de se réunir. Jean disait le matin : « Maman, je vais prendre l'air avant qu'il fasse trop chaud ». Dans la journée il déployait, pour se faire donner une commission à sa portée, toute l'astuce qu'on remarque souvent chez les êtres dont l'intelligence n'est pas bien équilibrée, et qui pourtant inventent des ruses à dérouter un renard. Le soir il allait voir Georges chez lui, ou faire sur le cours une partie de ballon avec Georges, ou bien Georges avait besoin de lui pour faire un cerf-volant, ou coller des planchettes derrière ses soldats de carton pour les faire tenir debout ; il était toujours avec Georges.

Mme Larousay remarquait bien cette recrudescence d'amitié pour le petit Décherel ; mais elle n'y trouvait point à redire. Le pauvre Jean n'avait point de camarades, n'étant de l'âge de personne ; sa mère se réjouissait de la distraction qui lui arrivait dans un moment où la maison était si triste, et elle savait gré à Georges de sa complaisance. Elle supposait même que ce devait être Mme Décherel qui avait inspiré à son fils la bonne pensée de se rapprocher de Jean, dont la vue pouvait être pénible à la pauvre Suzanne ; l'attirer au dehors était une bonne action. Jean, distrait par Georges de ce qui aurait pu le frapper au logis, épargnait à sa sœur des questions qui lui auraient été trop douloureuses. Il ne demandait pas pourquoi on ne riait plus, pourquoi on ne chantait plus, pourquoi on n'allait plus rien porter dans l'appartement où Antoine et Suzanne devaient demeurer, pourquoi Antoine ne venait plus à la maison. Mme Larousay s'étonnait un peu de son silence, ainsi que Suzanne ; et elles avaient beau se dire toutes deux : « C'est bien heureux que ce pauvre *innocent* oublie si vite, il n'aura jamais de longs chagrins ! » elles ne pouvaient se défendre d'une certaine amertume devant son calme.

Les jours s'écoulaient : on perdait peu à peu la douce habitude de voir à toute heure Antoine arriver joyeux, apportant avec lui l'entrain et la gaîté, mettant tout en mouvement et bâtissant mille châteaux en Espagne : on retombait dans le calme morne, on se détournait des joies et des espérances passées, on cherchait à renouer le fil de l'existence actuelle à celui d'autrefois, quand Antoine n'était pas là. Suzanne se résignait ; elle reprenait ses anciens projets, mais elle ne pouvait plus y mettre la même ardeur. C'était à la rentrée des classes, au 1ᵉʳ octobre, que Mlle Durangin désirait prendre une associée... Suzanne aurait préféré que ce fût tout de suite : des leçons à donner l'auraient empêchée de penser à son chagrin... Elle travaillait beaucoup, se forçant à résoudre des problèmes difficiles, ne s'arrêtant que quand la tête lui faisait mal ; et par moments, quand Jean s'approchait d'elle d'un air à la fois caressant et timide, elle le serrait dans ses bras et lui donnait les noms les plus tendres : « Mon Jean ! mon chéri ! mon cher petit frère ! tu m'aimes, n'est-ce pas ? Dis-moi que tu m'aimes ! dis-moi que nous serons heureux ensemble ! » Jean lui rendait ses caresses ; et en répétant : « Oh ! oui, je t'aime ! » au fond de son cœur il se disait : « Nul ne peut donner une plus grande preuve d'amour que de mourir pour ses amis ».

Mourir ! il ne s'appesantissait pourtant pas beaucoup sur cette idée-là, qui lui revenait seulement de temps en temps : il avait assez à faire de penser à ses lettres. Il étudiait toute la journée, en cachette toujours, et c'était cette préoccupation constante qui l'empêchait de remarquer ce qui se passait autour de lui. Il cherchait des lettres et des syllabes, et même quelques mots qu'il reconnaissait, sur les affiches et sur les enseignes, sur les lambeaux de journaux dont Mariette allumait son feu, sur les cornets de l'épicier, sur la couverture des livres. Il semblait s'être pris d'un goût subit pour les images, et passait des heures à regarder les vieux albums étalés sur la table du salon ; mais ce n'étaient pas les illustrations ou les caricatures qu'il y cherchait ; il suivait les explications lettre par lettre avec son doigt, content quand il arrivait au bout de la ligne sans y laisser de lettres inconnues. Il reconnaissait aussi les petits mots qui reviennent souvent, et certaines syllabes, à force de les rencontrer ; et Georges, enchanté de son élève, lui faisait de grands compliments et lui assurait qu'il n'avait jamais vu personne apprendre à lire aussi vite.

« Tu vois bien, lui dit-il un jour, que tu n'étais que paresseux ! Mon oncle ne pourra plus dire que tu es idiot, à présent !

— Oui, j'étais paresseux ! répondit Jean, aussi charmé que si Georges lui eût dit la chose la plus flatteuse.

— Et tu n'es pas malade ? tu ne vas pas mourir ? bien sûr ? » demandait Georges, inquiet de lui voir une figure aussi fatiguée.

Mais Jean répondait sans hésitation qu'il allait très bien et qu'il n'était pas malade du tout.

Il se sentait pourtant bien las, avec la tête bien lourde ; mais il continuait à vivre comme tout le monde, et il commençait à espérer qu'il saurait lire et que Suzanne se marierait avec Antoine, sans qu'il fût obligé de mourir.

XXIX

LES PERPLEXITÉS DE M. PÉNESTIN

LA famille Larousay ne manquait jamais d'assister à la distribution des prix de la pension où allait Georges ; elle se faisait le lendemain de celle du lycée, afin que les élèves couronnés au lycée pussent être proclamés de nouveau et jeter un vif éclat sur leur institution. Mais cette année-là, Suzanne pria qu'on l'en dispensât, et sa mère voulut rester avec elle : M. Larousay, Cécile et Jean suffiraient bien pour représenter la famille et applaudir le lauréat.

Après la distribution des prix, les deux familles se saluèrent de loin. Ordinairement, ce jour-là, Mme Décherel invitait ses amis à dîner, et l'on buvait gaîment aux succès présents et à venir de Georges. Aujourd'hui, cela ne se pouvait pas : M. Pénestin dînait naturellement chez son beau-frère avec Jenny et Antoine, et la place de la famille Larousay n'était pas à la table où ils s'asseyaient. Seulement, Georges échappa à Antoine qui le tenait par la main et qui échangeait, un triste regard avec Cécile, et il courut à Jean pour lui montrer ses livres et ses couronnes. M. Larousay entraîna Cécile : Jean saurait bien les rejoindre quand il aurait fini avec Georges ; M. et Mme Décherel continuèrent aussi leur route sans s'arrêter, avec M. Pénestin, qui n'attendait jamais personne.

Dès que Georges les vit un peu éloignés, il tira Jean à part.

« Tu sais ? lui dit-il ; ils partent demain ! »

Ils, Jean ne demanda pas qui c'était. Il devint blême.

« Je croyais qu'ils resteraient quinze jours ? balbutia-t-il.

— Mais ils sont passés, les quinze jours ! Mon oncle est resté un peu plus pour surveiller Antoine, à ce qu'il a dit à papa ; il voulait l'emmener, et Antoine ne pouvait pas partir avant les prix du lycée. Alors maman lui a dit qu'il fallait rester un jour de plus, pour venir à mes prix à moi, puisque je devais en avoir plusieurs. Ils seraient partis ce soir, mais mon oncle ne veut pas arriver la nuit, ce n'est pas commode ; ils feront leurs malles demain matin, ils viendront déjeuner à la maison et ils partiront ensuite. Maman se charge de s'occuper des meubles et de louer l'appartement... Adieu, je vois maman qui me fait signe, et mon oncle qui s'impatiente. J'irai te chercher pour ce que tu sais, quand ils seront partis : aujourd'hui, je ne peux pas. »

Il se sauva en courant, et Jean, tout hébété par le chagrin, reprit en se traînant le chemin de sa demeure. Ils partaient ! c'était fini ! ils emmenaient Antoine, et on allait louer l'appartement... l'appartement où on lui avait réservé une petite chambre si jolie, tendue d'un papier blanc décoré de fleurs, d'oiseaux et de papillons, pour qu'il vînt quelquefois demeurer chez sa Suzanne ! Il disait si fièrement : « J'aurai deux chez moi !... » Et il ne savait pas lire ! il avait pourtant bien travaillé ! Georges disait que les petits de l'école mettaient bien plus de temps que lui à apprendre : il savait toutes ses lettres, il reconnaissait des mots ; certainement, il n'était pas loin de lire comme Georges : si ce méchant homme lui en avait laissé le temps ! Le pauvre enfant passa le reste de la journée à chercher des coins où il pût étudier en cachette ; et le soir, il vola des bouts de bougie pour lire encore pendant la nuit.

Il avait maintenant sa chambre à lui tout seul, la chambre de Roger ; et en dressant sa descente de lit contre la porte, il pouvait empêcher qu'on ne vît en dessous une raie de lumière. Il boucha le trou de la serrure, ferma les volets, tira les rideaux, abrita sa bougie derrière l'armoire : personne ne pouvait se douter qu'il avait rallumé sa lumière avec des allumettes dérobées à la cuisine. Toute la nuit il travailla, la tête en feu, pris par moments de frissons qui le faisaient grelotter, puis dévoré de soif, brûlant, prêt à défaillir. Quand il n'en pouvait plus, il s'arrêtait un instant, allait sans bruit tremper ses mains dans l'eau de sa cuvette et les appliquait sur son front ; puis il se remettait à chercher des mots, à tâcher d'assembler des syllabes, en se disant : « Il faut que je sache lire demain ».

Il était encore là, usant son dernier bout de bougie, lorsqu'il entendit Mariette ouvrir les fenêtres pour balayer le salon ; pris de peur, il souffla sa lumière et se coucha à la hâte. Il ne s'endormit pas, ses tempes battaient trop fort ; mais il reposa un peu ses membres endoloris jusqu'au moment où Suzanne vint lui donner le baiser du matin.

Son baiser fut, ce jour-là, encore plus tendre qu'à l'ordinaire. La pauvre fille avait le cœur gros : ce jour était celui qu'on avait choisi naguère pour son mariage. Il faisait si beau ! ç'aurait été un jour si gai ! Elle avait besoin d'entendre son petit frère lui dire : « Ma Suzanne, je t'aime ! » Mais elle recula d'un pas pour mieux le voir.

« Comme tu es rouge ! comme tu as chaud, mon cher petit ! Souffres-tu ? la tête ne te fait-elle pas mal ? As-tu bien dormi cette nuit ? on dirait que tu es malade !

— Je ne suis pas malade, ma Suzanne ; les vêtements contenus dans l'armoire. De temps en temps il se prenait la tête à deux mains et poussait un gros soupir.

Il était seul entre son armoire et sa malle, M. Pénestin. Jenny avait voulu l'y aider ; mais il avait repoussé et rudoyé Jenny. « Va-t'en aider ton frère à emballer tous ses bibelots, lui avait-il dit, et laisse-moi en paix ; je n'ai besoin de personne ! » Et Jenny était partie, contente au fond, malgré la façon peu gracieuse dont son congé lui était donné, de pouvoir se trouver seule avec Antoine, qui devait avoir grand besoin d'encouragements et de consolations.

Il n'avait pas dormi de la nuit, M. Pénes-

IL RESTA PLONGÉ DANS SES RÉFLEXIONS

je vais me lever tout de suite. Est-ce qu'il est tard ?

— Sept heures ; ton lait t'attend, tout chaud. Veux-tu que je te l'apporte ? Mariette a appelé la marchande de *navettes* [1], tu les aimes bien, je t'en donnerai. Attends un peu pour te lever. »

Suzanne courut chercher le déjeuner de Jean, et le servit dans le lit. Elle ne le croyait pas sérieusement malade, mais elle lui trouvait l'air fatigué, et pensait qu'en le dorlotant un peu, elle lui ferait du bien. Jean mangea sans appétit une navette dans son lait, et en cacha une autre pour faire croire à sa sœur qu'il en avait mangé deux. Puis il se leva, à grand'peine ; il se sentait tout engourdi, tout mouvement le faisait souffrir, et sa tête était si lourde, si lourde ! Quand il fut prêt, il prit son ballon et dit à Mariette qu'il allait jouer sur le cours. Mariette lui recommanda de rentrer pour l'heure du déjeuner : il n'avait qu'à compter les coups de l'horloge, elle faisait assez de bruit !

Pendant ce temps-là, M. Pénestin faisait sa malle. C'est-à-dire, non, il ne la faisait pas : il était assis entre une malle et une armoire, l'une pleine et l'autre vide, et il ne se hâtait pas de faire passer dans la malle tin. Depuis plus de quinze jours, il maugréait contre le séjour à Nantes, et s'il n'était pas parti, c'est qu'il gardait son fils à vue, pour ainsi dire, et ne voulait pas s'en aller sans l'emmener avec lui. Pourquoi donc, maintenant que le jour du départ était venu, M. Pénestin était-il de si mauvaise humeur ?

Ah ! c'est qu'il n'était pas content de lui, M. Pénestin. La pâleur de son fils, sa tristesse (lui qu'il avait toujours connu si gai !), sa froideur respectueuse où le père ne sentait plus la note tendre d'autrefois, étaient pour lui un reproche continuel. Jenny ne disait rien ; mais elle faisait cause commune avec son frère, sans doute, car elle avait l'air presque aussi triste que lui. Et cette voix, qu'elle prenait pour lui parler ! et ces petits soins ! Mon cher Antoine... mon bon frère..., et les morceaux délicats qu'elle lui choisissait... Elle blâmait son père, c'était visible... Et il y en avait bien d'autres ! tout le monde avait l'air de le blâmer... Est-ce qu'il aurait tort, par hasard ?

M. Pénestin se leva pesamment, et s'en alla prendre quelque chose dans l'armoire. Une pile de chemises ? des cravates ? Non ; des lettres. Il revint s'asseoir auprès de sa malle, en choisit une, la déplia, et se mit à la relire lentement.

Elle était de M. Larousay, qui rendait à

<hr>

1. Pâtisserie nantaise, sèche et sans sucre.

M. Pénestin sa parole, et se montrait très blessé de ce que le père d'Antoine l'accusait d'avoir agi avec duplicité, en lui cachant l'état du plus jeune de ses fils. « Je regrette beaucoup, monsieur, lui disait-il, que vous ayez été trompé, mais je puis vous affirmer sur mon honneur, dont personne n'a jamais douté, que je vous croyais instruit par votre fils, qui nous connaît depuis tant d'années, de tout ce qui concernait notre famille. J'en concluais tout naturellement que vous acceptiez la situation telle qu'elle était, et que la faiblesse d'esprit de mon pauvre Jean ne vous arrêtait pas. Toutes les économies que nous avons pu faire et que nous ferons encore lui sont destinées; elles suffiront largement, car il a peu de besoins, à assurer son existence quand je ne serai plus; ses frères et sœurs n'auront à lui donner qu'un peu d'affection, à quoi ils n'auront ni peine ni mérite, car il a toujours su se faire aimer, et il ne faut pas croire qu'il ne rende aucun service dans la maison. » M. Larousay terminait en rassurant M. Pénestin sur la crainte qu'il avait manifestée que le mariage se fît malgré sa défense; Suzanne, disait-il, serait la première à refuser d'entrer dans une famille qui la repoussait. Lui et tous les siens souhaitaient à Antoine tout le bonheur qu'il méritait.

M. Pénestin referma la lettre avec un soupir plus prolongé que les autres. C'était la lettre d'un honnête homme, cela, et cette Suzanne faisait preuve d'une grande délicatesse... Une jolie fille, et si gracieuse, si entendue dans les choses du ménage... Il l'avait bien observée; elle avait de l'autorité sans brusquerie, elle dirigeait tout d'un signe, de toutes sortes de soins... Et si prévenante avec son grand-père!... Elle était charmante, on ne pouvait pas dire le contraire, et Antoine aurait bien de la peine à en retrouver une pareille.

M. Pénestin déplia une seconde lettre. Celle-là était d'Yves, son fils aîné. Yves n'était pas grand clerc, et il n'avait pas l'habitude d'écrire et disait tout simplement ce qu'il pensait, sans chercher à arrondir ses phrases; aussi il disait nettement que ce n'était pas la peine, pour si peu de chose, de causer un si grand chagrin à ce brave Antoine et de faire affront à une honnête famille. La situation de Jean ne paraissait pas l'effrayer : des *innocents,* il avait assez l'habitude d'en voir; il n'en manque pas en Bretagne, où ils vont et viennent à leur guise, respectés et protégés par tout le monde. « Ces êtres-là sont très doux, disait Yves, et n'ont pas besoin de grand'chose; s'il avait gêné dans le ménage d'Antoine, on aurait toujours bien eu un coin à lui donner à la Chênaie: ce ne serait pas Jenny qui s'y serait opposée, bien sûr! » Et Yves se permettait de suggérer cette idée à son père, s'il était encore temps de revenir sur ce qu'on avait fait.

M. Pénestin replia lentement la lettre d'Yves et la remit dans sa poche avec celle de M. Larousay ; puis il cacha son front dans ses mains et resta immobile, plongé dans ses réflexions, oubliant que le train partait à midi et que sa malle ne se faisait pas.

Un grand coup de sonnette le fit tressauter. « Allons! qui est-ce qui vient me déranger? Jenny avait bien besoin de s'en aller, juste aujourd'hui que la femme de ménage ne vient qu'après notre départ! » Il oubliait qu'il avait lui-même renvoyé Jenny. Pourtant, il fallait bien que quelqu'un ouvrît. Il se leva en maugréant, repoussa du pied la malle vide, pour passer sa mauvaise humeur sur quelque chose, et se dirigea vers la porte. Il l'ouvrit et demeura stupéfait en voyant Jean Larousay devant lui.

XXX

TRAITÉ DE PAIX ENTRE DEUX FAMILLES

L A vue de *l'innocent* ne fut rien moins qu'agréable à M. Pénestin. Il recula de deux pas.

« Ah! c'est vous. Qu'est-ce que vous voulez? lui demanda-t-il d'une voix peu engageante.

— Je voudrais bien vous parler, monsieur », répondit Jean timidement, mais en s'avançant pourtant sans attendre la permission d'entrer. M. Pénestin ne l'arrêta pas: il était curieux de savoir ce que ce garçon pouvait avoir à lui dire. Il le précéda dans sa chambre et lui présenta une chaise de l'autre côté de la malle vide.

« Monsieur, dit Jean dont la voix tremblait, Suzanne, ma sœur, une si bonne sœur, monsieur, allait se marier avec Antoine;

vous vouliez bien parce que vous ne me connaissiez pas... A présent que vous m'avez vu, vous ne voulez plus? »

M. Pénestin fit entendre un grognement qui signifiait que c'était absolument cela.

« Parce que je suis *innocent,* n'est-ce pas, monsieur? que je ne suis bon à rien, que je ne peux pas gagner ma vie et que je serai une charge pour eux? »

M. Pénestin ne répondit pas. Cet idiot raisonnait trop bien: certes il comprenait ce qu'il disait, et il souffrait: il n'y avait qu'à le regarder pour en être sûr. M. Pénestin ne se sentait pas le courage brutal de confirmer ses assertions. Jean reprit :

« Vous avez dit, monsieur, que si je n'étais pas idiot, c'est que j'étais très paresseux: un garçon de quinze ans qui n'a jamais pu apprendre à lire, il ne sera jamais bon à rien ! Vous l'avez dit, n'est-ce pas, monsieur ?

— Sans doute, sans doute, grommela M. Pénestin. Où voulez-vous en venir, mon garçon ?

— Monsieur, si je n'étais plus paresseux, si je savais lire, vous laisseriez Antoine se marier avec Suzanne, n'est-ce pas ?

— Sans doute, mon garçon ; mais puisque ce n'est pas possible...

— J'aime Antoine de tout mon cœur, monsieur, et Suzanne encore bien plus. Alors,

il a fait un petit effort qui le rendra capable d'apprendre à lire, c'est toujours autant de gagné. C'était la faiblesse de sa famille qui lui laissait prendre des airs d'idiot : tous les enfants seraient ainsi si on les laissait faire ! Je suis bien aise, après tout, que ce garçon ait vaincu sa paresse. »

Pendant que M. Pénestin songeait, Jean continuait à lire à sa manière. Il n'était pas aussi savant que M. Pénestin se l'imaginait, le pauvre Jean ! c'était sa mémoire seule qui était en jeu, et il reconnaissait certains mots entiers à leur forme ; mais il n'aurait

quand je l'ai vue pleurer, j'ai été dire à Georges de m'apprendre à lire... Je ne suis plus paresseux, monsieur... Je croyais que les quinze jours dureraient plus longtemps ; j'ai eu bien du chagrin hier quand Georges m'a dit qu'ils étaient finis et que vous alliez partir aujourd'hui... Alors, continua Jean en tirant son alphabet de sa poche, j'ai encore travaillé toute la nuit à apprendre. Mais j'ai eu beau faire, je ne sais pas encore lire comme Georges. Laissez-moi le temps d'apprendre, monsieur, je vous en prie ! Georges dit que j'apprendrai, que les petits de sa pension y mettent beaucoup plus de quinze jours... Je connais les lettres et beaucoup de mots, monsieur ; écoutez-moi, vous allez voir ! »

Il ouvrit le livre et se mit à nommer les lettres et à prononcer les syllabes puis, prenant un journal qui enveloppait une paire de chaussures, il y chercha du bout du doigt des mots qu'il connaissait et les montra à M. Pénestin.

Le père d'Antoine le laissait faire ; cette figure pâle, aux traits tirés, ces grands yeux bleus où roulaient des larmes, l'expression suppliante de ce visage l'attendrissaient malgré lui. « Il a du cœur, ce garçon, pensait-il ; et, pour qu'il ait appris tout cela en quinze jours, il faut qu'il soit moins idiot qu'on ne croyait... Allons, tout cela tournera très bien :

pas su les décomposer, ni assembler des syllabes pour en faire des mots : il y avait là un travail dont son cerveau n'était pas capable. Mais il croyait de bonne foi, et M. Pénestin le crut comme lui, qu'il était sur le grand chemin de la science. Il est permis aussi de penser que M. Pénestin, qui n'avait pas encore pu se décider à faire sa malle, était bien aise de trouver un prétexte pour revenir sur la rupture. Il arrêta Jean du geste en lui rabattant son alphabet.

« Assez ! dit-il. Causons un peu, mon garçon ! Si je fais ce que tu veux, me promets-tu d'achever d'apprendre à lire ? »

Les yeux de Jean brillèrent comme des saphirs sous un rayon de soleil.

« Vous voulez bien ? Oh ! je vous aime ! »

Il sauta au cou de M. Pénestin très étonné et embarrassé de ces façons d'enfant. Mais le vieux Breton ne le repoussa pas. « On lui fera son éducation, pensa-t-il, puisqu'il est en train d'apprendre à lire, il pourra tout aussi bien apprendre la civilité puérile et honnête. »

Il se débarrassa doucement de l'étreinte de Jean

« C'est bon, mon garçon ! Attends un peu, nous allons sortir ensemble. »

Il prit une feuille de papier, y écrivit deux lignes: « Nous ne partons pas aujourd'hui ; tu recevras demain des nouvelles », et, prenant sa canne et son chapeau, il quitta l'appartement, non sans avoir refermé la malle vide, qu'il repoussa dans le coin d'où il l'avait tirée.

« Je vais au télégraphe, d'abord », dit-il à Jean, qui ne le quittait pas plus que son ombre. Au télégraphe, il adressa sa dépêche à M. Yves Pénestin, à la Chênaie, près Pontivy.

« Où est ton père à cette heure ? demanda-t-il ensuite au jeune garçon.

— A son bureau ; il y va toujours avant le déjeuner.

— Conduis-moi ; tu sais où c'est ?

— Oh ! oui. »

M. Larousay tâchait de s'absorber dans son travail pour oublier que ce jour-là aurait dû être celui du mariage de sa fille, lorsqu'il vit entrer Jean, et derrière lui M. Pénestin, qui vint à lui la main ouverte. M. Larousay se leva, un peu raide et très grave.

« Monsieur, lui dit le père d'Antoine, je ne m'étonne pas de la mine que vous me faites ; je sais très bien que vous en avez le droit... Oui, monsieur vous en avez le droit ; mais je croyais, moi aussi, avoir le droit d'agir comme j'ai fait... Je suis ici pour vous dire que je m'étais trompé : quand on est Breton et qu'on a mon âge, on n'aime pas à dire ces choses-là, mais la vérité avant tout. Vous m'avez écrit l'autre jour une lettre qui est d'un honnête homme ; je l'ai relue bien des fois, et elle m'a fait regretter ce que j'avais dit à mon frère..., je vous en fais bien mes excuses... Pour ce qui est de nos anciens projets, voilà un garçon qui m'a prouvé qu'il n'était pas idiot ; il n'était que paresseux, et il ne l'est plus : il s'est mis à apprendre à lire, et il sait déjà à moitié... De sorte que si vous voulez bien oublier ces derniers quinze jours, j'aurai l'honneur de vous demander à nouveau la main de Mlle Suzanne Larousay, votre fille aînée, pour mon fils, Antoine Pénestin. »

M. Larousay tombait des nues ; mais il avait trop souffert du chagrin des siens pour tenir rigueur à M. Pénestin. Il accepta donc la poignée de main du Breton qui lui raconta la démarche que Jean était venu faire auprès de lui.

« J'étais déjà à moitié ébranlé, dit-il, par votre lettre et par une lettre de mon fils aîné, celui qui demeure avec moi ; je ne faisais que les lire et les relire. Tenez, voyez la lettre d'Yves ; et Jenny pense tout comme lui ; il paraît que j'étais le plus mauvais de la famille... Enfin, vous voyez que quand son frère et ses sœurs viendraient à lui manquer, pour une raison ou pour une autre, votre garçon trouverait toujours un abri à la Chênaie ; je voulais aussi vous dire cela. »

Ce langage était certes un peu étonnant dans la bouche de M. Pénestin, et ne ressemblait guère à celui qu'il tenait quinze jours auparavant ; mais il ne faut pas toujours chercher de la logique dans les actions humaines, et les gens valent souvent mieux en dedans qu'en dehors.

« Il faut dire cela aux enfants, maintenant, reprit M. Pénestin. M. Décherel et sa femme qui nous attendent pour déjeuner ! Et Jenny qui n'a pas la clef pour rentrer finir sa malle ! Elle est peut-être à m'attendre sur le palier avec son frère... à moins qu'il n'ait une seconde clef... Il faut que j'aille les chercher et que nous mangions le déjeuner de mon frère... Nous irons chez vous tout de suite après. Il n'y aura pas trop de temps de perdu : en nous occupant tout de suite des affiches et des bans, ils pourront être mariés avant quinze jours. Il leur restera encore six semaines pour s'installer chez eux et venir faire un petit séjour à la Chênaie, comme c'était convenu. Au revoir, donc, dans un instant ; expliquez les choses à votre fille.

— C'est Jean qui les lui expliquera : il a bien gagné ce bonheur-là ! » répondit M. Larousay.

Suzanne ne comprit pas tout de suite quand Jean, animé comme elle ne l'avait jamais vu, vint se jeter dans ses bras, riant et pleurant, parlant de paquets de linge, de rubans roses, de robe de mariée, d'alphabet, de Georges qui lui avait appris à lire, de M. Pénestin qui était allé chercher Antoine, de la noce qui devait se faire dans quinze jours. Mais son père lui expliqua tout, la priant de ne pas garder de rancune contre M. Pénestin. Elle n'y songeait guère : la joie ne laissait pas de place dans son cœur pour une pensée amère, et elle tendit franchement la main au père d'Antoine. M. Maxime Larousay se montra plus froid : il avait encore sur le cœur les larmes de Suzanne ; mais il se laissa peu à peu dérider par la gaîté générale, et cette journée de réconciliation fut réellement une journée sans nuages. Cécile tirait le trousseau prisonnier de l'armoire où elle l'avait entassé, pour lui donner de l'air, lui faire perdre ses faux plis et défriper ses rubans ; et elle accompagnait ses allées et venues de vocalises capricieuses qui excitaient à la lutte le serin enfermé dans sa cage. Antoine et Suzanne causaient, ayant à rattraper le temps perdu ; le grand-père les regardait, Mme Larousay leur souriait tout en revisant avec Mme Morain sa liste d'invitations pour le grand jour : et Mariette, dans sa cuisine, fourbissait ses cuivres à tour de bras en fredonnant un branle campagnard. Personne ne s'apercevait du silence de Jean, qui, après la première explosion de joie, était allé se blottir sur le canapé du salon et avait fini par s'y endormir.

XXXI

DANS LE GRAND CIEL BLEU!

« OÙ est donc Jean? » dit tout à coup Suzanne.

On chercha Jean: on finit par le trouver sur le canapé; il avait dû étudier encore avant de s'endormir, car l'alphabet gisait par terre: il avait sûrement glissé de sa main. Suzanne l'éveilla avec des caresses qu'il lui rendit à peine; il se laissa emmener, s'assit à table, mais il ne put manger.

« C'est la joie, dit Cécile en riant : voyez donc tous, vous n'en finissez pas de faire disparaître ce qui est dans vos assiettes.

— Pourvu que ce ne soit pas plutôt la fatigue! répliqua Suzanne, voyez quelle mine il a!

— Ce n'est pas étonnant, reprit Cécile; il paraît qu'il a lu toute la nuit, il peut bien être fatigué.

— Tu as raison, répondit la mère déjà inquiète. Je vais lui faire une infusion de tilleul et de feuilles d'oranger, et l'envoyer au lit tout à l'heure : une bonne nuit le remettra. »

M. Maxime Larousay ne dit rien, mais il échangea un regard avec son fils: tous deux pensaient aux premiers essais de lecture du pauvre *Innocent*.

Jean était si las, qu'il eut besoin d'aide pour se déshabiller; quand il fut dans son lit, il posa sa tête sur l'oreiller, soupira, dit: « Bonsoir, ma Suzanne! » et ferma les yeux. Suzanne mit un baiser sur son front et le laissa seul.

Il dormait encore quand la famille se sépara pour la nuit; il était rouge et avait quelque chose d'accablé; il dormait toujours, d'un sommeil de plomb, quand au milieu de la nuit sa mère vint voir comment il se trouvait. Comme il était brûlant, comme sa respiration était haletante! Mme Larousay toucha son pouls : les mères sont toujours quelque peu médecins — il battait d'une façon désordonnée.

« Il a la fièvre, pensa Juliette: que je voudrais être au matin pour envoyer chercher M. Décherel! » Elle lui prépara une boisson adoucissante; il la but avidement, sans ouvrir les yeux, sans paraître s'apercevoir de ce qu'il faisait. Mme Larousay alla mettre sa robe de chambre et passa près de Jean le reste de la nuit.

Vers le matin, il sortit de sa torpeur et commença à s'agiter dans son lit. Il poussait par moments des gémissements, et portait ses deux mains à sa tête; il se dressait sur son séant, les yeux grands ouverts, et puis retombait comme accablé: il rejetait ses couvertures, comme si leur poids lui eût été insupportable; il regardait sa mère sans la voir, sans entendre ses paroles caressantes, et parfois il disait des mots sans suite qui paraissaient n'avoir aucun sens. Puis il se mit à nommer les lettres de l'alphabet, ce qui redoubla l'inquiétude de sa mère : son mal venait-il de la fatigue qu'il avait imposée à son cerveau? Elle envoya son mari chercher M. Décherel.

Aux premiers mots que M. Larousay dit au docteur, celui-ci parut inquiet.

« Je lui trouvais dès hier quelque chose d'étrange, dit-il, et je lui ai demandé s'il ne souffrait pas; mais il n'a pas voulu convenir qu'il fût malade. Le travail de tête ne lui vaut rien, voyez-vous; il faudra le surveiller de près pour l'empêcher de se fatiguer. Il est possible qu'il arrive à savoir lire, quoique j'en doute; mais il faudra qu'il y mette le temps. J'ai grondé Georges d'avoir fait mystère de ses leçons de lecture; mais les enfants aiment à se donner de l'importance. »

Jean ne reconnut pas le docteur, il ne reconnut pas son père, pas plus qu'il ne reconnaissait sa mère, Suzanne et Cécile éplorées à son chevet. Le docteur secoua la tête et s'installa auprès de Jean. Ses autres malades durent se passer de lui ce matin-là, et il ne se décida qu'à grand'peine dans la journée à faire aux plus pressés des visites de quelques minutes. Jean était en grand danger, et M. Décherel, jugeant que son fils était pour beaucoup dans ce danger-là, s'acharnait à sauver le pauvre *innocent*, quoiqu'il eût souvent pensé que la vie n'était pas un bienfait pour lui.

Vers midi, Antoine et Jenny arrivèrent tout joyeux; leur père devait les rejoindre plus tard. Il était resté occupé à écrire à son fils aîné une relation des événements de la veille. Cette relation, Jenny l'avait déjà faite à sa manière et expédiée à Yves, avec quelques lignes d'Antoine, qui remerciait son frère de l'appui et de l'asile qu'il promettait à *l'innocent* en cas de besoin. Il s'agissait à présent de fixer le jour du mariage, et Antoine venait proposer à M. Larousay de se rendre avec lui à la mairie pour les affiches en s'en retournant à son bureau. Mme Larousay, pendant ce temps-là, s'occuperait de l'église et du reste.

Hélas! il était bien question de mariage et de fête, maintenant! La fièvre de Jean arrivait à son paroxysme, et Antoine, au lieu d'aller faire afficher les publications à la mairie, dut s'employer à maintenir le pauvre garçon dans son lit. Il étouffait, cherchait de l'air; pour lui en donner, on avait ouvert la fenêtre, il y avait couru, presque nu, et avait failli se précipiter dans la rue. Il criait, il parlait, il appelait Suzanne et Antoine, ajoutant: « Je vous aime! je vous aime! je veux mourir pour vous! » Mais il ne les reconnaissait pas; il les repoussait, et se remettait à parler de lecture, de Georges, de Suzanne qui pleurait, du méchant qui lui faisait de la peine. Il demeurait un instant accablé; puis il reprenait: « Il ne sera jamais bon à rien!... B, A, ba,; B, E, be; B, I, bi... Gagner sa vie... Chut! Georges ne le dit pas...,.on voudrait m'empêcher de lire... Ma Suzanne!... Jamais bon à rien!... Je sais bien que cela me fera mourir... Oh! le grand ciel bleu!... Louise!... je verrai Dieu!...

— Éloignez-vous, de grâce, dit M. Décherel, vous êtes trop nombreux autour de son lit... Antoine, cours me chercher cette potion... il faut absolument calmer cette excitation qui use ses forces. »

Antoine prit l'ordonnance que lui tendait le docteur et sortit en courant. Le délire continuait.

« Le garçon du tisserand... Il aimerait mieux être mort... Suzanne, Antoine..., je suis heureux! »

Il se tut, un instant et reprit sur le ton d'un enfant qui récite une leçon :

« Nul ne peut donner une plus grande preuve d'amour que de mourir pour ses amis...

— Que dit-il? demanda M. Décherel stupéfait.

— C'est dans l'évangile, répondit Cécile.

— Oui, mais il n'a pu le lire, et quand même il aurait entendu citer ce verset, comment y a-t-il fait plus d'attention qu'à un autre? Comment a-t-il pu le comprendre? Il a dû se produire une révolution en lui, qui a amené cette crise...

— La leçon de Georges! reprit Jean; le livre de Georges... Mourir pour ses amis!...

— Antoine, va me chercher Georges avec son livre d'évangile et le cahier où il inscrit ses leçons; il faut savoir si Jean dit cela par hasard ou si c'est une idée fixe. »

Georges, amené, raconta plus en détail qu'il ne l'avait encore fait, que Jean, apprenant que c'était à cause de lui que M. Pénestin ne voulait plus du mariage, avait paru très triste, et il put se rappeler presque toute leur conversation de ce soir-là. Il se rappela très bien aussi qu'il avait récité ses leçons devant Jean et qu'il y en avait une de l'évangile; en cherchant les dates sur son cahier, on vit que le verset que Jean disait dans son délire, se trouvait précisément dans cette leçon-là. Georges se rappela d'ailleurs sa conversation avec Marguerite.

Plus de doute maintenant! le pauvre *innocent* avait su ce qu'il faisait, il s'était exposé à la mort pour ceux qu'il aimait si tendrement. Il avait réussi, Suzanne et Antoine seraient heureux, mais lui, vivrait-il pour jouir de son œuvre?

Quelle longue journée! Comme au temps où Jean, tout petit, avait failli mourir pour quelques lettres que Louise avait voulu lui apprendre, le grand-père laissait sa porte ouverte pour pouvoir interroger ceux qui passaient dans le corridor.

« Eh bien? disait-il à demi-voix, la gorge serrée par l'anxiété.

— Toujours la même chose..., il est abattu et ne dit plus rien..., il recommence à s'agiter..., il crie et porte ses mains à sa tête... M. Décherel monte l'escalier, il nous dira s'il y a du mieux... »

Telles étaient les réponses; et quand le docteur, après une longue visite, quittait le chevet du malade, M. Maxime Larousay l'appelait pour le questionner, et Mme Morain et Jenny, restées dans la salle à manger, accouraient pour entendre ses réponses. « Tant qu'il y a de la vie, il y a espoir », disait-il; mais sa tristesse démentait ce vague espoir qu'il laissait à la famille désolée. M. Pénestin venait savoir des nouvelles, montait les quatre étages, interrogeait Mariette et s'en allait sans oser entrer, pour revenir une heure après. Il était presque aussi malheureux que la famille Larousay. On parle des remords qui tourmentent les scélérats: il n'y a rien de plus tourmentant que les remords d'un honnête homme.

Vers le soir, Jean s'apaisa par degrés, et la rougeur de son visage disparut. « La fièvre baisse! » dit sa mère en lui prenant la main; et elle sentit s'alléger le poids qui lui écrasait le cœur. Dans tout l'appartement, on se redit de chambre en chambre: « La fièvre baisse! » et le grand-père appela Antoine pour l'aider à aller voir Jean. Certes, la fièvre baissait; le pouls se sentait à peine. L'enfant sommeillait: quelle joie! sûrement il allait mieux...

« Il faut dîner, pendant qu'il dort, dit Juliette; grand-père serait malade s'il dînait trop tard: à son âge, on ne peut pas changer ses heures. Allez vous mettre à table; je reste ici, Suzanne ou Cécile viendront me remplacer quand elles auront fini. »

Mais M. Larousay insista pour garder Jean; sa femme avait l'habitude de servir chacun selon ses goûts, il valait mieux qu'elle allât à table avec les autres. Elle céda, sachant qu'il disait vrai, et que le grand-père ne trouvait bon que ce qu'elle lui choisissait; et M. Larousay resta seul avec l'*innocent*.

Le soleil couchant emplissait la chambre d'une lueur dorée; un rayon vint donner sur l'oreiller où reposait la tête pâle du malade. M. Larousay se leva pour aller tirer les rideaux.

« Non, papa! » dit une faible voix. Et le père accourut au lit de Jean.

« Tu m'as appelé, cher petit! tu vas mieux? »

Jean essaya de remuer la tête, mais il était trop faible: il sourit doucement à son père.

« Que voulais-tu? reprit M. Larousay. Attends que je ferme ces rideaux: le soleil te gêne.

— Non..., c'est beau..., laisse-moi voir... Il s'en va, le soleil!... c'est rouge, à présent..., demain ce sera bleu... Oh! le grand ciel bleu!... je verrai Dieu et Louise...

— Plus tard, mon cher trésor, plus tard! à présent, tu resteras avec nous... Dépêche-toi de te guérir pour le mariage de Suzanne!

— Non..., papa..., c'est fini..., je le sais...,

je n'ai jamais été comme je suis..., je comprends, ma tête ne me fait plus de mal..., mais c'est fini... »

M. Décherel entra sans bruit: Mariette ne l'avait pas laissé sonner. Il regarda Jean, et M. Larousay comprit, à l'expression de son visage, que *l'innocent* disait vrai, et que c'était fini...

L'âme déchirée, il se pencha sur l'enfant, dont la voix s'entendait à peine.

« Ne pleure pas..., ce sera bien mieux... J'ai voulu apprendre à lire, je n'ai pas pu..., je n'aurais jamais été bon à rien..., je n'aurais pas pu gagner ma vie... Je vais avec Louise dans le ciel bleu !... Appelle maman... et Suzanne... et tous... »

Ils vinrent tous et entourèrent son lit: ils savaient qu'il n'y avait plus d'espoir, mais ils lui souriaient pour ne pas attrister sa dernière heure. Pendant qu'il en avait encore la force, il voulut donner à chacun un dernier baiser et leur répéta qu'il les aimait « de tout son cœur ». Pauvre cœur aimant qui allait cesser de battre !

Ses forces diminuaient rapidement: il perdit bientôt la notion de ce qui l'entourait et ne balbutia plus que des paroles confuses. Les derniers mots qu'il prononça nettement furent ceux qu'il répétait si souvent quand il était petit: « Jean aime ! »

Quand le soleil se leva, l'*Innocent* n'ouvrit pas les yeux à sa clarté: il s'en était allé dans le grand ciel bleu, voir Dieu et Louise...

Le mariage ne se fit pas cette année-là: Suzanne voulut, avant de mettre la robe blanche et la couronne d'oranger, porter le deuil de son petit frère.

Le souvenir de l'*innocent* demeura toujours présent dans la famille; et quand le temps eut enlevé à la douleur de sa perte un peu de sa première amertume, son nom revint sans cesse sur les lèvres de ceux qui l'avaient aimé et qui n'avaient jamais eu à se plaindre de lui, fût-ce une minute, dans les quinze années qu'il avait passées parmi eux. « Jean disait ceci, Jean faisait cela; te rappelles-tu ? » Et les souvenirs se pressaient en foule dans les mémoires fidèles. On souriait à la douce image évoquée; et si quelque larme perlait au bord des yeux, on l'essuyait bien vite; car chacun savait que, comme il l'avait dit en mourant, « c'était bien mieux ainsi »; quelles joies la vie pouvait-elle lui garder, au pauvre *innocent?* Tous ceux qui l'aimaient étaient plus vieux que lui; il aurait fini par rester seul au milieu d'indifférents, lui si aimant, qui avait tant besoin d'être aimé !

Sur la pierre blanche qui se dresse au chevet d'un tertre toujours couvert des fleurs que Jean préférait, on a gravé, au-dessous de son nom et de son âge, un verset de l'évangile: « Nul ne peut donner une plus grande preuve d'amour que de mourir pour ses amis ». Suzanne y mène souvent ses enfants, pour qui c'est une récompense enviée que de soigner « le jardin de l'oncle Jean », en attendant qu'ils soient assez grands pour comprendre la touchante parole de l'évangile et le dévouement de celui qui dort là. Suzanne a donné à son fils aîné le nom de son cher petit frère. Il sait déjà lire, et l'intelligence rayonne dans ses yeux; mais Suzanne a beau l'aimer en mère passionnée et fière de son fils, elle n'est pas bien sûre que cet amour surpasse celui qu'au fond de son cœur elle a gardé au pauvre *innocent.*

TABLE DES MATIÈRES

465-23. — Imprimerie du Palais, 20, rue Geoffroy-l'Asnier, Paris

OEuvres illustrées de Jules Verne

SÉRIE A

**Chaque volume
in-8° illustré**

broché ...... 10 fr.

cartonné .... 15 fr.

L'Archipel en feu.
Autour de la Lune.
Aventures de trois Russes
et de trois Anglais.
Un billet de loterie.
Le Chancellor.
La Chasse au Météore.
Le Château des Carpathes.
Les cinq cents millions de
la Bégum.
Cinq semaines en ballon.
De la Terre à la Lune.
Un drame en Livonie.
Le Docteur Ox.
L'Ecole des Robinsons.
L'Etoile du Sud.
Face au Drapeau.
Hier et Demain, Contes et
Nouvelles.
Robur-le-Conquérant.
Le Secret de Wilhelm Sto-
ritz.
Le Tour du Monde en 80
jours.
Les Tribulations d'un Chi-
nois.
Une Ville flottante.
Voyage au centre de la
Terre.

SÉRIE B

**Chaque volume
in-8° illustré**

broché....... 20 fr.

cartonné .. 28 fr.

L'Agence Thompson and C°.
Aventures du capitaine
Hatteras.
Aventures de trois Russes.
— Une Ville flottante.
De la Terre à la Lune. —
Autour de la Lune.
Un Capitaine de quinze ans.
Cinq semaines en ballon.—
Voyage au centre de la
Terre.

Les cinq cents millions de
la Bégum. — Tribula-
tions d'un Chinois.

La Chasse au Météore. —
Le Pilote du Danube.

L'Etoile du Sud. — L'Ar-
chipel en feu.

L'Etrange Aventure de la
Mission Barsac.

La Jangada.

La Maison à vapeur.

Michel Strogoff.

Les Naufragés du « Jona-
than ».

Robur-le-Conquérant. —
Un billet de Loterie.

Le Secret de Wilhelm Sto-
ritz. — Hier et Demain.
— Contes et Nouvelles.

Le Tour du Monde en 80
jours. — Le Docteur Ox.

Vingt mille lieues sous les
mers.

SÉRIE C

**Chaque volume
in-8° illustré**

broché......... 25 fr.

cartonné ...... 33 fr.

Les Enfants du Capitaine
Grant.

L'Ile Mystérieuse.

Mathias Sandorf.

**Les mêmes volumes dans la Collection in-16 illustrée,
Brochés : 7 francs   ::   ::   Reliés : 10 francs**

BIBLIOTHÈQUE
DE LA JEUNESSE

Chaque volume illustré broché, couverture en couleurs

2 fr. 50

IMP. CUSSAC, PARIS.